EM OFF

Camryn Garrett

EM OFF

Tradução de Dandara Palankof

Título original
OFF THE RECORD

Copyright do texto © 2021 by Camryn Garrett

Todos os direitos reservados.
Nenhuma parte desta obra pode ser reproduzida ou transmitida
por meio eletrônico, mecânico, fotocópia ou sob
qualquer outra forma sem a prévia autorização do editor.

Direitos para a língua portuguesa reservados
com exclusividade para o Brasil à
EDITORA ROCCO LTDA.
Rua Evaristo da Veiga, 65 – 11º andar
Passeio Corporate – Torre 1
20031-040 – Rio de Janeiro – RJ
Tel.: (21) 3525-2000 – Fax: (21) 3525-2001
rocco@rocco.com.br
www.rocco.com.br

Printed in Brazil/Impresso no Brasil

Preparação de originais
GISELLE BRITO

CIP-BRASIL. CATALOGAÇÃO NA PUBLICAÇÃO
SINDICATO NACIONAL DOS EDITORES DE LIVROS, RJ

G224o

    Garrett, Camryn
       Em off / Camryn Garrett ; tradução Dandara Palankof. - 1. ed. - Rio de Janeiro : Rocco, 2023.

       Tradução de: Off the record
       ISBN 978-65-5532-345-0
       ISBN 978-65-5595-193-6 (recurso eletrônico)

       1. Ficção americana. I. Palankof, Dandara. II. Título.

23-83251   CDD: 813
                   CDU: 82-3(73)

Gabriela Faray Ferreira Lopes - Bibliotecária - CRB-7/6643

O texto deste livro obedece às normas do
Acordo Ortográfico da Língua Portuguesa.

Este livro é uma obra de ficção. Nomes, personagens, lugares e incidentes são produtos
da imaginação da autora, foram usados de forma fictícia. Qualquer semelhança com
pessoas reais, vivas ou não, acontecimentos ou localidades é mera coincidência.

Para sobreviventes

@JosieJornalista: socorro esqueci como escreve

Já reescrevi a mesma frase umas cinco vezes. Não importa como eu reorganize as palavras, elas não parecem boas o bastante para serem publicadas.

O cinema preto obviamente só recebe aclamação da crítica quando fala sobre sofrimento preto de um jeito excessivo. Cadê os nossos filmes felizes? Eles existem, mas você não vê nenhum deles ganhar o Oscar.

Bato no teclado. Nada muda. Ainda estou no sofá da sala, com a tevê passando um episódio de *Real Housewives*. Meu documento de Word me encara de volta, o cursor piscando como se me desafiasse a reescrever a frase pela sexta vez. Como é que se termina um artigo de opinião como esse? *Concluindo, tenho certeza de que a maioria das pessoas lendo isto é branca e não quer falar de questões raciais, mas, por favor, não cancelem suas assinaturas.*

Minimizo o Word e abro a janela do meu e-mail. Nada de novo. Ainda as mesmas mensagens: uma da Target, outra da Spelman College confirmando o envio da minha inscrição, algumas notificações do Instagram. Nada sobre o concurso. Nada me dizendo se ganhei ou perdi.

Argh. Esfrego a testa, erguendo o olhar para encarar as capas da revista *Em Foco* penduradas acima da nossa tevê. A família Obama, Serena Williams e Jimi Hendrix. Estão penduradas ali há séculos, algumas das melhores capas de todos os tempos da minha revista favorita. Geralmente, elas me inspiram.

Mas agora, enquanto espero por notícias do concurso de talentos, elas me enchem um pouco a paciência. Se eu vencer, terei a chance de escrever de fato uma matéria de capa para a revista. *Eu*, escrevendo uma *matéria de capa* para a *Em Foco*.

Respiro fundo, trêmula. É demais até para pensar.

Eu *devia* me concentrar neste artigo de opinião que devo à Monique. Ela gostou de meu último texto, e do anterior também. Isso *devia* fazer com que eu me sentisse melhor, mas minha ansiedade não está nem aí para como eu *devia* me sentir. De acordo com minhas irmãs, eu me preocupo com tudo, mesmo com o que é inútil, mas principalmente com o que é muito importante.

Dou outra olhada na caixa de entrada. Nada ainda. Em tese, os vencedores seriam avisados hoje, até o fim do dia. Mas por que está demorando tanto? E se eles não gostaram dos textos que enviei, ou se acharam minha escrita muito imatura, ou se ficaram desanimados pelo quanto escrevo sobre questões raciais...

— Ora, vejam só. Josie está exatamente onde a deixamos.

Eu levanto a cabeça. Papai passa pela porta, arrastando uma mala roxa de rodinhas com uma das mãos e segurando a alça de sua mochila com a outra. Não sei por que Alice está trazendo tanta coisa, ela mora a apenas uma hora de distância daqui. Ela poderia vir para casa todos os fins de semana, se quisesse.

Papai ainda está vestindo seu uniforme de contador — camisa branca, gravata preta —, o ar de matemática e números rodopiando ao seu redor. Ele olha de relance para a tevê. Mulheres loiras em vestidos brilhosos se atiram umas sobre as outras por cima de uma mesa gigantesca. Dou de ombros.

— Eu deixo ligada para ter ruído de fundo — explico.

Alice aparece revirando os olhos. Está igual a quando fomos deixá-la, em agosto: jeans rasgado, as pontas de suas *box braids* tingidas de roxo, a cara de tédio que é sua marca registrada. Parece que seus primeiros meses na faculdade não a mudaram em nada.

— O que está escrevendo agora? — pergunta ela, balançando a mochila e a pousando no chão. — Outra resenha de *Real Housewives*?

— Cala a boca. — Só escrevi aquelas recapitulações como um pontapé inicial, e ela sabe disso. — É um artigo sério.

— Foi o que você disse na última vez.

Fecho a cara, abrindo meu e-mail e enviando o texto antes de fechar o notebook. O artigo está bom. Se Monique não gostar, vai me devolver editado, como sempre. Pelo menos é melhor do que uma resenha de *Real Housewives*.

— Deixem disso, meninas — diz papai. — Cadê a Maggie?

— No trabalho — digo. — E a biblioteca está fazendo atividades de recreação pré-Dia de Ação de Graças ou algo assim, então mamãe levou o Cash. Provavelmente vai ter que ficar para arrumar tudo.

— Eles exploram demais a sua mãe. — Papai balança a cabeça, mas não há contundência em sua voz. — Sempre exploraram.

Me levanto para abraçá-lo, mas ele me puxa primeiro. Papai sempre deu os melhores abraços. Depois de um tempo, me afasto para abraçar Alice, mas ela só bufa e se afasta. Nem sei por que ainda tento.

Depois dela e papai já terem guardado as coisas, mamãe chega do trabalho, assim como minha irmã mais velha, Maggie. Ela ainda está vestindo o avental e as roupas cáqui. Ergo meu celular.

— A notável funcionária, Maggie — digo, abrindo o aplicativo da câmera. — Tire uma foto para dar sorte.

Ela arregala os olhos e dá um bote em minha direção.

— Josie, que *porcaria*...

— Mama — diz Cash, se pondo entre nós. — Não pode falar porcaria.

— Tem razão, meu amor — diz Maggie, baixando os olhos para ele. — Não pode falar porcaria.

Quando ele parte para a cozinha, ela mostra a língua para mim. Dou uma bufada.

Não temos um jantar em família desde antes de Alice ir para a faculdade. Não é que a gente não goste uns dos outros, é só que nossas agendas nunca batem. Papai trabalha até tarde, Maggie está sempre fazendo hora extra e Alice está na faculdade. Com isso, sobram mamãe, Cash e eu, comendo na frente da tevê na maioria das noites. Cash parece um pouco perplexo por estar sentado à mesa de jantar agora.

Tamborilo os dedos nos quadris enquanto todos se acomodam, resistindo à vontade de voltar ao computador para ver se recebi alguma resposta do concurso. Ou se Monique já respondeu ao meu e-mail.

Maggie diz que tudo o que eu faço é procurar motivos para me manter ansiosa. Acho que é isso que estou fazendo agora. Meu prazo era só para semana que vem, e tenho certeza de que o artigo está bom. É só que, quando estou ansiosa por algo específico, a tendência é que isso transborde para todo o resto. Já estou preocupada com relação ao concurso, e agora não consigo parar de pensar em tudo o que pode dar errado com o artigo que escrevi para Monique — o texto sendo deletado, Monique odiando e decidindo que nunca mais quer trabalhar comigo, minhas palavras parecendo muito com as de outra pessoa e eu sendo acusada de plágio, Monique me chamando de racista (embora ela também seja preta) — e de me preocupar sobre o que vou escrever em seguida...

Não acaba nunca, a não ser que eu esteja escrevendo. Não sei o que é, mas tem algo no ato de escrever que desliga minha mente por algum tempo.

— Como estão as coisas na Spelman, Alice? — pergunta mamãe, me arrancando de meus pensamentos.

Ela sempre se veste como uma bibliotecária *hipster* — tênis sem cadarço, uma camiseta que diz "Ler é Cool" e um par de óculos de leitura rosa pendurados na frente do cardigã.

— Ótimas — diz Alice, pegando outra fatia de pizza da caixa. Nada de comida caseira até amanhã, quando a família inteira virá para o Dia de Ação de Graças. Estremeço só de pensar. — Adoro o departamento de psicologia. Todas as minhas aulas são interessantes. Entrei para uma irmandade, e na verdade isso está me ajudando bastante a me sentir parte de uma comunidade.

— Você? Numa irmandade? — Eu ergo uma sobrancelha. — Parece forçado.

— Ah, qual é — diz Maggie, cortando a pizza de Cash. — Ela pode experimentar coisas novas.

Alice exibe um sorriso convencido. Gosto mais de quando tenho Maggie só para mim.

— Você provavelmente vai experimentar um monte de coisas quando for para lá, no próximo semestre — continua Maggie. — Quem sabe? Talvez você também entre para uma irmandade.

Alice bufa pelo nariz. Eu a fuzilo com o olhar.

— Pois é — eu digo. — Talvez. Vamos ver, acho.

— Há muito o que fazer na Spelman — diz Alice, revirando os olhos. — Você pode tentar algo que eu não tenha experimentado fazer primeiro.

Seguro meu copo com força. Se mamãe e papai não estivessem ali, eu partiria para cima dela e Alice provavelmente retribuiria. Mas agora tenho que me forçar a ser *civilizada*, apesar de nada disso ser culpa minha.

Eu queria estudar na Spelman desde o fim do Ensino Fundamental. Foi onde mamãe estudou, onde a vovó estudou, onde a tia Denise estudou. Sempre foi uma coisa *minha*, mas ano passado Alice se inscreveu, totalmente do nada, e foi aprovada. Ainda assim, fiz minha inscrição antecipada, como sempre planejei. Mas agora, quando eu for aprovada, vou ter que dividir o campus com minha irmã.

Com isso, definitivamente, eu nunca sonhei.

— Tia Josie? — Cash balança as mãozinhas chamando minha atenção. — O que é irmandade?

— É tipo um clube — diz papai antes que eu possa responder. — Mas para as pessoas que estão na faculdade.

— Não deixe de comer suas verduras, Josephine — diz mamãe, colocando salada em meu prato. — É melhor comer um pouco de salada em vez de mais um pedaço de pizza. Não esqueça que a nossa família tem propensão a diabetes.

Alice e Maggie trocam um olhar. Eu me forço a encarar o prato, mas duvido que mamãe note. Ela sempre faz esses comentários, como se eu já não pensasse duas vezes sobre tudo que coloco na boca.

— Vovô? — Cash se vira para o meu pai. — Me conta uma história?

— Depois do jantar, amigão.

Cutuco a salada com o garfo. Maggie sempre fala que eu deveria dizer à mamãe como me sinto na hora, antes que ela se esqueça do que disse, mas agora não posso. Cash está *bem ali*. Além disso, nós começaríamos a discutir e ela diria que "só está pensando na minha saúde". Como vou responder a isso sem parecer uma pirralha?

Em vez de retrucar, me levanto e começo a tirar a mesa antes que alguém peça. Quero acabar com isso o mais rápido possível.

— Não levanta não, Josie — chama papai de seu lugar. — Sua mãe e eu queremos conversar com você. A sós.

Maggie pega Cash no colo e desaparece, Alice corre escada acima. Traidoras.

Normalmente, mamãe e papai não anunciam *esse* tipo de coisa. Simplesmente começam a falar. O único momento em que eles fazem minhas irmãs saírem é quando conversamos sobre minha ansiedade. Eu de fato encaro o corredor vazio, sofregamente. Preferia cuidar de Cash a ter uma conversa particular com eles.

Fico atormentando meu cérebro para descobrir qual poderia ser a razão dessa conversa. Não estou grávida. Não uso drogas, nem bebo. Eu sou um *tédio*. Só o que faço é ir à escola, escrever artigos como freelancer para diferentes revistas e trabalhar no Frango da Cora, um restaurante encardido a alguns minutos de casa. Eu nem tenho muitos amigos. Todo mundo tem *amigos da escola*, gente que você encontra na aula, com quem se senta no almoço, com quem forma duplas na educação física. Porém, estamos quase em dezembro, ou seja, perto do mês da conclusão, quando ninguém do último ano precisa ir à escola. Não vejo as meninas com quem fico na hora do almoço, Jordan e Sadie, desde ontem e, além dos dois dias de aula que temos semana que vem, duvido que eu as veja outra vez até o Ano-Novo.

— O que foi? — eu pergunto, de pé junto à porta, torcendo a camisa. — É a inscrição na Spelman?

Eu preenchi tudo praticamente sozinha, mas mamãe e papai precisaram responder as questões financeiras e pagar as taxas de inscrição. Ai, meu Deus. Estamos com problemas financeiros? E se eles não tiverem dinheiro para a minha faculdade? Eu sempre soube que teria que contribuir — meus pais ganham um desconto na minha escola particular porque tia Denise é da administração, mas com três filhas e empregos relativamente normais, duvido que eles também possam pagar a faculdade — além disso, e se a situação for tão ruim que o dinheiro que ganho escrevendo e trabalhando no restaurante não for o bastante? Nós fizemos uma solicitação de bolsa, mas e se não der certo?

Quero respirar fundo, mas todo o ar está preso em meu peito.

— Não, não é isso. — Mamãe toma minha mão, me puxando de volta para a mesa. Ainda estou irritada pelo comentário sobre a pizza, mas é difícil continuar com raiva dela por muito tempo, com suas mãos cálidas e seu sorriso doce. — Estamos preocupados com você, Josephine. Só isso.

— Preocupados comigo? — Minhas sobrancelhas se erguem num pulo. Volto meu olhar para papai. Acho que ele não piscou nenhuma vez desde que essa conversa começou. — Por quê?

— Bem — diz ele —, você mal age como uma adolescente.

— *Ah*. — Dou um tapa em minhas coxas. — De novo, isso?

Temos essa conversa quase todo mês desde que comecei o colégio. Acho que, para eles, eu nunca fui *normal*. Sempre fui tímida, mas diziam que eu superaria isso, até que comecei a me trancar nas cabines dos banheiros da escola durante aulas inteiras. Esse bonde eu já perdi há muito tempo.

— É só que — diz mamãe, olhando de relance para papai —, como você passou por momentos difíceis no fim do fundamental…

— Eu estou bem — digo, me sentando na cadeira mais próxima. — Mesmo, juro. Isso já faz anos.

As linhas na testa de papai se aprofundam.

— Sério — insisto. — Só ando muito ocupada com meu projeto de conclusão e tudo o mais.

Meus pais me trocaram de escola depois de meus *momentos difíceis* no final do fundamental. Maggie já havia se formado e Alice não queria deixar os amigos, então eu fui a única a estudar na Oak Grove, uma escola particular cheia de adolescentes com pais burguesinhos. Era um colégio estranho, com foco em artes. Tínhamos aulas com uma jornalista de verdade e uma redação de notícias que os alunos tinham permissão para usar. O mês da conclusão era outro ponto positivo. Todo aluno do último ano esperava por ele com ansiedade, porque teríamos basicamente todo o mês de dezembro de folga. Tecnicamente, é um período para os formandos elaborarem seus projetos; você poderia atuar como voluntário, fazer um grande trabalho ou atuar em alguma área de interesse. Todo mundo adora, mas meus pais não ficaram radiantes com a ideia de eu ficar em casa até o Ano-Novo.

Olho de um para o outro. Papai parece meio constipado.

— Não é isso — diz ele. — Você tem feito um ótimo trabalho, mas não é com isso que nos preocupamos.

— É difícil não se preocupar com você — diz mamãe, como se os dois tivessem ensaiado. — Maggie era meio desregrada, mas se dedicava, e Alice explorou tantas possibilidades. Sei que você está se esforçando muito no seu projeto, mas...

— Você não tem nenhum amigo — papai interrompe. — Isso não é normal para uma menina da sua idade.

— Tenho *sim*...

Mamãe me lança *aquele* olhar, o que significa *Cuidado com o tom antes que eu faça você se arrepender de ter aberto a boca*, então eu me calo. Mas o que é que eu deveria dizer? Só porque não sou a presidenta de todos os clubes, como Alice, ou não tenho um milhão de amigos, como Maggie, não significa que tenha algo de errado comigo.

Claro, posso não ter nenhum melhor amigo da escola, mas quantas pessoas têm? E, falando sério, quantas dessas pessoas vão continuar se falando depois da formatura? A maioria delas nem se gosta de verdade. Por isso todo mundo posta indiretas no Twitter, faz fofoca, ou briga no grupo de mensagens da turma.

Eu quero estar cercada de pessoas que se importem, e se isso não for possível, então prefiro ficar sozinha.

— Bom — eu digo, dando de ombros. — Andei ocupada escrevendo, como disse, e com o movimento no Cora, por causa do fim do ano.

Há um mínimo de reação — a boca de mamãe tensionada e o olhar de soslaio que papai dirige a ela. Mas eles não podem me culpar. Escrever é a única coisa que ajuda.

— Temos orgulho de sua escrita — diz papai, dando tapinhas em meu ombro. — Mas não pode apostar todas as suas fichas em uma coisa só. Você precisa fazer alguns amigos.

— Eu *tenho* amigos — digo, estendendo a mão. — Meus seguidores no Twitter são meus amigos. Jordan e Sadie são minhas amigas. Monique é minha amiga.

Mamãe joga a cabeça para trás e suspira. Papai aperta os lábios.

— Monique não é sua editora? — pergunta. — Ela não conta.

— E nem os estranhos da internet — mamãe esbraveja. — Você não os conhece.

— Monique é, literalmente, minha mentora em meu projeto de conclusão — eu retruco, inclinando a cabeça. — O diretor O'Conner teve que aprová-la, lembram? Ela é uma pessoa de verdade e está, tipo, superimpressionada comigo. Ela só passou a aceitar meus artigos porque me seguia no Twitter! Isso leva a relacionamentos de verdade.

— Não foi isso que dissemos — diz mamãe. — Não é normal que você tenha amigos adultos. Você devia estar passando o tempo com pessoas da sua idade.

É impossível entender meus pais. Num minuto, estão falando sobre a faculdade, no outro, estão me dizendo que não faço farra o suficiente. Não sei exatamente o que esperam de mim. Claro, às vezes fico passando o feed do Instagram e tenho inveja quando vejo todo mundo junto em festas ou indo para Atlanta. Por outro lado, não sei o que eu faria se realmente saísse com essas pessoas. Eu ouço Jordan e Sadie conversarem durante o almoço sobre esportes, bailes e quanto de peso as pessoas precisam perder. Fico perdida em cerca de sessenta por centro do tempo e não tenho vontade alguma de me inteirar no assunto.

— Não é tão simples — respondo. — Eu passo muito tempo com gente da minha idade. Um monte de adolescentes trabalha no Cora, lembram? Outros tantos eu vejo na escola, tipo Josh Sandler e Liv Carroll. Vocês se lembram deles?

Não menciono o fato de que Josh é irritante pra caramba e que eu passo a maioria dos meus turnos encarando Liv e a camiseta superapertada de seu uniforme enquanto ela atende os clientes. Mas imagino que eles não precisam saber disso.

— Mas você nunca sai — diz papai. — Não vai aos bailes da escola, nem para festas. Não traz ninguém em casa. Não estamos tentando pressioná-la, mas talvez seja melhor discutir isso com Laura.

Aperto os lábios. Minha terapeuta e eu já tivemos *muitas* conversas sobre as pessoas da escola e da cidade. Não preciso que meus pais ocupem nosso tempo com seja lá o que *isso* for. Temos coisas mais importantes sobre as quais conversar.

Eu já aceitei que provavelmente não terei amigos próximos no colégio. Só estou feliz por estar quase me formando. Mas não há a menor chance de eu conseguir explicar isso para mamãe e papai sem que eles acabem ainda mais preocupados. Não quero nem tentar.

— Acho que preciso dar uma arejada nas ideias — digo, descansando as mãos na mesa. — Posso sair com o carro pra dar uma volta?

> **@JosieJornalista:** achei que minha fase rebelde seria incrível mas a única coisa que consegui fazer foi ver os filmes do Tarantino escondida (não valeu a pena)

CAPÍTULO 2

A melhor parte de enfim ter dezessete anos é poder dirigir. Não posso sair sempre que quiser, porque não tenho carro, mas me sinto melhor no momento em que coloco as mãos no volante. Dirigir me lembra de que há outro mundo lá fora. A vida não é só nossa cidade e o ensino médio, não importa o quanto pareça ser assim.

E também tem uma lanchonete a dez minutos de casa.

Eu sempre amei escrever, mas o fato de agora ser paga pelos meus artigos sem dúvida dá um sabor a mais à diversão. Não tenho que implorar para alguém pagar um milk-shake para mim e esconder as provas depois. Eu tento, tento mesmo, mas essa dieta que mamãe me força a fazer não funciona. Já fiz de tudo: contagem de gramas, acompanhamento de calorias, cortar laticínios ou glúten e fazer essa "mudança saudável de hábitos" que ela anda curtindo. Nada funcionou. Ou eu perco no máximo uns sete quilos (que voltam depois de dois meses), ou nada muda. Não vale a pena. Queria que mamãe entendesse isso.

Ainda estou satisfeita do jantar, então passo pela Dairy Queen e vou direto à estrada principal. O ar quente do sul sopra pelas janelas abertas; o rádio toca ao fundo. Mamãe odeia ouvir música enquanto dirige, mas quando estou no volante eu coloco o volume no máximo.

O toque agudo do meu celular faz meus olhos saltarem para o banco do carona. Em casa, sempre deixo sem som, muito porque prefiro mandar mensagens do que falar ao telefone. A única razão para ele não estar no mudo agora é por causa de uma das regras de meus pais. Eu encosto e paro o carro.

É Monique.

Por algum motivo, achei que seria algo sobre o concurso. Meu coração se contrai por um instante, e então a ansiedade dispara outra vez. Monique provavelmente leu meu último artigo. Já. Meu Deus. Começa tudo de novo: a respiração superficial, o turbilhão de pensamentos, o bloqueio mental.

Tá tudo bem, tá tudo bem. Ela vai dizer algo legal.

Mas não consigo deixar de me perguntar se ela está ligando por outra razão. Talvez tenha odiado o que eu escrevi. Talvez estivesse tão ruim que ela não quer que eu escreva nunca mais, e se for o caso, então Monique não vai mais fazer meu relatório de evolução para a escola, e só vou ter esse texto horrível, nenhum relatório e vou reprovar no último ano.

Nem é preciso que seja algo grave e terrível. Só os silêncios constrangedores já me deixam ansiosa. Eu odeio quando isso acontece em conversas cara a cara e ao telefone. Nunca sei o que dizer. Não sei como vou soar. Então o silêncio se abate sobre mim, cada vez mais forte, até meu ar se esvair.

O celular para de tocar. Agarro o volante com mais força, olhando de relance para baixo. Não leva nem um segundo para que ele comece a tocar de novo. Me forço a respirar fundo e, antes que eu possa dar para trás, atendo a ligação e seguro o telefone no ouvido. Quanto mais rápido começarmos a conversar, mais rápido vou me sentir confortável. Acho.

— Alô — digo. Minha voz falha. *Argh*. Com sorte, ela não notou.

— E aí, Josie! — A voz de Monique é forte e alta. Eu me preocupo tanto com o jeito que falo, mas ela nem parece se importar. — Espero não estar ligando num momento ruim.

— Não, não — digo, balançando a cabeça embora ela não possa me ver. — Estou só dando um tempo depois do jantar. Como você está?

— Passando um agradável tempo em casa sozinha, finalmente — ela diz, rindo. — Ficamos um bom tempo na redação, tentando cumprir os prazos antes do fim do ano, e Nova York no inverno com toda certeza não é como nos filmes. Mas, falando em prazos, queria conversar com você sobre o artigo que me enviou mais cedo.

— Ah. — Algo em meu estômago queima, meus dedos seguram o telefone um pouco firme. Ela sempre faz observações de uma forma muito gentil, mas é mais fácil não levar para o pessoal quando estão escritas em um e-mail. — Terminou de ler? Já?

— Ahã. — Ela enfatiza o último *ã*. — Não consegui parar de ler. Aquilo que você disse sobre cineastas pretos só serem valorizados quando os personagens pretos sofrem realmente me tocou. Acho que sempre reparei que os filmes mais difíceis ganham prêmios, mas os filmes divertidos, como *Um Príncipe em Nova York*, são excluídos.

— Pois é — digo, pigarreando. — Queria que todos os filmes fossem lançados numa disputa de igual pra igual. Tipo, quando temos filmes sobre jovens pretos simplesmente vivendo suas vidas e amadurecendo, as pessoas nem dão bola, mas quando se tem toda a tristeza e sofrimento de filmes como *Preciosa*, as pessoas amam. Então por que o público simplesmente tem tanto interesse pela dor dos pretos? Minha sensação é que nos dizem que as histórias sobre dor são as mais importantes. E elas até podem ser. Só não devem ser as únicas.

— É brilhante — diz Monique. Meu coração dispara. Sempre considero meus artigos importantes, mas isso não significa que todos verão da mesma forma. O elogio de Monique realmente me dá um gás. — Está muito bem explorado. Você melhora a cada texto que me manda, juro.

— Ah — eu digo, me remexendo no banco. — Uau. Muito obrigada mesmo.

Elogios são constrangedores porque não sei exatamente como reagir. Quero ser humilde e doce, mas também não quero dar a impressão de que estou surpresa. Escrever é o *meu rolê*. Sei que sempre dá para melhorar, mas eu sou boa nisso. Sei disso desde a primeira vez em que Monique leu os posts de meu blog e me mandou um e-mail, me convidando a escrever artigos sobre cinema para a revista *Essência*. Sei disso desde que eu contei a ela que tinha dezessete anos e ela surtou. Mas, ainda assim, é bom ouvir essas coisas.

— Tem potencial pra ser poderoso de verdade — continua Monique. Me recosto no banco e assimilo o que ouvi. — Queria que você estivesse recebendo mais atenção por esse trabalho, ainda mais por ser tão nova.

— Talvez. — Ajeito meu jeans, sem saber o que mais dizer. — Mas não quero que as pessoas prestem atenção em mim só por causa da minha idade, sabe? Quero que elas gostem do meu trabalho.

— Eu entendo — diz Monique. — Mas, cá entre nós, você é mais talentosa do que alguns dos meus colegas.

Dou uma risada, mas ela sai estrangulada. Eu sou tão boa assim? Fico até meio tonta.

— Mas enfim, só te liguei pra falar o que achei — ela continua. — Eu sei que lhe digo em meus e-mails o quanto você é talentosa, mas preciso me assegurar de que esteja realmente ciente disso. Nem é questão de potencial, Josie. Você já é uma jornalista. Só o que precisa fazer é continuar trabalhando. Quando chegar à minha idade, as pessoas vão estar comendo na palma da sua mão, se é que já não estão.

— Bem que eu queria. — Bufo pelo nariz. — Ninguém por aqui liga pra isso de escrever. Meus pais me acham estranha, e minha irmã escuta, às vezes, mas sei que ela só está tentando fazer eu me sentir melhor. E eu não falo sobre isso com ninguém da escola, acho que não entenderiam. Os únicos que prestam atenção são meus seguidores no Twitter.

Assim que as palavras transbordam, me arrependo delas. Ela ligou para me cumprimentar, não para me ouvir reclamar do colégio. Não quero que ache que sou só uma adolescente petulante.

Mas Monique não desliga. Não achei que realmente faria isso, mas às vezes é difícil lutar contra essas ideias ridículas.

— Ah, o ensino médio. — Monique suspira por tempo o suficiente para que pareça uma canção. — Mana, eu *definitivamente* não sinto saudades dessa época. Mas não fica mal, não. Você só não encontrou sua turma ainda. E tudo bem, né? As pessoas que vão te sacar podem estar em qualquer lugar, até onde menos se espera, e você tem muito tempo para encontrá-las. Essa é a melhor parte de crescer.

Sorrio para os céus por trás do para-brisa. Há tanto do mundo que eu ainda não vi — filmes que não assisti, mentes que não provoquei, países que não visitei, pessoas que não conheci. O mundo real não é tão pequeno. Às vezes é esse pensamento que me faz seguir em frente.

@JosieJornalista: vocês também leem e-mails e choram?

Maggie sempre tem alguma *parada*. Sempre há um novo projeto: colocar citações inspiradoras pelas paredes, treinamento de doula, até começar uma dieta de comida crua (que com certeza foi *a pior*). O resto da família só acaba sendo arrastado por ela de alguma forma.

Mas o Momento do Espelho é algo que não me incomoda. Eu nem posso fugir, já que nós três usamos o mesmo banheiro. E é só mais uma maneira pela qual Maggie tenta ajudar. Como deixar post-its com mensagens positivas pela casa ou criar um *cantinho da tranquilidade* para mim, com pufes e música relaxante, no quarto que divido com Alice.

Eu agradeço o esforço. É só que muito da minha ansiedade vem das pessoas prestarem atenção em mim. Não consigo evitar pensar demais nisso. Eu sou um fardo muito grande? Estou incomodando?

Parece que já estão todos lá embaixo, ajudando mamãe a arrumar as coisas. Ou seja, estão todos ocupados demais para me procurar. Ou seja, tenho o banheiro todo só para mim e eu estou meio que precisando.

Após não ter notícias do concurso ontem, presumo que perdi. Estou acostumada à rejeição — enviar propostas para diferentes revistas faz isso com você —, mas dói mesmo assim.

Afasto os cabelos do rosto, me revelando no espelho. Há linhas sob meus olhos e algumas partezinhas ásperas perto da boca, mas tirando isso, sou bonita. A regra é que devemos começar o dia dizendo algo positivo sobre nós mesmas em frente ao espelho.

Levou um tempinho para chegar nesse ponto, mas eu gosto *mesmo* do meu rosto. Tenho pele marrom-escura, lábios carnudos e o que Beyoncé chamaria de "nariz de negro". Esse rosto é uma graça, especialmente por minhas bochechas. Mamãe ainda gosta de apertá-las de vez em quando, como se eu fosse um bebê. E andei cuidando do meu cabelo. Não tenho exatamente um *black power*, mas há uma boa quantidade de folículos para cima. Dou um sorriso.

Sinceramente, nem preciso disso. Não me acho feia. Mas Maggie diz que a questão não é a beleza física, mas sim *paz interior*, *autoconfiança* ou alguma coisa do tipo. Então abro a boca e digo:

— Você é inteligente, gentil e talentosa.

Parece algo que sairia de *Barney e seus amigos*.

Gostar do meu rosto é bem fácil. É o resto do meu corpo que pode dar algum trabalho. Levanto a regata com a qual dormi, olhando minha barriga se derramar para fora. A essa altura, encolhê-la já se tornou um hábito e é libertador, e meio decepcionante, quando relaxo.

Eu e Laura, minha terapeuta, trabalhamos com enquadramento — é assim que eu chamo, já que me lembra da televisão. A ideia é olhar para a situação por um outro ângulo.

Então eu tento não fazer uma careta ao ver minha barriga. Ela não devia ser tão grande, mas tudo bem, porque cada corpo é diferente. Eu não ligo para minha barriga quando estou sozinha. Tento pensar no Ursinho Pooh, em como todos o amam e em como ele usa um cropped e é, de modo geral, um ícone fashion. Isso me faz sorrir. Esfrego as mãos em meu abdome, me balançando para a frente e para trás em frente ao espelho. Não há nada de errado em ter barriga. Barrigas são fofinhas e protegem órgãos importantes.

— Dói?

Meus olhos saltam, encarando os de Alice no espelho. Ela é mais alta do que eu, o que não é algo difícil, visto que tenho pouco mais de 1,50m. Ainda está com o lenço na cabeça e a camisa de dormir engole sua pequenina silhueta. Tenho que controlar um pouco da inveja em minhas entranhas.

— Dói o quê? — pergunto, limpando a garganta e movendo os braços.

— As estrias. — Seus olhos disparam para minha barriga antes que eu consiga baixar a camiseta. — Maggie ficou com algumas depois que engravidou do Cash, mesmo usando manteiga de karité o tempo todo.

— Eu lembro. — Balanço a cabeça ante a memória. Eu tinha treze anos, idade suficiente para que meus pais conversassem comigo sobre esperar até o casamento. — E não, não doem.

Não *parece* que ela está tentando fazer eu me sentir mal, mas com Alice nunca sei dizer. Mesmo que não fosse sua intenção, um gatilho já foi acionado. Não é só a minha voz dizendo que há algo de errado com meu corpo. Gente normal não deveria ter estrias, a menos que engravidasse. Eu nem sei como as minhas surgiram: ondulações profundas na altura do estômago, mais escuras do que o resto da pele.

— Bom, então acho que não tem que se preocupar com elas — ela diz, tirando o lenço e correndo a mão por suas tranças. — Maggie ainda faz o Momento do Espelho?

— Hã, faz. — Tento não revirar os olhos. — Faz só três meses que você saiu de casa. Não mudou muita coisa.

— Hmm. — Seus olhos se estreitam enquanto ela analisa o próprio reflexo. — Estou gostando dos meus olhos, hoje. Eles parecem cor de mel.

— Seus olhos são castanho-escuros.

— Eu disse que eles *parecem* cor de mel — ela responde, balançando a cabeça. — Meus olhos podem *parecer* ter qualquer cor que eu quiser.

Não sei se ela está falando sério ou não. Alice meio que faz piada de tudo.

Visto minha roupa para o Dia de Ação de Graças (um vestido floral laranja e vermelho pelo qual ando apaixonada) antes de me esgueirar escada abaixo. Mamãe já está na cozinha, para lá e para cá com uma colher de pau, dando ordens a papai, Maggie e até ao coitado do Cash. Eu recuo, mas a colher se ergue de pronto na minha direção. Merda. Ela me viu.

— Por que você já está arrumada? — Ela semicerra os olhos.

— Ainda tem que ajudar.

— Mas está tarde. — Olho para o relógio pendurado na parede. São onze horas. — O pessoal vai começar a chegar em uma hora. Você conhece a tia Denise.

Papai bufa pelo nariz. Mamãe dispara um olhar a ele, que volta sua atenção ao peru.

Tia Denise e o marido novo dela, um cara cujo nome ainda nem me dei ao trabalho de decorar, aparecem ainda mais cedo do que esperávamos e tocam a campainha três vezes. Mamãe me dirige um olhar significativo. Maggie ainda está pondo a mesa com a ajuda de Cash, e meus pais continuam a cozinhar. Quem sabe quando Alice vai descer? Sobra para mim entretê-los. Sei que não devia, mas minha ansiedade também se inflama perto deles.

— Josie! — Tia Denise me puxa para seu peito em um abraço.
— Ah, olha só pra você! Está tão grande!
Estremeço. Não ajuda em nada Tia Denise ser tão magra quanto meu dedo mindinho. Ela recua, seus olhos avaliadores correndo pelo meu corpo. Eu encaro um ponto em seu peito que é mais claro do que o resto de sua pele, talvez seja uma marca de nascença.
— Como vão as inscrições para as faculdades?
— Bem. — Dou de ombros. — Fiz a inscrição antecipada na Spelman, estou esperando notícias de lá.
— Aah — ela diz, pousando a mão em minha bochecha. — Seguindo os passos da sua irmã mais velha, hein?
— Bom, na verdade, eu queria estudar lá desde antes dela. — Eu bufo. — Foi Alice que seguiu os *meus* passos.
Tia Denise sorri feito uma menininha.
— Certo — ela diz. — É claro, meu bem.
Ela passa por mim, toda alvoroçada, puxando o marido. Espio a cozinha e vejo que ela já capturou a atenção de mamãe e de papai. Isso dá mais alguns minutos para eu me esconder de todos e, antes que possam se perguntar onde estou, corro escada acima.
Alice e eu estamos dividindo o quarto enquanto ela está em casa. Suas malas estão perto demais da porta, então tenho que encolher a barriga para passar. Chuto uma das malas para longe. Tecnicamente, a porta poderia ter empurrado.
Pego meu telefone e o tiro do carregador. Mamãe odeia telefones à mesa quando nos sentamos juntos, mas isso raramente acontece, mesmo no dia de Ação de Graças. Todos acabam se sentando em rodinhas pela casa sem nem manter mais a farsa de nos sentarmos à mesa. Ela não vai notar meu telefone, contanto que eu cumprimente as pessoas.
Estou lendo um artigo sobre a produção do filme *Os Donos da Rua*. Deixo a porta fechada enquanto leio, mas ainda escuto

os sons da porta da frente sendo aberta, de pessoas conversando e rindo. Quase não noto o som da notificação do meu e-mail.

Há o de sempre: spams com dicas para espionar ex-maridos, propagandas de faculdades... Mas.

Mas.

Tem um da revista *Em Foco*. Eu abro, tentando não gritar.

Cara Josephine,

Parabéns! Você foi selecionada como a vencedora do concurso caça-talentos da Em Foco. *Uma equipe de quinze redatores e editores avaliou as inscrições deste ano e participou do processo de julgamento. Atrasamos o anúncio porque nossos juízes tiveram dificuldades para escolher apenas um entre os quatrocentos finalistas, mas por fim você foi a escolhida. Pode se orgulhar de sua conquista.*

Ai.

Meu.

Deus.

Deixo meu grito sair. Lá de baixo, ouço um baque alto. Volto para meu telefone.

Como você sabe, o grande prêmio é a chance de fazer parte da turnê de divulgação de um novo filme, Incidente na Rua 57, *estrelando Art Springfield (ator indicado ao Oscar), Grace Gibbs e o estreante Marius Canet. Com a parceria entre a* Em Foco *e a Holofote Filmes, você terá acesso irrestrito ao elenco e à equipe, mas seu objetivo será escrever um perfil de Marius, que recebeu críticas entusiasmadas por sua interpretação. Você participará de eventos de divulgação durante duas semanas, em Los Angeles, Austin,*

Chicago, Atlanta e Nova York, onde fica nossa redação. A Em Foco *cobrirá todas as suas despesas de viagem e hospedagem, e você também receberá um prêmio em dinheiro de US$ 500.*

Estou muito contente por você estar se juntando à equipe da Em Foco. *Serei sua supervisora durante este trabalho, o que significa que organizarei entrevistas, eventos e transporte durante a turnê de divulgação e serei a primeira a revisar a versão final de seu artigo antes da submissão à nossa equipe editorial. Se tiver qualquer dúvida, por favor, fique à vontade para perguntar!*

Anexado a este e-mail está um contrato. Assim que possível, solicito que avalie e assine, junto com um de seus pais, pois não poderemos dar seguimento sem o contrato assinado.

Você, então, receberá pelo correio uma credencial de imprensa oficial da Em Foco, que deve usar durante os eventos. Após a assinatura do contrato, marcaremos seu voo para que possa acompanhar uma sessão do filme em Los Angeles, na semana que vem, com a realização de uma coletiva de imprensa logo depois. Caso aceite, vou contatá-la em breve para passar mais detalhes.

Estamos ansiosos para trabalhar com você!

Atenciosamente,
Lauren Jacobson
Gerente de Publicidade da Em Foco

Minhas mãos estão tremendo.

Eu. Eu venci o concurso. *Eu.*

Quando me enviaram o e-mail informando que eu era uma das finalistas, me disseram que tinham duas mil inscrições, das quais quatrocentas foram escolhidas como finalistas. E, entre essas *quatrocentas* pessoas, escolheram a *mim*. Não parece real. A gerente de publicidade da minha revista favorita acabou de *me* mandar um e-mail. Vou escrever uma reportagem para a minha revista favorita. *Eu, eu, eu.*

Nem imagino o quanto isso pode significar para a minha carreira. Nos últimos quarenta anos, a *Em Foco* é *o* centro da cultura pop. Todo mundo que é alguém já esteve na capa, incluindo:

- Astros clássicos da música como Beatles, Michael Jackson e David Bowie
- Novos astros da música como Adele, Kendrick Lamar e Lorde
- A Rainha (Beyoncé)
- Atores como Heath Ledger, Denzel Washington, Cate Blanchett, Natalie Portman, Keira Knightley, Andrew Garfield, Issa Rae...

Pensar em tudo isso ao mesmo tempo me deixa tonta.

Sempre devorei perfis de roteiristas, diretores e atores, embora tenha certeza de que a maioria deles seja arranjado. Essa é minha chance de enfim ver pessoalmente como tudo funciona. E como é que se inclui isso em um currículo, afinal? Em uma caixa especial com letras brilhantes e purpurina?

Isso pode me ajudar a conseguir mais frilas. Pode me levar a coisas *maiores*. Pelo amor de Deus, é a *Em Foco*. Posso fazer o que eu bem entender depois disso.

Cubro a boca com uma das mãos. Um riso nervoso se mistura a outro grito, o que me faz soar como um cavalo nervoso. Nem me preocupo. Claro, eu não contei aos meus pais que o grande prêmio envolve passar algum tempo viajando por cinco cidades diferentes com um grupo de atores, um diretor e outras pessoas do cinema. Claro, eu sofro de ansiedade e odeio estar com gente que não conheço.

Mas, *meu Deus*, como o lado positivo supera o negativo. Essa é minha chance de fazer algo empolgante uma vez na vida. É minha chance de fazer o que amo em uma escala maior. Essa é minha chance de ser levada a sério como jornalista.

Abro duas abas diferentes: uma com o nome do ator e uma com o nome do filme. Começo a responder o e-mail da srta. Jacobson. Mas o que eu digo?

— Josephine? — A voz de mamãe se projeta escada acima. — Desça já aqui!

Ah, é mesmo. Vamos começar pelo começo: tenho que pedir permissão para os meus pais.

> **@JosieJornalistas:** meus pais na verdade são os melhores pais do mundo todo, quem quiser discordar: não precisa

CAPÍTULO 4

É uma tortura esperar a noite inteira até todos irem embora. E quando digo a noite *inteira*, estou falando sério. Tio Eddie só vai para casa depois das onze. Mamãe tem até que chamar um táxi para ele. Paro atrás dela enquanto ela o observa por detrás da porta.

— Mãezinha?

Ela ergue uma sobrancelha.

— O que é que você quer?

Eu a puxo de volta para a cozinha. Está uma bagunça, com potes e garrafas pela metade, pratos e talheres sujos. Papai já está organizando o que sobrou do jantar. Vamos passar no mínimo a próxima semana comendo peru e salada de batata.

— Bom — digo eu, juntando as mãos. — Fui presenteada com uma oportunidade única na vida.

— O quê? — Papai ergue o olhar. — Uma bolsa escolar?

— Hã, não — digo. — Não desse tipo. Ainda melhor.

Mamãe cruza os braços, as sobrancelhas erguidas em expectativa.

— Certo — começo, respirando fundo. — Vocês se lembram daquele concurso de que participei há alguns meses? O caça-talentos da *Em Foco*? Para jovens repórteres?

— Sim — diz mamãe. — Lembro, sim. Teve alguma notícia?

— Tive — digo. — E são notícias realmente incríveis. Eu fui a escolhida. Entre duas mil pessoas.

— Ai, minha nossa, Josie — diz papai, se aprumando. — Isso é *incrível*. Venha cá.

Ele me puxa para seus braços, me apertando até eu estar à beira do desfalecimento. Dou risada, encostada em seu ombro.

— A *Em Foco* — ele diz, me balançando para a frente e para trás. — Josie! A gente tá muito orgulhoso de você!

— Estamos mesmo. — Mamãe sorri. — E aí, qual é a lado negativo?

— Na verdade *não tem* lado negativo, se você parar pra pensar. — Umedeço os lábios. — O grande prêmio é a chance de escrever uma matéria de capa para a revista.

— Eu lembro que você nos contou isso — diz papai, balançando a cabeça. — Nossa filha, escrevendo a matéria de capa pra *Em Foco*. Sabia que o Obama já saiu na capa?

— Você pendurou essa capa no seu escritório. — Eu me esforço ao máximo para não revirar os olhos. — Então, também vou poder escrever uma matéria de capa, sobre um novo filme estrelando Art Springfield...

— Art Springfield — repete papai. Ele olha para mamãe. — Parece que esse vamos ter que ver.

— Claro, amor. — Mamãe não tira os olhos de mim. — Chegue logo ao ponto, Josie.

— Tá. — Me forço a respirar profundamente pelo nariz. — Tenho que participar de uma turnê de divulgação com o elenco e a equipe, para fazer uma cobertura precisa para a matéria. E a turnê passa por cinco cidades dos Estados Unidos, durante duas semanas. O primeiro evento é na semana que vem, em Los Angeles.

Há um pesado momento de silêncio enquanto ela e papai se entreolham.

— Ah — diz papai, jogando o pano de prato por cima do ombro. — Bom, se é *só* isso.

Eu enrubesço.

— Nem pensar que vou te mandar pra atravessar o país por conta própria — diz mamãe, balançando a cabeça. — Quantas cidades diferentes? E você espera que eu arrume esse dinheiro onde?

Ótimo. Ela está fazendo perguntas. Quando mamãe quer *mesmo* dizer não, ela simplesmente encerra a conversa antes mesmo de começar. Esse é o seu modo de me instigar a lutar pelo que quero.

— Eles vão cobrir as despesas de hospedagem e passagem — digo. — E vou receber quinhentos dólares em dinheiro.

— Quinhentos dólares — diz papai. — Como eles são gastadores, hein?

— O resto poderia ser meu presente de Natal — completo. — Ou posso ajudar a pagar com o dinheiro que ganhei no Cora.

— Aquele dinheiro é para a faculdade — diz mamãe.

— Certo — digo. — Mas uma turnê de divulgação é bem mais impressionante do que só meus frilas. E Monique ainda pode ser minha mentora e tudo o mais.

Ainda nem conversamos sobre isso, mas tenho certeza de que ela não se importaria. É para isso que os projetos de conclusão existem. Outros jovens viajam para continentes diferentes para participar de missões e construir casas. Eu posso ir a uma turnê de divulgação que vai catapultar minha carreira.

— É só que... — Eu bufo. É difícil dizer tudo que estou sentindo de uma vez. — Eu faço qualquer coisa para poder ir. Isso é muito, *muito* importante pra mim.

— Não sei, não — diz papai, olhando para minha mãe. — Me parece muita responsabilidade.

— Eu sou responsável — digo, estendendo a mão e contando nos dedos. — Eu cuido do Cash quando ninguém pode ficar com ele. Faço feira aos fins de semana. Tenho um trabalho. Fiz todas as coisas para a faculdade praticamente sozinha. Dou conta disso.

Papai assente e mamãe lança um olhar para ele.

— Eu entendo — ela diz lentamente. — Só que não me sinto confortável com você viajando por aí sozinha, e não posso pedir folga do trabalho por tanto tempo.

— Nenhum de nós poderia fazer isso — ele se junta a ela. — Eu realmente queria que fosse possível, mas...

— Maggie pode ir comigo. — As palavras voam de minha boca. — Ela pode ir comigo.

— Ah, é? — Mamãe me olha com aquela cara. — Ela também não pode pedir folga no trabalho e duvido que você iria querer levar Cash junto.

— Tá, e que tal a Alice?

Antes que meus pais possam até mesmo processar minhas palavras, minha irmã entra feito um turbilhão na cozinha. Eu *sabia* que ela estava escutando.

— Não — ela esbraveja. — Não vou pedir uma licença para ficar de babá.

— Não é ficar de *babá* — eu digo. — Eu sou só dois anos mais nova que você. E nem vai precisar pedir licença. Seu recesso de inverno começa na semana que vem.

— O recesso é um tempo pra *mim* — ela diz, cruzando os braços. — Preciso ficar com meus amigos.

— Você pode fazer isso a *qualquer* hora. Qual é, Alice. Nunca te pedi nada.

— Que mentira. — Ela revira os olhos. — Quantas vezes tive que te levar aos lugares antes de você *finalmente* tirar sua carteira de motorista?

— É diferente.

Meu rosto queima. Só reprovei duas vezes porque sempre ficava ansiosa. As pessoas buzinavam para mim ou o representante do departamento de trânsito me lembrava de fazer alguma coisa, e aí eu parava completamente de respirar.

— Não sou obrigada a ir só porque você me pediu — ela diz, como se eu nunca tivesse dito nada. — Você espera que eu fique fazendo o que esse tempo todo? Te seguindo e tricotando?

— Eu só preciso...

— Se continuarem com isso, não vão a lugar nenhum — mamãe esbraveja. Nós duas nos calamos. — Nem consigo ouvir meus pensamentos.

Os lábios de Alice estão repuxados para baixo. Aposto que ela não quer ir só porque *eu* dei a ideia. Se meus pais tivessem pedido, ela teria reclamado, mas teria dado o braço a torcer. Afinal, não é como se eu estivesse pedindo para ela arrancar os próprios olhos. Estou pedindo que me acompanhe em uma viagem, não é a pior coisa do mundo.

— Se puder garantir que vai manter o foco em seus trabalhos da escola — diz papai, escolhendo as palavras lentamente, os olhos travados em nossa mãe. — E se puder convencer Alice a ir com você... não vejo por que não.

Me viro para minha irmã. Ela ainda está fazendo cara feia.

— Alice. — Me conformo com fazer beicinho. — *Por favor?* Você vai poder ir para Nova York e L.A., e prometo que a gente vai pra onde você quiser. Eu faço suas tarefas de casa por um ano.

— Eu passo a maior parte do ano fora.

Dou um resmungo, jogando a cabeça para trás.

— Alice — diz mamãe —, não precisa ir se não quiser, mas seria algo legal de se fazer por sua irmã.

Alice morde o lábio. Luto contra o anseio de dar um soco no ar. O apoio da mamãe é melhor do que qualquer outra coisa que eu pudesse prometer.

— Bom — ela diz, finalmente, soltando um grande e exausto suspiro. Os cantos de sua boca repuxados a entregam. — Eu *sempre* quis ir à Los Angeles. E se eu puder conhecer...

Dou um grito, lançando os braços ao redor dela. Alice geralmente não é chegada a abraços. As mãos flácidas junto ao seu corpo provam isso. Estou tão feliz que não consigo resistir. Papai ri, mas mamãe dá um tapa na mesa, chamando nossa atenção.

— Mas, assim que vocês voltarem, vão se concentrar na *faculdade* — diz mamãe, com o dedo em riste. Eu me ponho na ponta dos pés. Nada que ela possa dizer vai estragar isso para mim. — E quero telefonemas. *Telefonemas, não mensagens.* E quero que sejam de hora em hora. Estão entendendo?

Não consigo ouvir mais nada do que ela diz porque estou muito ocupada gritando e a puxando para um abraço.

> **@JosieJornalista:** um salve para roupas gg que são mesmo gg e não só tamanhos normais que já deviam existir nas lojas

CAPÍTULO 5

Quando eu tinha oito anos, fomos a uma grande reunião de família na Disneylândia, e essa foi a única vez em que eu saí do estado. Então, não faço ideia do que levar na mala para essa viagem.

Enquanto Alice passa os dias seguintes fazendo provas finais e encerrando seu primeiro semestre na faculdade, eu tento arrumar tudo de que vou precisar para uma turnê de duas semanas. Na terça, Maggie brota em meu quarto e franze o cenho para minha mala como quem olha para um cachorrinho abandonado.

— Que foi? — Baixo os olhos para a mala. Tem o *suficiente*, mesmo que não esteja tudo dobrado. — Não tá tão ruim assim. Pelada não vou ficar.

— Mas essa é uma *ocasião especial*. Você vai entrevistar *astros do cinema*. — Ela agarra meus ombros, me balançando para a frente e para trás. — Josie, você entende o que isso significa?

— Tipo, o maior astro do filme é o Art Springfield, e só gente velha feito a mamãe e o papai gostam dele — digo. — Eu vou entrevistar o estreante, mas ele não é exatamente o que se chamaria de...

— Para de cortar meu barato — ela interrompe. — Eu tô me realizando através de você.

— Queria que você pudesse vir — eu digo. Alice não está por perto, então posso ser sincera: ela é a minha irmã favorita. — A gente ia se divertir *tanto*.

— Eu sei. — Ela faz beicinho, tirando algo de minha camiseta. — Mas você vai estar com Alice e vocês vão se divertir um monte sem mim. Ela tá bem empolgada, sabia?

Ergo as sobrancelhas. Maggie nunca toma partido nas questões entre mim e Alice, ou seja, acaba falando umas coisas em que ninguém acredita. Ela me dá um empurrão e faz um muxoxo.

— Se não consegue se divertir em uma viagem com todas as despesas pagas, tem algo de errado com você. — Maggie coloca as mãos nos quadris. — E você precisa de roupas melhores. Algo bacana. Algo chique.

Aff. Eu amo roupas, só odeio comprá-las. Gosto de olhar para as fotos das celebridades caminhando pela rua durante a semana de moda e de ver *Project Runway*. É um paradoxo: roupas parecem flácidas e inúteis quando não estão sendo usadas, mas a maioria dos estilistas não está pensando em corpos como o meu. Mesmo as modelos plus-size parecem mais, sei lá, *simétricas*. Os corpos delas parecem pertencer às passarelas. Sempre que encontro algo que gostaria de vestir, pareço equivocada dentro das peças, como um bonequinho de biscoito de gengibre com massa demais nos lugares errados.

Mas não sei como dizer nada disso a Maggie. Ela vai me dizer que sou linda do jeito que sou. Mas não é como se eu *precisasse* ser linda, a questão não é essa. A questão é o modo como todos olham para mim quando visto roupas que não me caem bem. Suas bocas se curvam para baixo e as pessoas às vezes até sussurram. Quase posso ouvi-las pensando: *Graças a Deus eu não me pareço com ela.* Queria apenas poder existir sem chamar a atenção. Não quero nenhum foco voltado para mim, a menos que eu peça por ele.

Maggie e eu conversamos o tempo todo sobre menstruação, homens e as vezes em que ela transou e foi ruim. Mas isso não é algo que quero dividir com minha irmã. Enterrei o assunto bem fundo dentro de mim.

— Tenho que economizar dinheiro para a viagem — digo, em vez disso. — Então, o ator chique vai ter que se satisfazer com roupas normais.

— Não se preocupe com isso — diz Maggie com um gesto. — Vou te fazer esse agrado.

Não consigo me forçar a dizer não.

*

Alguns dias depois, Maggie consegue convencer a mamãe a ficar cuidando de Cash para que nós possamos ir ao shopping. São trinta minutos de carro com minhas *duas* irmãs, o que significa que acabo no banco de trás enquanto elas botam a conversa em dia. Elas falam das mesmas coisas sobre as quais Maggie conversa com suas amigas ao telefone: sexo, homens, *reality shows*, cabelo. Eu me desligo e fico mexendo no celular.

O shopping é gigantesco, então há diversas lojas para escolher. Maggie começa por uma butique perto da entrada, mas duvido que tenha dinheiro suficiente para comprar qualquer coisa aqui. Há algumas outras mulheres na loja, e elas são todas brancas.

— Esse aqui parece legal — diz Maggie, pegando um vestido longo púrpura. — O que vocês acham?

— Acho que eu não ia conseguir nem andar com isso — diz Alice. — É comprido demais.

— Mas até que é maneiro — digo. Tirando isso ele é bem simples, basicamente um pedaço de tecido comprido. — Seria como ter uma cauda atrás de você, que nem uma princesa.

Alice ergue uma sobrancelha, mas não diz nada. Uma mulher atrás de nós dobra uma pilha de camisas em uma mesa de madeira gigantesca. Maggie nos conduz na direção de outra arara. A mulher branca nos olha de relance. Uma cochicha no ouvido de outra. Me viro para Alice, seus olhos estão semicerrados.

— Gostei desse — diz Maggie, puxando um macacão. — O que você acha?

Ele é laranja-claro, com calças longas e folgadas, mangas curtas bufantes e uma abertura nas costas. O tipo de coisa que imagino todas as moças elegantes de L.A. usando. Meio que parece um vestido, uma mistura de saia, blusa *e* macacão, tudo ao mesmo tempo.

— Eu amei. — Corro a mão pelo tecido. É macio. — Tá pensando em levar? Quanto é?

Maggie dá uma olhada na etiqueta do preço e seus olhos se arregalam.

— Maggie?

— Não se preocupe com isso. — Ela esconde a etiqueta de volta. — Veja se você gosta.

— Acho que aquela mulher está nos seguindo.

A voz de Alice é um sussurro. Já eu, nada discreta, viro a cabeça. A mesma moça da mesa está logo atrás de nós. Ela me percebe olhando e rapidamente se vira na direção de uma arara de roupas. Meu rosto queima. Esse tipo de coisa *acontece*, mas não o tempo todo. Quero ir embora, mas também quero o macacão.

— Aff. Ignora ela — diz Maggie, se voltando para a nossa arara. — Vem, Josie. Vamos ver se tem esse do seu tamanho.

O maior é um GG e só tem um, então Maggie me faz levar também um G até o provador. Ela e Alice pegam macacões diferentes — um preto e branco, outro de poá — e vêm logo atrás de mim. A mesma funcionária fica por lá. Alice lança um olhar tão fuzilante para ela que seria capaz de matá-la. Mesmo assim, a funcionária não se move.

Não demora muito para minhas irmãs experimentarem as roupas. Ir às compras é diferente para elas. As duas cabem em tamanhos M, e perto de mim, parecem mais velhas, sensuais. Maggie deu à luz e, como resultado, tem quadris maiores e mais largos. Alice não tem tantas curvas quanto nós, mas está sempre linda, ainda mais com seus olhos escuros fixos no reflexo no espelho.

O G nem fecha em mim, aperta na barriga. O GG até cabe, mas algumas partes parecem exageradas, destacadas. Duvido que eu esteja parecendo as modelos que usam essa roupa no site da loja.

Minhas irmãs estão em silêncio. Eu encaro nós três no espelho: as duas parecendo modelos, eu sendo *eu*. Sozinha, não há nada de errado com isso, mas é difícil quando estou junto delas. O mundo me compara a todas as outras pessoas, então eu já faço isso automaticamente.

— Talvez a gente possa ver se tem algo maior? — diz Alice, olhando para Maggie. — Talvez na seção *plus-size*?

A seção plus-size é sempre um tiro no escuro. Há partes do meu corpo que são maiores do que outras — minhas coxas, minha barriga e meus seios, em especial —, mas as roupas plus-size nunca levam isso em consideração. É por isso que nada nunca parece cair bem em mim.

Odeio essa parte. Odeio quando elas olham para mim como se eu fosse um cachorrinho na sarjeta, quando todas ficam em silêncio e tudo o que se ouve é Britney Spears tocando na loja. É fácil dizer a mim mesma que ser gorda não é errado quando estou sozinha ou no Twitter. Ser gorda no mundo real, cercada por todo mundo, até pela família, é completamente diferente. Mas qual a alternativa? Não sair de casa nunca mais?

Gosto de roupas sofisticadas que parecem arte. Duvido que algum dia eu vá parecer alguém que acabou de sair de uma revista, porque nunca vi garotas como eu nas páginas brilhosas, mas posso imaginar enquanto observo minhas irmãs. Eu sou boa em imaginar.

— Não. — Cravo as unhas nas palmas das mãos. — Esquece. Gostei desse jeito.

E gostei mesmo, em partes. Minha barriga se avoluma e meus peitos parecem que vão pular da parte de cima. Mas eu gostei do resto. Tive que passar um bom tempo me acostumando com meu corpo, posso me acostumar a esse macacão E, se Maggie está pagando, não me importo. Eu devia ter o direito de ter coisas bacanas.

— Nós estamos gatas pra cacete — Alice diz. — Tira uma foto, Maggie.

Tirar fotos em provadores é uma coisa *nossa*. Fazemos isso desde a formatura de Maggie, quando ela estava provando os vestidos. Na época, elas duas ainda faziam rodeios com a palavra, como se tivessem medo de me chamar de gorda. Não é lá grande coisa e usar termos como *cheinha* só piora as coisas. Dá para ver o quanto as pessoas ficam constrangidas enquanto procuram a palavra certa para usar.

É *gorda* a palavra na qual elas estão pensando. *Gorda* era a palavra que me fazia chorar à noite quando eu estava no fim do ensino fundamental. Então é a palavra que uso quando me descrevo. É uma palavra que desejo despir de negatividade, como as outras pessoas negras tentam fazer com *preto*.

Mesmo que Alice esteja mentindo, não ligo. Eu não estou horrível, só diferente. Pelo menos estou aqui só com minhas irmãs. Eu não aguentaria ser a diferente no meio de estranhas.

O flash da câmera de Maggie me faz piscar, Alice ri e eu levo um susto, bufando pelo nariz.

— Tá bom, tá bom — diz Maggie, balançando a cabeça. — Mais algumas. Vamos.

Ela tira outras de ângulos diferentes. Eu costumava me esconder, porém, não mais. Do alto, só o que dá pra ver é meu rosto. Não ligo. Eu odiava meu rosto na época do fundamental, então talvez um dia consiga gostar do resto do meu corpo. Neste momento, não ligo de estar gorda demais com esse macacão. Estou feliz por este momento.

LOS ANGELES, CALIFÓRNIA

> **@JosieJornalista:** chega de terapia de conversão 2k21 pq QUE PORRA É ESSA COMO ISSO PODE EXISTIR???

CAPÍTULO 6

A Califórnia é mais plana do que pensei que seria.

É só no que consigo pensar no sábado, depois de pousarmos, darmos entrada no hotel e pegarmos um Uber para o cinema. O sol brilha acima de nós, as palmeiras ondulam gentilmente de um lado para o outro e tudo parece *plano*. Se há desníveis na pista, eu não sinto. Tudo é fluido.

Diferente de mim, Alice não parece interessada em apenas olhar pela janela. Ela passa todo o percurso tirando fotos com o celular: do carro, da paisagem e até de mim.

— Que foi? — ela pergunta. — Não vai querer se lembrar disso tudo depois que acabar?

— A gente acabou de chegar — digo. — Você ainda não tem permissão pra falar sobre a volta pra casa.

Ela revira os olhos e se volta para a janela.

O cinema se parece com aqueles usados na tevê como locação, antes da câmera virar para os tapetes vermelhos de estreias deslumbrantes. Alice agradece ao nosso motorista enquanto eu saio do carro e observo tudo. É menos reluzente durante o dia mas tem algo de charmoso nisso, como um rosto sem maquiagem.

— Então é isso? — Alice ergue o olhar para o letreiro, aperta os olhos. — Não estou vendo nada sobre incidentes nem ruas.

— Acho que eles não colocam as sessões para a imprensa nos letreiros.

— Claro. — Ela olha para mim. — Você sabe o que estamos fazendo?

Não, tenho vontade de dizer, *não faço ideia do que estamos fazendo. Eu nunca fiz isso antes. Não sei nem o que deveria esperar.*

— Claro — eu digo, dedilhando a credencial de imprensa em meu bolso. — Vem.

Nunca estive em uma cabine de imprensa, antes. E, para minha surpresa, ninguém parece estar surtando como eu. Há uma mesa no saguão, onde as pessoas mostram suas credenciais para uma mulher de expressão entediada e cabelos vermelhos. Por um segundo, receio que ela vá me fazer perguntas — por que sou tão nova, por que só tenho uma credencial se Alice está comigo, para que veículo estou escrevendo — ou que simplesmente puxe conversa, mas ela mal ergue o olhar ao confirmar meu nome na lista. Suspiro de alívio.

— Sobre o que é esse filme, mesmo? — pergunta Alice, se inclinando para perto de mim enquanto seguimos para dentro da sala. — Vai me fazer chorar?

— Sei lá — eu digo, dando de ombros. É confortável tê-la perto de mim. Em um mar de estranhos, ela é a coisa mais próxima de uma boia salva-vidas. — Talvez.

O filme é sobre um garoto gay que é mandado para um acampamento de conversão e sobre o impacto duradouro que isso tem sobre ele e sua família. Alice não curte muito filmes do Oscar, então não sei se é uma boa ideia dizer. Ela vai descobrir por si só.

A maioria das pessoas lá dentro é branca e de meia-idade. Pelo menos há algumas mulheres. Alice me puxa em direção às fileiras da frente antes que eu me dê conta.

— Estamos perto demais da tela — digo, vendo ela baixar a bolsa. O telefone permanece em sua mão, com firmeza. — Não dá pra ver.

— Dá sim. É isso que define um cinema, dá pra ver de qualquer lugar.

— Alice.

— Josie — ela esbraveja, erguendo o olhar. As pessoas agora estão nos encarando. Meu rosto queima. — Eu não vou sair. Vá sentar lá atrás, se quiser.

— Meu Deus — eu digo, me jogando em minha poltrona. — Não sei por que você tem que ser tão nojenta.

— Esta *nojenta* é a razão para você estar aqui pra começo de conversa.

Abro a boca para responder, mas as luzes diminuem. Talvez estejam começando o filme mais cedo para fazerem a gente calar a boca.

Vemos os trailers de sempre — um filme da Marvel, uma aventura de ação sobre carros e um documentário para a tevê sobre Roy Lennox, um diretor que ganhou tipo um milhão de Oscars e vem, segundo a prévia, fazendo filmes há mais de vinte anos. Então, finalmente, o filme começa.

Uma coisa fica clara já nos dez primeiros minutos: ler a respeito e ver de fato são duas coisas diferentes. Eu li as primeiras críticas enaltecendo a atuação de Marius Canet como Peter, seu personagem, mas suas palavras não fazem justiça a ele. Não tenho certeza de como conseguirei fazer isso com as *minhas* palavras. Ele não diz muito — seu personagem fala cada vez menos conforme o filme avança, seus pais o obrigam a ir embora, ele é forçado a deixar o namorado e volta para uma família que não entende —, mas é impactante de qualquer forma.

Assisti-lo dói tanto que parece que estou sendo partida ao meio de dentro para fora, lentamente. Minha garganta arde com as lágrimas não derramadas.

Outras pessoas estão fazendo anotações, assentindo com as cabeças, mas nenhuma delas parece tão engasgada quanto eu. Os olhos de Alice, porém, estão anormalmente brilhantes.

Tudo em que consigo pensar é no quanto ele é jovem. Embora seja preto, seu rosto parece pálido em certas cenas, pálido o bastante para que eu possa ver tudo o que está acontecendo dentro dele. Quando chora, a pele ao redor de seus olhos fica vermelha. Seus olhos se põem a procurar, por toda parte, em cada canto do quadro, como se estivesse pedindo ajuda ao público. Acho que nunca vi alguém tão novo que saiba atuar e dizer coisas sem abrir a boca. Não desde, tipo, Quvenzhané Wallis em *Indomável Sonhadora*. Mesmo assim, tem algo diferente aqui. Algo mais maduro.

Não tive muito tempo para pensar na entrevista com Marius Canet. Andei ocupada demais fazendo as malas e aguentando os sermões de mamãe. Mas agora é tudo em que penso. Ele não é consagrado o suficiente para que eu tenha alguma ideia de como vai se comportar. Há uma entrevista a que assisti na noite passada, antes de dormir, mas era com o elenco inteiro — os atores que interpretam seus pais, os conselheiros do acampamento —, e Marius passou mais tempo escutando do que falando.

Antes que eu me dê conta, as luzes são acesas e Alice está me cutucando.

— Ei — ela diz. E funga. — Você está chorando?

— Não. — Eu enxugo meu rosto úmido. — Você está?

— Não. — Ela funga outra vez. — É claro que não.

Saímos do cinema em silêncio. É só quando estamos lá fora, encarando o rosa e o púrpura do céu de fim de tarde, que Alice volta a falar.

— Ele não falou muito, na verdade.

— Pois é — eu digo, enfiando as mãos nos bolsos. — Mas ele cria uma conexão tão grande com você que dói mesmo assim.

Meu Deus, eu preciso ir a uma coletiva de imprensa em uma hora. Uma coletiva de imprensa, com todo o elenco e a equipe em um tablado, enquanto os jornalistas se sentam na plateia e fazem perguntas. Como é que vou conseguir fazer isso? Como vou fazer perguntas a Marius Canet na frente de todo mundo? Eu não o conheço, mas parece tão pessoal. Quase desejo ter ido à coletiva de imprensa antes da sessão. Claro, me faltaria contexto, mas pelo menos não me preocuparia tanto. Tudo fica mais difícil quando me preocupo.

— É triste, definitivamente. — Alice balança a cabeça, os dedos teclando no telefone. — Mas acho que foram os pais que deixaram tudo triste. Eles acreditavam que estavam fazendo a coisa certa pelo filho.

— Terapia de conversão nunca é a coisa certa.

— Óbvio. — Ela revira os olhos. — Só tô dizendo que o filme fez um bom trabalho ao só... Sei lá. A gente acha que pessoas assim são más, certo? Mas isso deixaria as coisas fáceis demais. Peter... ele ainda os ama, apesar de ter sido mandado para aquele lugar para fazê-lo mudar. Isso é a vida real.

Creio que sim. Se deveríamos nos sentir mal pelos pais, então falhei nessa parte. Por que me sentiria? Eles podem ter pensado que estavam fazendo a coisa certa, mas simplesmente fizeram a maior merda porque não conseguiam aceitar o garoto. É assustador. E se meus pais decidissem me mandar pra longe porque fico ansiosa demais? Eu não poderia fazer nada a respeito. Ficaria empacada e depois ferrada, assim como Peter.

Um carro encosta no meio-fio. Alice começa a andar em sua direção.

— Bom — diz ela —, as atuações foram ótimas.

Eu assinto e me sento em silêncio no banco de trás. O motorista estava escutando algo lento, tranquilo, mas rapidamente muda para uma música pop acelerada quando nos acomodamos. Alice se inclina para a frente e fala com ele. Eu me recosto e fecho os olhos. Agora sei que todo o burburinho quanto ao Oscar não era exagero. Não sei como ele faz isso, porém Marius Canet sabe mesmo atuar. Talvez tenha sido obra do acaso, sorte de principiante ou coisa assim. Mas não creio que seja o caso.

Deus. Como eu converso com alguém tão talentoso sem surtar?

— Não pense demais — diz Alice me arrancando de meus pensamentos. Ela está com o olhar baixo, no telefone. — É só um filme.

Mas *não é.* Pelo menos não parece só um filme. Não para mim. Não mais. Está ficando mais difícil respirar. Me forço a tomar fôlegos curtos pelo nariz.

— É muito bom — digo. Inspiro profundamente. Tento me sentir como se fosse ficar bem. — Mas dava para dizer que foi escrito por um cara branco. Porque o personagem de Marius... não agia como alguém preto.

— Como se *age* feito alguém preto?

— Você sabe o que eu quero dizer — respondo, mesmo que pareça um pouco errado. — Quero dizer que não havia contexto de verdade. Tipo, eu entendo que Art Springfield seja branco e esteja interpretando o pai, então estavam tentando inferir que Peter é miscigenado. Mas, ainda assim, havia coisas que não faziam sentido para um personagem preto, como a mãe chamando a polícia para buscá-lo sem razão nenhuma.

— Ah. — Alice recosta a cabeça no banco. — É, você tem razão. E o modo como ele gritou com os pais no começo. Imagina, gritar com a mamãe assim?

— Ela provavelmente me mataria.

— Provavelmente, não — diz Alice. — Ela te mataria *com certeza*.

Olho de relance para ela, que dá um sorriso largo e é o primeiro que trocamos em um bom tempo. Vou levá-lo comigo para a coletiva de imprensa para dar sorte.

> **@JosieJornalista:** medo de falar em público não é bobagem, é totalmente justificado

CAPÍTULO 7

A maior parte de meu trabalho como jornalista eu fiz na escola ou em nossa sala de estar, ligando para as pessoas ou passando um tempão no Google. Nunca estive de fato trabalhando entre tantos jornalistas antes.

Era quase possível confundir aquilo com uma reunião de negócios, exceto pelo fato de ninguém estar usando terno nem carregando maletas. Alguns digitam furiosamente em seus telefones ou conversam. Um segurança na porta confere as credenciais de imprensa. Eu me obrigo a respirar.

— Qual é — diz Alice. — Quanto tempo vamos ter que ficar esperando aqui fora?

Eu me esforço para ignorá-la, mas é difícil quando ela está bem ao meu lado.

— Não sei — digo. — Me disseram para esperar até encontrar a srta. Jacobson...

— Josephine?

Eu pisco. Diante de mim está uma moça branca com cabelos castanho-escuros e óculos redondos.

Eu não respondo, então Alice me dá uma cotovelada. Deixo escapar um leve gritinho.

— Sim — digo. — Sou eu. Josephine. Mas todos me chamam de Josie.

— É um prazer conhecê-la — diz a srta. Jacobson, estendendo a mão. — Você é igualzinha à sua foto.

Nós enviamos fotos com os formulários de inscrição, então escolhi minha foto de formanda. Nela, estou normal, mas com um capelo e de beca. Nada muito especial.

— Ah — digo mesmo assim. — Obrigada.

— Eu li as matérias que você mandou com sua inscrição — continua a srta. Jacobson, procurando algo na bolsa. — Eram absolutamente incríveis. Você é muito talentosa.

Minha língua parece estar presa no céu da boca. Levando em conta todos os cumprimentos, conhecer uma pessoa nova e ter que ir a uma coletiva de imprensa apenas poucas horas depois de pousar na Califórnia, sinto que meu cérebro está entrando em pane ou coisa assim. Consigo sentir Alice olhando para nós como se fôssemos duas grandes nerds.

— Muito bem — diz a srta. Jacobson, exibindo uma pasta.

— Sei que já te mandamos itinerários e planos de viagem por e-mail, mas quis me certificar de que tivesse uma cópia física de tudo.

Pego a pasta e abro. Há uma página intitulada "Itinerário" listando cidades, horários de voos e hotéis. Eu devo entrevistar Marius Canet amanhã — *glup* — e mais uma vez em praticamente cada cidade. Há outra cópia do contrato que eu e mamãe assinamos, com o prazo de 20 de dezembro em negrito na parte superior, e um manual sobre como fazer perguntas e escrever reportagens. Parte de mim quer rir disso. A outra parte pensa que alguma ajuda com a parte de *falar* seria muito útil.

Alice me acerta outra vez. Ela tem um cotovelo pontudo.

— Obrigada — digo, olhando para a pasta em vez de encarar a srta. Jacobson. — Foi muita gentileza a sua.

— Bom — ela diz, puxando a alça da bolsa —, é parte do meu trabalho. Assim como responder qualquer pergunta que você possa ter. Se qualquer coisa der errado, pode me ligar ou me mandar mensagem. Você ainda tem meu número?

Faço que sim. Ela me mandou o número de telefone por e--mail na semana anterior e eu já salvei no meu celular. Houve um ou outro momento em que quis mandar uma mensagem para ela — quando me perguntava o que vestir, o que dizer, com quem passar o tempo. Mas pensei que ela me acharia irritante se eu mandasse um milhão de mensagens antes mesmo de chegar ao meu primeiro trabalho.

— Ótimo. — Ela ri, seus olhos pulando de mim para Alice. — E já consegui autorização para que sua irmã seja sua acompanhante, então não devemos ter grandes problemas. Precisa de alguma coisa antes de eu ir?

Meu estômago revira.

— Você não vai ficar?

— Bom, não — ela diz. — Conversei sobre isso com sua mãe ao telefone, achei que ela tivesse te dito. Normalmente, eu seria sua acompanhante, mas já que sua irmã está aqui, imaginamos que...

Olho de relance para Alice, que já está andando na direção da entrada da sala de conferências.

— Josie? — A srta. Jacobson me arranca de meus pensamentos. — Se quiser, posso participar deste primeiro evento com você. Só não poderei estar nos próximos, já que trabalho aqui em L.A.

— Ah. — Engulo a saliva, mas minha garganta está seca. — Não tinha me dado conta.

— Está tudo bem — diz a srta. Jacobson. — Vamos nos comunicar o tempo todo por telefone e e-mail, e prometo que estarei disponível para qualquer pergunta que você tiver.

Olho na direção de Alice. Ela está protelando junto à porta da sala de conferências, os braços cruzados, batendo o pé. Como se estivesse *me* esperando.

Tecnicamente, ela está.

Como se eu estivesse agindo feito criança.

Não estou. Pelo menos não tenho essa intenção.

Como se eu não fosse capaz de fazer nem essa única coisa, essa coisa pela qual implorei aos meus pais, sozinha.

Engulo seco. Meu estômago ainda revira, mas não sei se me sentiria melhor com a srta. Jacobson ali. Será que quero que ela fique me observando durante a coletiva de imprensa? Analisando cada escolha que eu fizer?

— Não — digo. — Acho que vamos ficar bem.

É mentira, mas torço para que se torne verdade.

*

Não tenho certeza do que significa *bem*. Se for se sentar no meio de um pelotão de jornalistas e fazer tudo que posso para não ser notada, estou indo muito bem. Mas provavelmente não é o que a srta. Jacobson tinha em mente.

— Olá — diz uma mulher, se levantando e falando ao microfone que lhe é entregue. — Art, você passou os últimos anos na televisão. Como foi retornar às suas raízes independentes com Dennis, com quem você trabalhou em seus cinco primeiros filmes?

Lá no tablado está Art Springfield, provavelmente o maior astro do elenco, usando um chapéu de caubói. Ao lado dele está Penny Livingstone, uma atriz saída do Disney Channel que, de algum modo, ganhou um papel no filme. Também estão lá o diretor, Dennis Bardell, e Grace Gibbs, que interpreta a mãe e é a única pessoa preta no elenco além de Marius Canet. Ele também está lá e não consigo entender o quanto parece normal. Pele marrom-clara, faces coradas. Seu cabelo é grande o suficiente para que, caso meu pai o conhecesse, provavelmente o aporrinhasse para cortá-lo. E, de vez em quando, ele sorri só um pouquinho, exibindo dentes brancos.

Eu me forço a não encará-lo por tempo demais. Foco em garantir que meu gravador esteja funcionando, captando o que todos estão dizendo, enquanto escrevo no caderno. Ao meu redor, algumas pessoas estão com iPads e umas poucas até com notebooks, embora eu não tivesse me dado conta de que isso era uma opção.

— Anda — sussurra Alice. — Você não vai perguntar nada?

Não sei o que perguntar. Bom, na verdade, isso é mentira. Baixo os olhos para o caderno. Pensei em um punhado de perguntas, separadas por categorias, mas a maioria é para Marius Canet. Seria estranho me levantar e fazer uma pergunta que é direcionada a apenas uma pessoa, não seria? Embora seja isso o que todos fazem com Art Springfield e o diretor.

— Não sei — sussurro. — O resto do pessoal já parece ter o leme de tudo.

O público ri de algo que Art Springfield diz. Eu estremeço, torcendo para que isso não estrague minha gravação.

Alice franze o cenho.

— Leme?

— Eles sabem o que estão fazendo.

É verdade. Ninguém parece nervoso ao se levantar para fazer as perguntas. Não é a mesma coisa de quando convidados especiais, como músicos ou professores locais, visitavam meu colégio nas assembleias e os alunos da minha disciplina de jornalismo tinham a chance de entrevistá-los. Todos aqui têm uma pergunta que faz sentido. Todos parecem cerimoniosos ao falarem ao microfone. Todos já fizeram isso antes.

— Esse filme traz um olhar muito cru sobre a natureza insidiosa da homofobia — outro repórter diz ao se levantar. — Grace, sua personagem ama o filho, mas também o manda para longe pra ser "consertado". Como acredita que ela possa ter esses dois sentimentos ao mesmo tempo?

— Viu — digo, escrevendo a pergunta freneticamente em meu caderno. — Isso foi *muito bom*.

Eu ia perguntar a Marius sobre sua experiência no ensino médio, já que há uma sequência no início em que seu personagem vai à escola. Mas isso parece idiota quando todos estão fazendo perguntas contundentes assim.

Alice balança a cabeça, olhando para a frente.

— Bom, nós só não queríamos que ela fosse uma caricatura — diz Grace Gibbs, puxando seu microfone mais para perto. — Isso tornaria as coisas fáceis demais. Ela ama o filho e acha que está fazendo a coisa certa porque é assim que ela foi criada, porque é assim que ela e o marido pensam. Mas, quando se dá conta do que está fazendo com ele, isso a destrói...

Alice se inclina para sussurrar ao meu ouvido.

— Olha — ela diz —, se você não vai perguntar nada, eu vou.

Meu rosto começa a pingar de suor quase instantaneamente.

— Alice — digo. — Nem vem.

— É sério — ela responde. — Não vou simplesmente ficar aqui sentada em silêncio durante uma hora. Qual o sentido de vir pra cá, então?

Tenho vontade de gritar.

— Muito bem, pessoal — diz a mediadora, se remexendo em seu lugar. É uma moça alta com um microfone só para ela. — Temos mais três minutos, tempo suficiente pra só mais *uma* pergunta.

Alice olha em minha direção. Estou à beira de vomitar.

O que seria mais embaraçoso: fazer minha própria pergunta e todos olharem para mim ou Alice fazer alguma pergunta ridícula e eu ser associada a ela pelo resto da viagem?

Cerca de meia dúzia de pessoas ergue a mão.

— Hã, oi! — Alice agarra minha mão e a segura bem alto. — Ela gostaria de fazer uma pergunta!

Cabeças se viram em nossa direção enquanto uma risada baixa ressoa pelo grupo. Meu rosto queima e eu ainda nem perguntei nada. Já estava preocupada com as pessoas me tratarem feito criança por causa da minha idade, mas agora Alice piorou ainda mais as coisas ao me fazer parecer uma fã adolescente.

— Bom, muito bem — diz a moderadora. — Vamos passar o microfone, pode ser?

Alguém coloca o microfone na minha mão e Alice me força a levantar. Tudo parece quente demais, embora não haja nenhuma luz sobre mim. Art Springfield está me olhando, o que é muito estranho, porque eu sempre via seus filmes na tevê com os meus pais. Estão *todos* olhando para mim, não só as pessoas no tablado, mas todos os jornalistas também.

— Hã. — Faço algo errado com o microfone e ele emite um ruído agudo terrível. — Ai, desculpa.

Minhas mãos estão suando. Sinto que o microfone vai escorregar.

— Hã — digo outra vez. Grace Gibbs se inclina para a frente como se não conseguisse me escutar ou pior, como se estivesse tentando dar uma boa olhada em mim. — Então. Hã, acho que eu estava me perguntando, hã, como a negritude de Peter influencia a jornada dele, na opinião de vocês?

Grace Gibbs olha para Art Springfield, que olha para o diretor. Penny Livingstone entorta a boca para o lado. Após um segundo, Marius Canet puxa um dos microfones para perto, mas então Dennis Bardell, o diretor, fala no próprio microfone.

— Acho que não sei o que você quer dizer, na verdade — ele diz. — Pode elaborar melhor?

Ai, meu Deus. Engulo seco. Como elaborar melhor? Não sei nem por que perguntei isso. Eu devia ter feito minha pergunta sobre o colégio, mesmo que me fizesse parecer idiota.

— Então, tipo — digo, passando o peso de um pé para o outro. — Hã, se você assistir ao filme...

— Acho que todos assistimos — diz Art Springfield. Todos riem. Tento acompanhar, mas parece que estou me afogando.

— Verdade — digo. — Certo. Mas, hã, Peter e sua mãe são as únicas pessoas pretas naquela cidade, então eu estava meio que pensando que isso aumentaria ainda mais tensão e, mesmo que não vejamos isso explicitamente na tela, poderia acentuar o modo como, hã, você sabe, os atores interpretariam os...

— Perdão — interrompe a mediadora. — Eu adoraria deixar você terminar a pergunta, mas o elenco tem outro evento depois daqui, e eles não podem se atrasar.

— Ah — digo. Minha voz ecoa por toda a sala.

Sinto lágrimas nos olhos, mas não vou chorar. Eu *não* vou chorar. Não sou uma criança. Me forço a sentar e ignorar os olhares de pena que Grace Gibbs e Marius Canet me dirigem do tablado. Ignoro o modo como Alice me encara, como se não conseguisse acreditar no papel de boba que acabei de fazer.

— Bem, pessoal — continua a mediadora —, uma salva de palmas pela presença de nosso elenco e equipe!

Todos ao meu redor batem palmas, mas eu não. Estou ocupada demais tentando não derreter em uma poça de constrangimento.

@JosieJornalista: oui oui mon ami meu nome é lafayette mas estudei espanhol em vez de francês na escola

CAPÍTULO 8

De acordo com o itinerário, eu deveria entrevistar Marius hoje, mas não faço ideia de como fazer isso sem passar uma vergonha ainda maior.

— Sério — diz Alice, esperando nosso Uber na calçada. — Tenho certeza de que não vai ser tão ruim quanto ontem à noite.

Quero dizer algo como *nossa, muito obrigada*, mas não estou conseguindo respirar muito bem. Me contento em olhar feio para ela.

Noite passada, após o constrangimento que foi a coletiva de imprensa, menti para mamãe e papai ao telefone e disse que estava indo tudo às mil maravilhas. Fiquei entre querer repassar minhas perguntas e ignorá-las para fingir que o dia de hoje não estava acontecendo.

Seguro meu caderno dentro da bolsa. Tenho o mesmo modelo desde que tinha treze anos, um clássico moleskine preto, e a visão familiar tem me acompanhado desde então. Espero que me traga algum tipo de sorte agora.

Quando o carro chega, quinze minutos depois, ainda não consigo respirar. Odeio quando chega a esse ponto. Eu me esqueço de todas as estratégias de enfrentamento que minha terapeuta, orientadores e assistentes sociais já me ensinaram. Eu simplesmente estou *ali*, uma bola de tensão e músculos em nós intrincados, e não sei bem como me desatar.

Às vezes, tento me imaginar no futuro, a semanas e meses de agora, bem distante desse momento. Onde vou estar daqui a seis meses? Será que vou conhecer minha colega de quarto na Spelman? Será que vai ficar mais fácil respirar?

O carro encostou na frente de uma fileira de lojas. Alice nem hesita. Já está fora do carro antes que eu possa apanhar minha bolsa. Me forço a tomar fôlego, mas é superficial. Então a sigo porta afora.

Não consigo parar de pensar nos pontos negativos: que já estou suando, que pareço antiquada com minha bolsa carteiro a tiracolo, que minha barriga já está aparecendo. Mamãe sempre fala como minhas camisas não são compridas o suficiente pra mim. Não sei se é por causa dos meus peitos, da minha barriga ou dos dois, mas meu abdome tende a aparecer quando me levanto.

Puxo minhas leggings para cima. Elas nunca ficam no lugar, mas tento mesmo assim. Alice está na porta do café.

— Acabei de mandar mensagem pra mamãe — ela fala em um tom que sugere que *eu* deveria ter feito isso. — Ela disse para nos divertirmos e ligarmos quando voltarmos pro hotel.

Faço que sim com a cabeça. Não consigo falar. Alice franze o cenho, abrindo a porta.

Meus olhos não têm certeza do que olhar. Lá dentro, é como um Starbucks num dia de pouco movimento. O cheiro é de grãos de café e madeira. Tem poucas cadeiras vagas e algumas ocupadas. Há pinturas abstratas nas paredes, pessoas retorcidas em formas singulares, e uma música de flauta de Pã está tocando. Olho para todos os cantos, menos para as pessoas sentadas.

— Ali — diz Alice, apontando para a frente com a cabeça. — Tá, tenta não parecer tão nervosa. E para de encarar. É só olhar normalmente. E não diga *meio que* ou *tipo* quando estiver fazendo as perguntas. Tenha confiança.

Ela diz como se fosse fácil.

Prendo a respiração e viro a cabeça meio centímetro. Uma vez que o vejo, não consigo mais desviar o olhar. Ele está se levantando e há um sorriso fácil em seu rosto, e é muito difícil não encarar.

Puxo Alice para a frente, praticamente tropeçando na pressa de me mover.

— Oi — digo, estendendo a mão. Minha voz falha. *Meu Deus.* Como foi que eu pensei que ia conseguir fazer isso?

— Oi — ele diz, apertando minha mão. O contato quase me faz dar um solavanco. Pelo menos a voz dele é tão descontraída quanto seu sorriso. — Espero que não tenha dado muito trabalho achar esse lugar. Eu sei que é meio contramão, mas meu agente me trouxe aqui na primeira vez que vim a L.A. e, desde então, acabou virando tipo minha casa longe de casa, sabe?

Queria eu ter uma casa longe de casa. Alice deveria ser um pedacinho de lá, mas ela só fica ali, olhando de mim para ele. Queria que ela dissesse alguma coisa. Queria que o tempo desacelerasse para eu poder recuperar o fôlego. Em vez disso, baixo os olhos para as mãos de Marius. São maiores que as minhas, de um marrom cálido. Não consigo desviar os olhos. É mais fácil do que olhar para seu rosto.

— Então você é a Josephine?

Não consigo falar. Alice pigarreia.

— É ela, sim — diz ela se sentando. — Sou a irmã mais velha dela. Tô aqui só pra acompanhar.

— Uau. — Ele se senta e eu imagino que também deveria fazer o mesmo. — Você estava na coletiva de imprensa ontem, não estava?

Minha garganta seca. Como respondo? Não posso *mentir*. Mas também não quero admitir que eu era aquela garota desajeitada. Me forço a assentir com a cabeça.

— Eu achei sua pergunta interessante de verdade — diz. — Fiquei pensando nela desde então. Sinto muito por você não ter tido a chance de terminar.

Não sei dizer se ele só está falando isso para que eu me sinta melhor ou se está sendo sincero.

Marius pigarreia.

— Então, você deve ser bem nova, né? Que demais. Quando soube que a *Em Foco* queria me entrevistar, achei que seria algum jornalista da idade do meu pai me fazendo perguntas sobre cenas de sexo ou coisa assim, mas aí me contaram do concurso.

— Ah, pois é — digo, porque não tenho certeza do que mais responder. — Tenho dezessete anos.

— Sério? Que loucura.

Preciso fazer algo com minhas mãos enquanto conversamos, então pego minha bolsa e vou tirando o material — meu caderno, uma caneta e o gravador. Alice puxa o celular, algo normal, então fica um pouco mais fácil me concentrar.

— Hã, você se importa se eu gravar a conversa?

Ele abana a mão para dizer que não e puxa a cadeira mais para perto.

— E aí — ele diz —, como foi que você começou a escrever e tudo o mais?

Eu pisco, sem acreditar. A maioria das pessoas não pergunta sobre mim quando eu as entrevisto. Marius está me encarando como se de fato quisesse que eu respondesse, como se não estivesse só jogando conversa fora. É difícil não encarar de volta.

Na vida real, seus lábios são mais rosados. Seu cabelo é mais comprido — ou mais alto, na verdade —, mas ainda é castanho-

-escuro. A luz do sol passando pelas janelas é rebatida pela argola de prata na lateral de seu nariz. Isso *com certeza* não estava no filme. Faço uma anotação mental e a arquivo para mais tarde.

— Josephine?

Alice pisa no meu pé. Dou um gritinho.

— Desculpe. — Eu pigarreio, ergo o olhar. Castanhos. Seus olhos são castanhos, assim como o resto dele, só que mais escuros. — Hã, é Josie. Josephine é minha avó, bom, *era*, antes de morrer.

— Tá certo, então. — Ele assente, sorri. Fácil. — Mas e aí, como foi que você começou nisso?

Sinto o olhar de Alice em mim. Será que é assim que vai ser a entrevista inteira? Ela não só vai ter *muitos* motivos para me provocar, como também vai fazer eu me sentir ainda mais criança.

— Alice. — Viro a cabeça só um pouco, mal movendo a boca. — Você pode, tipo, sentar em outro lugar? Qualquer outro lugar? Só até a gente terminar?

Ela semicerra os olhos. Marius ergue as sobrancelhas, o rosto inteiro em uma expressão de surpresa. Seus dedos estão relaxados sobre a mesa.

— Não tem problema nenhum — ele diz. — Sério, eu não me importo que ela fique.

Alice dá um sorriso malicioso.

— Não — digo, fuzilando ela com os olhos. — Ela tem que sair. Tipo, eu preciso que ela saia.

Olhamos feio uma para a outra por longos segundos. Não tenho certeza do que isso vai me custar — talvez Alice faça mais mimimi quando voltarmos para o hotel, ou me dedure para os nossos pais. Tanto faz. Só sei que não consigo trabalhar com ela ali enchendo o saco.

Por fim, Alice se põe de pé, revirando os olhos do modo mais dramático que já vi em minha vida. Ela murmura *ingrata* enquanto caminha na direção do outro lado do salão, onde estão vários jovens com crachás de estagiários. Não demora muito até ela começar uma conversa com um deles.

— Desculpe — digo, me voltando para meu caderno e abrindo em uma página em branco. — É só que é meio estranho ficar com ela sentada aqui.

— Tudo bem.

Faço uma pausa. Ergo os olhos subitamente. Ele está me encarando, esperando. Repuxo umas mechas de cabelo antes de obrigar meu braço a descer. Laura está sempre me cobrando quanto ao autoflagelo, dizendo que me coçar ou puxar o cabelo é uma forma disso, mesmo que eu não concorde.

— E aí — ele diz, sorrindo como se eu tivesse feito uma piada. — Como foi que você começou?

— *Ah.* — Meu rosto queima. — Certo, certo. Hã, eu escrevia matérias pro jornal do colégio. Bom, não acho que isso tenha tido qualquer efeito, porque ninguém além dos nossos pais lê aquilo. Daí comecei a escrever em um blog e a postar no Twitter, e comecei a mandar artigos para alguns sites também. Às vezes os posts no meu blog viralizavam, então isso me ajudou a conseguir matérias em sites maiores, tipo o BuzzFeed e a Vox. Depois de um tempo, uma editora da *Essência* entrou em contato comigo, então tenho escrito bastante pra lá. Mas, hã, pois é, aí ganhei esse concurso pra estar aqui, e meio que é... isso.

Balanço as mãos como se fosse a conclusão da frase. Ele, porém, está assentindo, o cenho franzido com interesse, então não foi um completo fracasso.

— Eu sabia do concurso, mas, *uau*, não sabia do resto. — Eu queria poder fazer anotações em itálico, porque é assim que ele soa. — É bem impressionante. Meus amigos e eu não estávamos fazendo nada nem *perto* disso na sua idade.

— Tá, mas você tava *atuando* — digo, sem me incomodar de esconder o riso em minha voz. — Teatro comunitário é bem melhor do que escrever sobre filmes para um blog.

— *Aaaah*, não. — Ele inclina a cabeça para o lado. Seu sorriso fica ainda maior, se é que isso é possível. — Você *pesquisou*.

O calor se espalha de meu rosto para o peito. Olho de relance para o gravador, a luz vermelha piscando para mim. Vou ter que reviver esse mico mais tarde, quando for transcrever. Já é doloroso.

— Bom, era o que eu tinha que fazer — respondo, me remexendo na cadeira. — Enfim, acho que era por aí que eu gostaria de começar. Você atua desde pequeno, certo? Mas ainda é bem jovem. E aí, qual foi o início de tudo?

Ele se recosta na cadeira, apertando os lábios. É até fofo.

Eu devia estar fazendo anotações sobre tudo o que ele faz, mas não consigo formar nenhuma frase que não pareça feita por uma fã boba admirando um *crush*. Eu rabisco mesmo assim.

— Então, meus pais gostam muito de cinema e nós sempre assistíamos a muitos filmes quando eu era pequeno. Eram filmes franceses, sabe, mas ainda era mais ou menos a mesma coisa — ele diz, balançando a cabeça. — E minha mãe é diretora, então ela me levava bastante pros ensaios. Acho que foi por isso que atuar sempre pareceu algo acessível.

— Mas você se interessava mais pelos palcos ou pelo cinema?

— Pelo cinema, com certeza — ele diz. — Sempre foi... sei lá. Eu comecei fazendo teatro e aquilo sempre me pareceu tão normal, como treinar em uma equipe esportiva depois da escola. Mas o cinema era tão... *romântico*.

Meu olhar se ergue ao ouvir isso. O sol da manhã destaca os feixes dourados em seu cabelo e revela o mel em seus olhos. Ele está falando de *romance*. É como se estivesse descrevendo a si mesmo, quebrando a quarta parede. Tenho que me forçar a desviar o olhar. *Foco nas anotações, Josie.*

— Romântico, como? — pergunto, me obrigando a abrir a boca.

— É meio que um conto de fadas. Não parece real, nem quando estamos filmando. — Ele balança a cabeça, tamborilando os dedos na mesa. — É como se você existisse em uma linha do tempo alternativa. Gente normal não deveria ser capaz de fazer filmes, mas lá está você mesmo assim.

Há algo de melancólico em seu rosto. Preciso fazer uma anotação sobre o quanto seu rosto é expressivo. Acho que é isso que faz dele um ator tão bom.

— Uau — digo. Parece tão idiota após a magia de suas palavras. Eu pigarreio. — Hã, isso significa que você vai fazer faculdade de cinema? Quer dizer, você *vai fazer* faculdade?

— Não sei. — Sua boca se contrai. — Me diz você. Você fez toda uma pesquisa, não fez?

Eu congelo. É difícil saber como ler essa situação. Não sei se ele está brincando ou sendo babaca. O dever de um jornalista é pesquisar sobre seus perfilados. Teria sido melhor eu entrar aqui sem saber absolutamente nada sobre ele?

— Ei, ei — ele diz, se inclinando para a frente. Eu paro de respirar. — É só brincadeira. Desculpa. Ainda tô me acostumando com essa coisa de estar sendo gravado. Ninguém prestava muita atenção em mim até agora.

Ele gesticula, apontando ao redor do café como se quisesse provar o que disse. Nem parece estar mentindo para fazer eu me sentir melhor, porque seu sorriso sumiu, mesmo que sua expressão continue gentil.

— Bom — eu digo, batendo a caneta na lateral da boca. — Não acho que isso vá durar muito tempo. Não com todos os prêmios que você vai ganhar, sabe.

Ele cora, baixando a cabeça. É tão genuíno que parece até que foi escrito por alguém. Os caras da minha escola nem agem feito *meninos*. Talvez seja coisa de francês.

— Nada disso parece real — ele diz em voz baixa. — Realmente não parece. Era só... *Incidente* era um filme independente que resolvi fazer porque achei o roteiro incrível e estava com o verão livre. Eu deveria estudar na Brown esse ano, e agora isso foi adiado porque estamos na temporada de premiações. É uma doideira.

— Pois é. — Não sei mais o que dizer. Nunca estive nessa posição. — Mas você merece. Estava incrível no filme. Eu quase morri quando, no fim, Peter reencontra o namorado e eles eram, tipo, pessoas completamente diferentes. E aí você saiu dirigindo e chorando, e eu só senti meu coração...

Fecho o punho. O canto de sua boca se eleva; o rubor ainda está lá, mas ele não abaixa o rosto. Ele sabe que é um bom ator e isso é algo que eu entendo. Quando Monique me diz que escrevo bem, eu não discordo, porque é verdade.

— Ah — ele diz. — Não fui só eu. O roteiro e o diretor eram incríveis, e o resto do elenco era fabuloso.

— Sim, mas estou falando de você. — Minhas palavras me surpreendem. — Você *deu vida* àquele filme, pelo menos pra mim. Eu chorei um bocado.

— Foi? — Seus olhos se vincam. — Eu também.

Rio por entre os dentes. Ele se recosta de novo, o sorriso largo mais uma vez. Sou atingida por uma súbita vontade. Ela se apossa de meu peito, roubando minha respiração por um momento. Marius Canet é o tipo de cara que só nos meus sonhos eu teria a chance de conhecer. Claro, tem caras gatos em minha cidade, mas nenhum deles é assim. Eles não falam sobre como o cinema parece um conto de fadas ou expressam emoções tão claramente quanto Marius. É como se ele tivesse pulado aquela parte da vida do homem em que ele aprende a se fechar. Posso olhar para seu rosto e ver tudo cintilar nele, como numa tela.

Pare. Fecho os olhos. Isso já aconteceu antes, e só me magoei. Toda vez penso que pode ser diferente e nunca é. De todo modo, eu deveria estar *entrevistando* Marius. Uma paixonite tornaria isso ainda mais vergonhoso. Volto para minhas anotações.

— Então, hã, você mencionou seus pais. Acha que a sua criação influenciou no seu talento para a atuação?

As palavras saíram de minha boca antes que eu me desse conta do quanto soaram formais.

— Bom, taí uma boa pergunta.

Eu estremeço.

— Está perguntando porque eles não são daqui? — Ele inclina a cabeça. — Acho que a cultura diferente teve um impacto.

— Hã, sim. — Eu esfrego a nuca. — Deve ter sido interessante crescer com pais imigrantes.

Os únicos jovens descendentes de primeira geração que eu conheço não são tão próximos nem são da Europa, mas não menciono isso. Ele provavelmente já sabe que não faço ideia do que estou falando.

— É, um pouquinho — ele diz. — A gente falava francês em casa e tudo o mais, e só fui aprender inglês na escola. Tirando isso, não foi exatamente *excepcional*. Manhattan não é um lugar ruim para ser diferente, sabe?

Concordo, me apressando para rabiscar anotações: *cena teatral de Manhattan??? Pais franceses, mas não renegados por serem estrangeiros.*

— Todo mundo é diferente de algum modo — continua Marius. — E eles são os únicos pais que tenho, então não sei bem como seria crescer de outra forma.

— Claro — digo, assentindo. — Acho que é interessante porque há um romantismo no francês, assim como você disse que há algo de romântico no cinema.

— Pois é. Na verdade, você tem razão. — Ele se inclina para a frente e passa a mão pelos cachos. Eu me forço a desviar o olhar. — Você fala francês?

— Hã... — Eu mordo o lábio. — Consigo fazer todas as partes do Lafayette na trilha sonora de *Hamilton*.

Ele ri. Nesse momento se parece mais com algum cara da escola. É um som áspero, alto, como se ele não estivesse preocupado com quem pudesse ouvir. Acho que isso é algo com que só eu me preocupo. Mas, ao mesmo tempo, é diferente. Sua risada não é como um soco.

Forço meu olhar para o caderno.

— Qual vai ser o seu próximo trabalho? Não consegui encontrar nada na internet.

— Ah. — Ele pisca. — É porque, na verdade, eu não deveria falar a respeito. Vou trabalhar com Roy Lennox.

— Uau. — Eu balanço a cabeça. — Ele... Estão fazendo uma série documental na ABC em homenagem ao vigésimo ano dele como diretor. Que incrível.

De um filme independente para trabalhar com um dos maiores diretores de Hollywood. Antes de ver sua performance, eu teria duvidado. Agora? Tenho certeza de que Marius Canet arrasaria em qualquer papel que desejasse. Parte de mim queria que não fosse um papel em um filme de Lennox — ele *sempre* tem elencos totalmente brancos, então deve estar diversificando agora —, mas é um marco que muitos atores passam anos trabalhando para alcançar.

— Pois é. — Ele assente, se recostando. — Mas a verdade é meio angustiante, sabe? Se bem que sinto que não posso dizer isso. Já é legal só por estar acontecendo.

— Não acho que deva se sentir mal por isso. — Clico minha caneta, me permitindo erguer o olhar para ele. Pela primeira vez, sua expressão é tímida, defensiva. — Você tem o direito de sentir seja lá o que estiver sentindo. Não acho que deva ter que mentir a respeito disso. As coisas podem ser ótimas e assustadoras ao mesmo tempo.

— Acho que sim. — Sua voz é suave. — Pode ser.

Quero insistir. Quero contar a ele de como me sinto culpada por minha ansiedade quando não tenho tantas preocupações, afinal, minha casa é boa, tenho um notebook e meus pais são casados e permitem que eu viaje pelo país para entrevistar pessoas. No instante em que pondero sobre isso, deixo a ideia para lá. Não converso nem com minha família sobre isso. Não posso deixar que Marius pense que há algo de errado comigo.

Então o telefone dele toca. Se estávamos tendo um momento, agora passou.

— Ah, cara. — Marius franze o cenho para a tela. — Me desculpa mesmo. Tenho uma reunião com meu agente, esqueci totalmente. A gente pode retomar alguma outra hora? Talvez em Austin?

Mordo o lábio. Sua assessoria de imprensa devia ter lhe informado que uma entrevista leva mais do que vinte minutos, ou ele poderia ter falado com o agente dele. Marius *é mesmo* novo nisso. Eu devia ficar irritada, mas há só uma inquietação em meu estômago.

— Claro. — Respiro fundo. — Sim, temos uma outra conversa agendada para a sua prova de guarda-roupa na terça, de todo modo. Vou continuar fazendo perguntas até estar satisfeita.

— Ótimo. — Ele ri, me cegando momentaneamente. — Sou todo seu.

> @JosieJornalista: hahahahahaha as pessoas são apavorantes

CAPÍTULO 9

— Para com isso.

Ergo a cabeça, atenta. Alice nem está olhando para mim, mal botou os olhos em mim desde que voltamos para o hotel há algumas horas, embora estejamos de bobeira na mesma cama.

— Que foi? — digo. Estou, de fato, confusa. — Não tô fazendo nada irritante.

São várias as coisas que eu faço que Alice considera irritantes, como escutar música sem fones de ouvido ou falar sozinha quando estou trabalhando. Passei a maior parte do fim da tarde pesquisando sobre os outros atores do filme no Google, para descobrir o que perguntar a eles sobre Marius.

— Não. — Alice revira os olhos. — Quero dizer, para de pensar nele. Você tá com cara de boba.

— Eu tenho que pensar nele — retruco, me virando para a tela. — Estou escrevendo um perfil. E devia estar trabalhando nele o tempo todo, então não sei o que você quer que eu faça. Não é minha culpa se você não gosta...

— Não foi isso que eu quis dizer e você sabe disso. — Ela dá um muxoxo, procurando seu lenço para proteger o cabelo. — Você sempre cai de amores por esses meninos galãzinhos. É por isso que você não fica com ninguém, sabe? Não é que você não seja bonita, ou inteligente, ou seja lá sobre o que você tá sempre falando.

— Ai, meu *Deus*. — Ergo a cabeça de um pulo. — Vai se ferrar, Alice.

Me arrependo de algum dia ter conversado com ela sobre os crushes que já tive. Sinceramente, nunca achei que ela estivesse de fato escutando. Teve o Savion, um cara preto com um *black* lindo, que no último ano do fundamental me disse que ninguém ia mesmo querer "uma gorda de cabelo ruim" que nem eu depois que me recusei a ajudá-lo a colar em uma prova. Teve Sohail, que me beijou três vezes no primeiro ano do ensino médio antes de dizer que seus rígidos pais paquistaneses nunca me aceitariam. E aí teve a Tasha, minha mais-ou-menos namorada do ano passado, que não me disse que ia se mudar até já ter ido embora. Eu nem sempre caio de amores pelos meninos galãzinhos. Nos últimos tempos, aprendi a não cair de amores por absolutamente ninguém.

Talvez seja coisa *minha*. Como sou gorda, provavelmente deveria aceitar qualquer coisa que aparecer, mas não quero namorar um babaca que ache que o racismo não existe ou que não goste de ler. Não quero ninguém que veja meu corpo como algo a ser superado. Só que é difícil achar pessoas assim. Eu só encontrei uma, e ela foi embora.

— Só tô comentando — diz Alice. — Você tem que manter o profissionalismo, tá? Então para de ficar esquisita perto dele.

— Eu não fico esquisita. — Minhas bochechas queimam. Eu bem que ficava esquisita perto dele, não conseguia evitar. — Eu *tento* não ficar esquisita.

— Bom. — Ela ergue uma sobrancelha. — Continue tentando.

— Você é realmente péssima.

Antes de ir para a cama, mando um e-mail para a srta. Jacobson sobre a entrevista com Penny Livingstone. Penny interpreta

Emma, uma amiga que o personagem de Marius faz no acampamento de conversão. Sendo a menos famosa, ela provavelmente vai ser a integrante do elenco mais fácil de conseguir encontrar antes de partirmos para Austin.

*

Quando acordo na manhã seguinte, temos um encontro marcado às 15h em um restaurante no centro de L.A. Pisco algumas vezes para me certificar de que estou lendo corretamente. Imaginei que seria fácil conseguir encontrá-la, mas não *tão* fácil. Talvez o começo da carreira de Penny ter sido no Disney Channel a tornem ávida por qualquer tipo de atenção da imprensa.

— Você tem dinheiro pra comer aqui? — sussurra Alice quando entramos. — Acho que fica acima do seu orçamento.

Não é *tão* ruim assim. Tudo é feito de madeira. Há flores suspensas e janelas que vão do piso até teto. As pessoas comem em tigelas cheias de frutas de cores estranhas. É como o paraíso *hipster* — um paraíso pelo qual provavelmente não poderei pagar sem usar boa parte do dinheiro do meu prêmio.

A *Em Foco* me enviou passagens de avião e fez minhas reservas nos hotéis, mas ainda tenho que pagar as despesas de Alice, já que ela não era exatamente parte do acordo. Além disso, há a questão da comida e outros gastos. A srta. Jacobson me disse para guardar os recibos de tudo para que possam me reembolsar, mas isso não ajuda no momento.

— Eu não vou pedir nada, pronto. — Mordo o lábio, procurando por Penny. — Água é de graça.

— Ela vai te achar ridícula.

— Eu não ligo.

— Posso ajudá-las? — Uma mulher se materializa diante de nós. Ela usa calça jeans e botas, embora estejamos em L.A. — Mesa para duas?

— Hã, ela veio encontrar uma pessoa — diz Alice, me impelindo adiante com uma cotovelada. — Posso me sentar no bar?

Não demoro até avistar Penny. Acabei de vê-la em *Incidente na Rua 57*, mas ela tem a mesma aparência de três anos atrás, quando eu ainda a assistia passar pelo ensino médio cantando e dançando no Disney Channel. Seu cabelo é de um vermelho flamejante e há um punhado de sardas ao redor da pele pálida do nariz. A maior parte da gordura infantil em seu rosto já sumiu. Enquanto me aproximo, vejo que há algo diferente em seu nariz. Está mais reto.

Ela se levanta assim que me vê, mas, em vez de ficar ali parada, como Marius, ela se afasta da cadeira com um gingado e me puxa para um abraço. Eu congelo. Meus braços pendem junto ao corpo.

— Que bom te ver — ela diz. Não sei dizer se é sincero ou não. Há um ar polido em Penny. O sorriso em seu rosto é afetuoso, mas controlado. — Dei uma olhada em algumas coisas que você escreveu e são bem impressionantes.

— Ah, uau — digo, me sentando em frente a ela. — Obrigada.

Ela observa em silêncio enquanto tiro da bolsa a caneta, o caderno e o gravador.

— Você se importa se eu gravar nossa conversa?

Ela franze o cenho. Eu pisco, surpresa. É a primeira vez que alguém hesita quando pergunto. Por outro lado, Marius foi a única pessoa que já entrevistei cara a cara.

— Não é necessário — digo, tomando o gravador em minha mão. Está vazio, uma vez que já passei a entrevista de ontem para meu computador. — É só que facilita o meu trabalho. Vou poder verificar tudo depois e me certificar da exatidão de todas as suas palavras.

— Tudo bem — ela diz, mordendo o lábio. — Se vai ajudar com a exatidão.

— Ótimo — eu digo, colocando o aparelho na mesa entre nós duas. — Então, você sabe que estou trabalhando em um perfil sobre Marius, mas adoraria começar perguntando sobre você. No que você tem trabalhado ultimamente?

É apenas algo para quebrar o gelo; também pesquisei a respeito dela. Esse não é o primeiro filme que ela faz desde o Disney Channel, mas é o primeiro filme independente, depois de uma série de fracassos de bilheteria nos quais ela nem foi a protagonista.

— Ah, essa é uma grande pergunta — diz, balançando a cabeça. — Acho que meu maior projeto seria me adiantar pra ter logo meu corpo de verão.

Franzo o cenho. Ela é bastante magra. Não ajuda em nada o fato de todo o papo do *corpo de verão* me tirar totalmente do sério, não importa de quem venha.

— Então vai ser fácil — eu digo, clicando minha caneta. — Seu corpo de verão perfeito é o seu corpo, no verão.

Suas sobrancelhas se erguem por um segundo, depois ela explode em uma gargalhada. Eu quero sorrir, mas também quero que saiba que estou falando sério. Ela está balançando a cabeça como se eu tivesse acabado de dizer algo hilário.

— Essa foi ótima — fala Penny após alguns segundos. O rosto dela está vermelho, tornando suas sardas ainda mais evidentes. — Nunca pensei dessa forma.

Isso parece fazer ela se abrir. Quando pergunto sobre sua época no Disney Channel, ela não consegue parar de falar.

— Meus pais costumavam dirigir por uma hora até os estúdios da Disney toda manhã para me levar para trabalhar — diz, beliscando o pão entre nós. — E a gente só saía por volta de nove da noite. Passei a maior parte do meu tempo lá. Todos os meus amigos eram as outras crianças do set, mas nada era real. Daí meu empresário tentou me convencer a virar cantora.

— E como foi?

— Horrível. — Ela sorri, mordaz. — Todos nós sabíamos que eu não era nem um pouco afinada, mas ninguém dizia a verdade, porque só estavam pensando no dinheiro.

Mordo o lábio. Um garçom vem até a mesa e sinto meu estômago se encolher. Nem tive a chance de sondar a coisa mais barata do cardápio.

— Dois cheeseburgers, por favor — diz Penny sem olhar para o cardápio. Ela se vira para mim. — São incríveis, juro.

— Ah — digo, a eloquência em pessoa. — Bom, eu... minha irmã está com a minha carteira.

Que desculpa idiota. Eu estremeço, esperando que ela me dirija um olhar estranho. O garçom faz isso. Ele aperta os lábios, provavelmente sabendo bem que é conversa fiada, antes de se afastar.

— Não se preocupe com isso — diz Penny com um aceno. — Não é problema algum.

A dor em meu estômago não vai embora.

— Ah — digo. — Quer dizer, você não pode pagar minhas coisas. Isso é... eu...

— Eu quis dizer — Penny responde — que podemos pegar sua carteira com ela.

Eu assinto, apertando os lábios. Certo. É claro. Eu encaro meu caderno, tentando pensar em um modo de suavizar essa conversa.

— Hã, acho que eu provavelmente deveria falar sobre Marius, certo? — ela pergunta. — Eu sou tão autocentrada. Me desculpe.

— Não, está ótimo. — Eu balanço a cabeça. Fica um pouco mais fácil de respirar quando mudamos de assunto. — Mas o que pode me dizer sobre ter trabalhado com ele?

Conversar com ela é diferente de conversar com Marius. O papo com ele era mais fácil, mas ele também estava mais na defensiva. Com Marius, eu tive que fuçar. Penny simplesmente entrega as histórias antes que eu pergunte.

— Ele é realmente focado no set — ela afirma, tomando um gole d'água. — Às vezes fica de zoeira, porque, sabe como é, a gente tem que enrolar por muito tempo entre as tomadas. Mas, sempre que ele queria dar uma fugida, achava algum canto e colocava uns fones gigantescos e ficava lendo.

— Sério? — Meus ouvidos se aguçam. — O filme é baseado em um livro?

— Não — ela diz. — Ele lia muito sobre acampamentos de conversão, tipo, histórias ficcionais e também relatos reais. Eu li um, mas não consegui terminar tão rápido. Sempre que não conseguíamos achá-lo, ele estava lendo em algum lugar.

Quero fazer mais perguntas, mas então o garçom chega e temos que parar para comer. As pálpebras de Penny tremulam quando ela dá uma mordida. Dou um risinho.

— Juro — diz ela limpando a boca —, é bom demais.

E, porra, é *mesmo*. Quase me esqueço de ficar ansiosa de tanto que o sanduíche derrete na minha língua. Ela ri para mim e eu rio de volta.

Não voltamos a falar até metade do cheeseburger de Penny ter sumido e ela ter me oferecido o restante de suas batatas fritas. Geralmente me sinto desconfortável de comer na frente de outras pessoas, em especial quando são magras, mas está tudo tão gostoso que nem ligo.

— E aí — diz Penny —, mais alguma pergunta?

Olho para meu caderno. Há uma questão na qual venho pensando desde a primeira vez em que ela apareceu no filme, mas não ia falar nada porque não tinha certeza de como poderia soar. Mas as coisas parecem estar indo tão bem...

— Qual a sensação de ver um recém-chegado como Marius assumindo um papel tão grande? — pergunto. — Ainda mais com você tendo se esforçado tanto pra chegar onde está?

Penny pestaneja, limpando as mãos no guardanapo. Ela fica em silêncio por um longo momento. Merda. Será que soou da forma errada?

— Você devia saber — diz ela, enfim — que Marius merece toda a atenção que tem recebido, mas me preocupa que ele acabe caindo nessa armadilha, que é as pessoas ligarem mais para o talento dele do que se importarem de fato com *ele*. Entende o que eu quero dizer?

As palavras ficam entaladas na minha garganta. Ela está inferindo que eu sou uma das pessoas que não se importam com ele?

— Ah — digo, fechando o caderno. Sempre deixo o gravador ainda ligado, mesmo enquanto estou arrumando minhas coisas, só para o caso de acabar pegando algo importante. — Esse com certeza não é o... Vou me esforçar ao máximo para escrever um artigo que faça jus ao talento dele.

— Eu sei que vai — diz Penny. — Senão, teríamos um problema.

Outra pausa. Me mexo no meu lugar. Penny sorri, mas não com os olhos.

— Mas tenho certeza de que isso não vai acontecer.

Então o garçom aparece e ela ergue o sorriso para ele.

@JosieJornalista: dando um tempo da ansiedade para ver roupas bonitas. alimentando a alma por aqui

CAPÍTULO 10

Na terça-feira, devo ir a uma prova de guarda-roupa com Marius, mas não consigo me concentrar nas perguntas para ele. Só consigo pensar em Penny.

Acho que ela me odeia. E com certeza está desconfiada de mim depois de eu ter morrido pela boca com aquela pergunta.

— Tá tudo bem — diz Alice. Estamos as duas nos olhando no espelho do banheiro. Ela deve estar notando a bagunça que está meu cabelo arrepiado em todas as direções e as olheiras debaixo dos meus olhos. — A segunda vez deve ser mais fácil. Não precisa ficar tão nervosa.

Fico encarando minha irmã enquanto ela sai. Por incrível que pareça, suas palavras não me ajudam nada. Depois que entrevistei Marius, parecia que eu só conseguia pensar nele, mas felizmente isso passou depois de uma boa noite de sono. Agora tenho mesmo que passar algum tempo com ele em uma prova de roupa — eu nem *sei* nada sobre provas de roupa. Puxo meu cabelo para trás, mas os cachos estão uma verdadeira bagunça, então me contento com um rabo de cavalo e um chapéu.

É mais difícil de fazer o Momento do Espelho quando estou longe de casa. Lá está meu rosto do qual eu gosto, acho. Mas odeio minha boca. Nunca digo a coisa certa na hora certa. E não suporto a barriga rechonchuda, não importa o quanto eu tente me forçar a gostar dela.

— Ei, Alice — chamo, saindo do banheiro. Ela já está vestida, o que só vai dificultar as coisas. — E se eu for sozinha dessa vez?

Ela tira os olhos do telefone com as sobrancelhas erguidas. Eu ainda nem terminei de me vestir, então é meio constrangedor encará-la de volta. Não é como se essa fosse a primeira vez que tenho que negociar. Era mais fácil quando ela estava no ensino médio, indo escondida a festas ou me pedindo para não contar as coisas pros nossos pais, mas preciso trabalhar com o que tenho.

— E qual é o sentido de eu estar aqui, então? — Ela cruza os braços. Maggie só briga se for preciso, mas Alice discute por diversão; é exaustivo. — Era pra eu ir pra todo canto com você. Foi o que a mamãe disse.

— Desde quando você liga pro que a mamãe diz?

Ela se detém.

— Não quer dar uma turistada por aí? — pergunto. — Vai ver o letreiro de Hollywood ou a Calçada da Fama. Não foi por isso que você veio, pra começo de conversa?

Alice morde o lábio. Sei que peguei ela.

— É só dizer pra mamãe que eu tô conversando com alguém e que não pode me interromper — digo, tentando adocicar minha voz. — Caso se sinta mal demais em mentir pra ela.

— Você não pode fazer o que quiser, sabia?

— Bom — eu bufo —, nem você.

Alice revira os olhos com ironia. Quando o Uber chega, eu vou para um lado e ela vai para o outro.

Marius foi gentil quando nos conhecemos, mas estávamos conversando apenas sobre tópicos superficiais. Se vou escrever um perfil, preciso ir a fundo, descobrir mais sobre esse novo ator que vai deixar o mundo de queixo caído. Só não tenho muita certeza de como fazer isso, especialmente com Penny agindo como se fosse me assassinar caso eu diga a coisa errada.

Antes que eu me dê conta, o carro para. O prédio parece chique só pela fachada: grandes vitrines revelando ternos e vestidos longos e leves, as vidraças emolduradas por mármore branco. Nunca vi um prédio como esse na minha cidade, me lembra a loja que expulsou Vivian em *Uma Linda Mulher*. Com sorte, *eu* não vou ser expulsa. Saio do carro com meu caderno aberto.

O cara no balcão da recepção pede minhas credenciais antes de me levar por uma porta dupla branca. Lá dentro estão algumas pessoas que não reconheço: uma está tirando medidas, outra está anotando coisas. Marius se vira e vejo aqueles olhos castanhos calorosos, o sorriso fácil. Eu reconheceria aqueles cachos em qualquer lugar. Me forço a sorrir de volta.

— Obrigado, Ethan — diz ele, esticando o pescoço para enxergar. — Estava preocupado que ela não fosse aparecer.

Merda. Eu não estou *tão* atrasada, estou?

Ethan apenas dá de ombros, fechando a porta atrás de mim. A pessoa fazendo anotações me encara. Não sei se deveria sorrir ou não.

— Vinte e quatro — diz a moça tirando as medidas. Uma fita métrica envolve o braço de Marius, vários alfinetes se projetando do paletó. — Trinta e três, quarenta e dois.

A pessoa com as anotações escreve freneticamente. Eu mordo o lábio, olhando ao redor. Luxuosas cadeiras cor-de-rosa decoram a sala, que está cheia de araras de roupas e longos espelhos. As janelas são altas, como se estivéssemos em um castelo, adornadas com cortinas douradas que se estendem até o chão.

Meus olhos voltam para Marius. Ele ainda está olhando para mim, com o vislumbre de um sorriso no rosto, como sempre.

— Desculpe — eu deixo escapar. — Meu Uber demorou uma eternidade pra chegar. Que lugar lindo.

A mulher com a fita métrica enfim olha para mim. Eu já sei quem é, passei algum tempo pesquisando sobre ela. Christina Pak é uma estilista superexcêntrica que já vestiu um monte de gente para tapetes vermelhos e para o Met Gala. Não sei exatamente como funciona, mas acho que ela escolhe atores como Marius e faz roupas para eles, assim, eles fazem propaganda das roupas dela. Ou talvez Marius a tenha escolhido.

De todo modo, ele *com certeza* está bonito. Seu terno verde-escuro de alguma forma faz com que suas maçãs do rosto se destaquem um pouco mais. Quando sorri, parece ainda mais um homem, mesmo que ainda seja jovem. Este terno parece ter sido feito para caber nele, não o contrário. Acho que é isso que é alfaiataria.

— Essa é a Josie — ele diz, quebrando o feitiço. — Ela é jornalista. *Muito* inteligente. Josie, esta é Christina Pak, e esta é a assistente dela, Meghan.

É difícil de respirar, mas não porque estou ansiosa. Christina me fita com um olhar de avaliação.

— Só estou aqui pra olhar — eu explico, me estatelando em uma das cadeiras. — E fazer anotações, se vocês não se importarem. Tem uma outra pessoa que tira fotos pra revista.

— Sim, sim. — Christina abana a mão, voltando para suas medidas. — Tudo perfeitamente certo. Meghan, já anotou os braços? Quero seguir para a calça.

Volto para minhas anotações, tentando prestar atenção na sala, nas roupas e nos tecidos das araras esperando para serem medidos. Não tenho certeza do que mais posso falar — o modo como Meghan o ajuda a tirar o paletó?

— Precisamos de outra peça — diz Christina, chamando Meghan com um gesto. — Logo ali, na outra sala. Não deve demorar muito para encontrar.

As duas saem antes que eu possa dizer qualquer coisa. Agora tenho mesmo que *conversar* com ele, porque sou a única pessoa por ali.

Não que eu não queira. Quero saber tudo sobre ele, no que pensa logo antes de pegar no sono, quais músicas fazem ele chorar, se em algum momento se sente deslocado. Mas eu não iria colocar nada disso no perfil. Isso seria só pra mim.

— *Então*.

Dou um pulo, como se ele tivesse ouvido meus pensamentos. Marius ainda está sorrindo, mas dessa vez parece que está tentando não me assustar.

— Lembra da última vez em que conversamos? Sua irmã veio falar comigo quando eu estava na saída. — Ele passa a mão pelos cabelos. — A gente ficou conversando um pouco.

Eu me lembro de ir ao banheiro logo depois de Marius ir embora mais cedo de nossa entrevista, mas não percebi que Alice tinha ido atrás dele.

— Ai, meu Deus. — Minha respiração congela. — O que ela falou de mim?

— Nada de ruim — ele diz, sorrindo como se eu tivesse feito uma piada. — Ela me contou sobre sua ansiedade.

Meu estômago revira. Ninguém na minha família conta aos outros sobre a minha ansiedade, é simplesmente uma promessa não verbalizada que nunca haviam quebrado. Até agora. *Racionalmente* eu entendo que ninguém deveria me olhar diferente depois de descobrir isso. Ser desajeitada é uma coisa, mas ter um transtorno de ansiedade é simplesmente... Sei lá. Não quero que ele pense que há algo de errado comigo. Se as coisas tivessem sido do meu jeito, ele nunca teria descoberto.

As poucas pessoas que sabem da minha ansiedade sempre dizem que tudo bem, que vão tomar cuidado para garantir que eu nunca fique desconfortável, que não preciso me preocupar.

Mas nunca é assim que funciona. Não sei como comunicar que estou tendo um ataque de pânico no meio de um.

— Só quero que me diga se eu fizer algo que te dê nos nervos — ele continua. — Eu... bom, eu sei que às vezes posso dar trabalho.

Não sei se eu deveria rir ou revirar os olhos. Não é que ele me deixe estressada, não do mesmo jeito que as pessoas na escola ou estranhos às vezes deixam. Ele ainda é um estranho para mim, mas não me causa o mesmo tipo de ansiedade. Marius simplesmente parece diferente. Gosto de passar o tempo com ele.

— Não dá, não. — Eu encaro o chão. — É que... ela não deveria sair por aí contando isso aos outros.

— Desculpe. Não acho que tem nada de errado com isso, se faz com que você se sinta melhor.

— Não. — Eu balanço a cabeça, voltando a olhar para meu caderno. — De todo modo, você não me incomoda, então não tem com o que se preocupar.

Só o que me incomoda é olhar para ele. Tenho medo de fazer isso por tempo demais, porque posso nunca mais parar de olhar. Não é justo que supostamente eu tenha que ser profissional quando ele parece tão legal.

— Ah. — Ele se detém. Eu o observo esfregar um polegar com o outro. — Isso é bom, não é?

— Tipo, só fica difícil quando estou com pessoas que conheço ou com quem realmente me importo. — Eu estremeço. Isso não soou nada bem. — Não é que eu esteja dizendo que não me importo com você. É só que... Geralmente entrevistas são mais fáceis, porque estou interessada, mas não é como se eu fosse conversar com a mesma pessoa todo dia pelos próximos quatro anos, sabe?

— Então a escola deve ser difícil.

Eu ergo a cabeça. Há algo de compreensivo em seus olhos. Por um segundo, esqueci que ele estudou em um colégio de verdade. Quero perguntar como foi, se ele sabe como é se interessar por algo que, na maioria dos casos, não importa para as pessoas ou se ele era um peixe fora d'água.

Não tenho a chance de dizer absolutamente nada, porque Christina e Meghan voltam em um turbilhão. Marius dirige o olhar a elas, mas sorri para mim novamente. Parece que sorrir não exige esforço algum de sua parte. Ele simplesmente distribui sorrisos.

— Christina, podemos colocar uma música? — ele pergunta.
— Tá muito quieto aqui.

— Claro. — Ela faz um aceno para Meghan, que larga suas anotações e caminha até o aparelho de som no canto. — Mas tenho que avisar: acho que não compartilhamos o mesmo gosto musical.

Algo leve, com muitas harpas, preenche o ambiente. Volto a rabiscar meu caderno. Depois de vinte minutos nessa prova de guarda-roupa, me dou conta de que deveria estar gravando. Que idiota. Acho que essa é mais uma coisa a ser lembrada na próxima vez.

— Josie.

Meus olhos se erguem de pronto. Marius não está gritando, mas é o único falando. Também há o fato de que ele dizendo meu nome é estranho, ou algo assim. Eu odeio. Ainda não tenho certeza de como me livrar do aperto em meu peito quando ele faz isso.

— Eu curto A Tribe Called Quest — ele diz, as mãos no bolso do paletó. — Você gosta deles? Tem alguma música favorita?

— Claro que sim — digo. Todos os pais e mães pretos da mesma geração colocam para tocar nas festas. — Eu, hã, eu curto "Check the Rhime".

Na verdade, minha canção favorita do ATCQ é "Eletric Relaxation", mas a música inteira é sobre sexo, e definitivamente não deveria estar tocando agora.

Christina e Meghan trabalham por mais algum tempo, "Check the Rhime" tocando ao fundo. Pode ser por causa da música, mas eu realmente me sinto segura. Segura o bastante para me levantar e perambular pelo lugar.

— Se importa se eu der uma olhada nessas aqui? — eu pergunto a Christina, apontando para uma arara de roupas. — Não vou estragar nada.

Ela abana a mão e entendo como um sim.

Christina faz roupas coloridas. Não que nem balas Skittles, mais como aquelas caixas de lápis de cor sortidos. Acho que eu não usaria nenhuma delas. Parecem muito berrantes, chamam muita atenção. Talvez seja isso o que as pessoas famosas querem. Definitivamente não é o que eu quero.

Há *um* vestido. Ele tem mangas curtas, é preto e tem rosas bordadas por toda parte. Também há uma longa fenda que revela a perna, estilo Angelina Jolie. Acho que é o tipo de vestido para chamar atenção, mas não tanto quanto os outros, pelo menos para mim. É lindo. Corro a mão por algumas das rosas. São de cores diferentes, vermelho, laranja e amarelo, em contraste com o fundo preto.

— Devia experimentar.

Marius está ao meu lado. Contenho um gritinho, o que considero uma conquista. Ele não está mais usando o paletó, só uma camiseta. Não sei dizer se está brincando ou se realmente acha que o vestido ficaria bonito em mim. Claro que *o vestido* ficaria bonito. Ele é lindo. Mas isso não significa que *eu* ficaria bonita nele.

— Acho que não — digo, correndo as mãos pelo tecido. A questão aqui não sou eu, de todo modo. — Não tem nem chance de ele caber.

— Bom, sim — ele diz. — Eles nunca cabem de primeira. Meu paletó não coube em mim.

Por um segundo, me permito encará-lo com expectativa. Eu não deveria. Vou nutrir esperanças de que esse vestido caiba em mim, que fique lindo, que pareça que foi feito para mim. E aí vai doer ainda mais quando nenhuma dessas coisas acontecer.

— Christina — ele diz, se virando —, você não acha que Josie ficaria linda nesse vestido?

Ah, meu Deus.

Já fui chamada de linda antes. Meus pais e minhas irmãs me dizem isso — pelo menos *uma* das minhas irmãs me diz. Até Cash me diz isso, depois de passarmos a noite juntos lendo histórias de princesas, as mesmas que mamãe e papai costumavam ler para mim.

Mas é diferente quando sai da boca de Marius. Talvez porque eu tenha a sensação de que ele está mentindo. Talvez porque as pessoas nunca me digam isso, a menos que estejam tentando fazer eu me sentir melhor: "Você ficaria *tão linda* se perdesse alguns quilos." Ele só está dizendo por dizer. E eu engulo sejam lá quais *sentimentos* suas palavras me causem.

— Venha — diz Christina, me tomando pela mão. — Eu adoraria ver como você fica nele. Aposto que complementaria perfeitamente seu tom de pele e a cor dos seus olhos.

Sempre me sinto desconfortável quando pessoas que não são pretas dizem qualquer coisa sobre o tom da minha pele, mas Christina é de ascendência coreana e parece bem gentil.

Ela segura meu rosto com as mãos em concha, me olhando nos olhos. É estranhamente erótico. Ela tem cheiro de flores e de gente rica. Em seguida, pega o vestido e estala os dedos para Meghan, que segura uma porta aberta para mim do outro lado da sala.

Só consigo entrar nele porque encolho a barriga. Se Meghan percebe, não diz nada. Não há nenhum zíper, então ela apenas fecha o vestido com um alfinete. A fenda não cai junto a uma de minhas pernas como faria com a de Angelina Jolie. Está em algum lugar entre elas, se abrindo mais do que deveria.

Não quero me olhar no espelho. Não quero que Marius ou Christina vejam. Marius vai sorrir e ser gentil, como sempre, mas eu sei que vai se arrepender de ter sugerido que eu experimentasse o vestido. Christina vai ficar chateada por um de seus modelitos, tão bonito no cabide, ficar tão estranho em mim.

Meghan faz as honras de abrir a porta. Ninguém arqueja, como nesses momentos em filmes ou em O *Vestido Ideal*. Os olhos de Christina vagam por mim, os lábios se movendo, muito embora nada saia deles. Marius me encara por um momento. Quando ele vê que estou olhando, desvia o olhar.

Lágrimas fecham minha garganta. Eu nem deveria estar chorando. Um garoto não pulou de alegria quando experimentei um vestido. E daí?

— Vou fazer as devidas alterações — diz Christina. — Vou ter que abrir um pouco, visto que não foi feito com você em mente. Mas você *dá vida* ao vestido, Josie. Encontrei sua dona por direito.

Minhas sobrancelhas se erguem. Ela não pode estar vendo a mesma coisa que eu, como o vestido praticamente se dobra sobre meu corpo, como se não tivesse tecido suficiente para mim.

— Eu nem tenho onde usar uma coisa dessas — desconverso, dando de ombros. O rosto de Christina é bom de se olhar. Ela me passa a sensação de ser alguém com quem eu poderia conversar. — Eu definitivamente nunca vou a lugar nenhum que peça um vestido tão bonito.

— Ah, por favor. — Ela mal denota perceber o elogio. — Temos que achar *algum lugar* para você usá-lo. Meghan, pode pegar a fita métrica?

— Talvez no baile de formatura — sugere Meghan, se aproximando de mim. — Com licença.

Eu balanço a cabeça. Enquanto ela segura a fita ao redor do meu quadril, resisto à ânsia de rir. Esqueça o fato de que eu nunca poderia de fato bancar este vestido. Marius não precisa se preocupar com dinheiro, visto que está simplesmente pegando roupas emprestadas para alguma cerimônia de premiação, mas eu não tenho ninguém para patrocinar este vestido. Ninguém nem sabe quem eu sou.

— Acho que não — digo. — Não estava planejando ir na festa, na verdade.

— Ah — diz Meghan, de um modo que sugere que ela já se cansou dessa conversa. Ela começa a murmurar números por entre os dentes.

— Eu não fui à minha formatura — comenta Marius. Quase me esqueci de que ele estava ali. — E gostaria de ter ido. Você pode se arrepender se não for.

— Acho que não vou me importar — retruco. Meghan gesticula para que eu erga os braços, então eu obedeço. — O ensino médio não é uma época da qual quero me lembrar.

Pela primeira vez, Meghan parece concordar comigo.

AUSTIN, TEXAS

> **@JosieJornalista:** por que comentar o peso de alguém quando você pode só ficar quieto

CAPÍTULO 11

Nosso voo, que sai às 6 da manhã de quarta-feira, dura apenas três horas, o que não é longo o bastante para um cochilo. No momento em que chegamos ao Aeroporto Internacional de Austin-Bergstrom, sou basicamente uma morta-viva.

— Anda — digo, puxando Alice depois de pegarmos nossa bagagem. — Vamos passar no Starbucks.

Ela resmunga.

— Só quero ir logo pro hotel.

— Eu tenho que fazer aquele lance da mesa redonda hoje, lembra?

— Pois é — ela diz, se desviando de mim enquanto me arrasto junto com minha bagagem. — O lance da mesa redonda é *no hotel*. Já que não precisa de mim, vou maratonar todos os episódios de *Real Housewives* que perdi e comer um monte de porcarias.

Isso me parece o paraíso neste momento. Eu engulo a inveja ao nos aproximarmos do Starbucks.

— Tá bom — digo. — Você não tem que ir, mas preciso de algo pra me ajudar a ficar acordada.

— A gente não pode só ir pro hotel?

Meu Deus. Tenho uma sensação estranha no rosto e meu corpo inteiro está acordando neste exato momento, depois de ficar confinado no avião. Só o que estou pedindo a ela é que entre em uma fila comigo. Por que tudo precisa virar uma briga?

— Não — insisto. — Você me deve uma depois de contar pro Marius que tenho ansiedade sem nem me *perguntar* primeiro.

Eu não sei o que estava esperando. Talvez que ela ao menos *parecesse* se sentir mal, mas Alice simplesmente balança a cabeça.

— Ai, me poupa. Não é como se eu tivesse dito a ele que você costumava fazer xixi na cama. Eu contei porque seria útil. E ele não foi desagradável quanto a isso. Foi?

Não foi, mas não era essa a questão.

— Não ligo se você achou que seria *útil* — digo. — Quem deve dar esse tipo de informação sobre mim sou *eu*. E se eu contasse a ele, sei lá, que seu fluxo menstrual é forte ou coisa assim?

— Não é a mesma coisa. Não seja ridícula.

— Não estou sendo. Você ficaria uma fera se eu contasse algo pessoal seu, sobre sua vida. Não é justo da sua parte que você simplesmente saia por aí...

— Viu, é por *isso* que você é impossível. — Ela acerta as coxas com as palmas das mãos. — Eu tento fazer algo legal e você é toda ingrata...

— Dane-se — eu digo, me encaminhando para o Starbucks. — Esquece.

Quando eu era pequena, voar de avião parecia muito divertido, estar tão lá no alto, olhando de cima para as nuvens. Agora parece só um afazer, um jeito irritante de ir de um lugar a outro. Quase desejei que a turnê fosse de ônibus. E queria que Alice não estivesse nem perto daqui.

Após alguns minutos na fila do Starbucks, Alice aparece ao meu lado.

Eu reviro os olhos.

— Mudou de ideia?

— Não — responde. — Maggie quer falar com você, sei lá.

A pessoa à minha frente vai embora, fazendo de mim a próxima da fila. Dou um passo adiante.

— Olá — diz a pessoa no balcão. — Qual seu pedido?

Peço rapidamente, então me coloco de lado. Alice coloca o telefone na minha cara.

— Josie! — O rosto de Maggie aparece na tela. Ela está vestindo seu uniforme, o que significa que pode estar em casa *ou* enrolando no trabalho. — Como foi o voo?

Remexo minhas coisas em busca dos fones de ouvido antes de Alice relutantemente me passar os dela, abrigados em sua mão fechada.

— Você tirou os fones antes de me dar o celular?

— Qual é — ela diz. — Por que eu faria isso?

Ela com certeza faria isso.

— Josie! — chama a atendente que serviu meu chai, colocando o copo no balcão.

Não estou acordada o suficiente para isso.

— Toma — eu digo, devolvendo o telefone à Alice. — Espera aí.

Depois de pegar minha bebida, me viro e vejo que Alice arranjou uma mesa, nossas malas espalhadas ao redor para reivindicar o território. Ela está com os dois fones nos ouvidos, assentindo a algo que Maggie deve estar dizendo.

— Ela voltou — diz Alice, tirando um dos fones e o enfiando em meu ouvido. — Tá vendo ela?

Eu ajusto o fone, movendo a cabeça.

— E aí, Mags?

— Josie! — ela diz outra vez, como se não tivesse me visto antes. — Alice me falou que o rapaz que você tá entrevistando é o maior gatinho.

— Eu não falei isso — diz Alice. — Eu falei que *você* provavelmente acharia ele bem gatinho. A Josie acha.

Meu rosto queima.

— Eu nunca disse isso.

— Ah, Josie. — Maggie balança as sobrancelhas. — A coisa tá *feia*, hein?

— Não é assim — digo, pegando meu copo. — Só tô entrevistando ele.

Eu *devia* estar pensando em Marius, só que prefiro não pensar.

— Tem certeza de que não tá a fim dele? — ela pergunta, se inclinando mais para perto da câmera. — Só assim, um pouquinhozinho de nada?

— Você anda assistindo muita *Patrulha Canina* — eu digo. — Não estou a fim dele.

Me *recuso* a dizer que estou a fim dele. Talvez assim eu me impeça de acabar ficando. No passado, tentei esmagar meus sentimentos, ignorar todos os pensamentos irrequietos antes de ficarem grandes demais e focar os aspectos negativos da pessoa. Só que é difícil fazer isso com Marius.

— Me conta mais sobre ele — diz Maggie. — Nas fotos na internet, ele é uma graça. Ele também é uma graça pessoalmente?

— Maggie — eu resmungo. Pensar que ela ficou procurando coisas sobre ele na internet para avaliá-lo me dá calafrios. — Ele é bonito.

— Ele com certeza é *bonito*.

— Maggie.

Ela ri por entre os dentes.

— Argh. — Jogo a cabeça para trás, correndo a mão pelo cabelo. — Vou conversar com você sobre ele uma *única* vez. Só pra desopilar.

Fingindo vômito, Alice levanta e se encaminha para a fila.

— Excelente. — Maggie assente, solene. — Um ótimo plano.

— Você é impossível. — Reviro os olhos, mas estou sorrindo. Algo em Marius faz com que *seja* divertido pensar nele. Talvez porque eu tenha evitado tais pensamentos desde nosso último encontro. — Não sei por onde começar.

— Quero saber de tudo. — Ela recua, revelando a sala de descanso ao fundo. — Você precisa mesmo se livrar de todos esses sentimentos antes de fazer sua próxima parada jornalística.

— Tipo, ele é... — Balanço a cabeça com um riso largo. — Até o nome dele. Tipo, *Marius*: simplesmente lindo, sabe?

— Eu sei, com certeza. — Maggie me dá seu sorriso dedicado às paixonites. Ela parece alguém assistindo uma comédia romântica. — Que mais?

Falar sobre Marius quando ele não está presente me deixa encabulada.

— Sei lá — respondo. — Ele disse que havia algo de romântico no cinema, mas esse mesmo romance paira ao redor dele. Ele é... Meu Deus, Maggie. Ele é estonteante, lindo, misterioso e diferente de qualquer pessoa que já conheci.

Se Alice estivesse aqui, caçoaria de mim ou repreenderia Maggie por me encorajar. Maggie só dá um gritinho. Eu abro a boca para falar mais, mas Alice se joga de volta na cadeira.

— Que foi? — ela diz, balançando uma coisa que lembra um milk-shake, com confeitos em verde e vermelho. — A fila estava curta.

Ela apanha o fone que deixou ali pendurado e o coloca no ouvido. Me esforço ao máximo para não fazer beicinho.

— Do que vocês estão falando agora, Mags? — pergunta Alice. — Ainda sobre o garoto? Josie já escreveu algum poema de amor?

— Nossa — eu digo. — Pior pessoa, você.

— Ela é mesmo — diz Maggie. — Vai, continua contando. Como é conversar com ele?

— Ele é igual a todos os outros garotos de quem Josie já ficou a fim. — Alice ergue sua bebida. — Eles são todos iguais.

— Isso não é verdade — digo. Não consigo evitar que a raiva se inflame em meu peito. — Você age como se soubesse tudo sobre mim, mas não sabe.

Ela cruza os braços. Maggie balança a cabeça.

— Tá tudo bem ter um tipo — diz Maggie. — Só se certifique de que ele saiba desde o começo que você é melhor do que ele. Isso deve equilibrar o jogo.

— Como isso equilibra qualquer coisa? — pergunto. — Se eu sou melhor?

— Bom, talvez *equilibrar* não seja a palavra certa. — Ela inclina a cabeça. — Acho que só torna as coisas mais fáceis.

Maggie sempre alimentou demais minhas paixonites. Sempre que algo não dá certo, ela diz: "Ele sabia que você era melhor do que ele e não conseguiu lidar com isso." Mas não aguento ela fazendo todos esses discursos profundos que funcionaram para ela sobre o amor. Eu sou diferente. Não tenho a mesma aparência e não sei falar como ela.

— Não sei por que você sempre fica a fim desses meninos magrinhos e esguios — diz Alice, recostando a cabeça na cadeira. — Você partiria ele em dois.

— Caramba, Alice — esbraveja Maggie. — Sério?

Alice diz algo em resposta, talvez uma desculpa, mas não escuto. Meu coração já está apertado. Algo se forma em minha garganta e eu luto para engolir enquanto encaro meu copo de chá. Pelo canto do olho, consigo ver minha mala. Tento com muito afinco não pensar no par de meias-calças modeladoras que sei que Maggie, de fininho, colocou lá dentro antes de eu viajar.

Tenho certeza de que Alice não quer dizer nada com isso. Talvez ela não se dê conta de que eu já me preocupo com ser maior do que qualquer pessoa com quem eu venha a ficar, em como as pessoas vão nos encarar e se vão se perguntar o que a pessoa que está comigo vê em mim.

Ser gorda às vezes é difícil, mas principalmente durante as festas de fim de ano. Foi difícil quando mamãe não parava de me olhar no jantar de Ação de Graças. Foi difícil quando os sites que eu leio começaram a postar dicas de dietas ou histórias inspiradoras sobre pessoas (a maioria mulheres) perdendo um monte de peso passando fome ou fazendo um monte de loucuras alimentares das quais eu estou tentando aprender a me desvencilhar.

Não quero ouvir dicas de dietas de ninguém nem suas histórias de perda de peso. As pessoas olham para o meu corpo e automaticamente presumem que estou louca para saber como sua sobrinha perdeu vinte quilos no Vigilantes do Peso ou com a nova dieta da limonada.

Na maior parte do tempo, eu consigo me virar. Às vezes, vacilo. Parece que estão todos tentando destroçar minha autoestima, e eu mal consigo mantê-la inteira.

— Josie? — diz Maggie. — Você quer continuar conversando?

Balanço a cabeça. Estou tentando não piscar. Porque, se piscar, as lágrimas vão se derramar, e Alice vai dizer que não teve a intenção, que eu sou muito sensível e que ela nem disse nada de mais.

Eu *sei* por que pensar em Marius me deixa tão desconfortável. Não é só porque o filme era triste. É porque vejo Marius sempre que tento não pensar nele. É porque estou buscando me condicionar a deixar de querer algo que não posso ter. É como estar de dieta.

— Vem — digo, me levantando. — A gente devia ir logo para o hotel.

> **@JosieJornalista:** se você não enxerga raça, não vê todas as formas pelas quais pessoas pretas são a) superdescoladas b) vítimas do racismo todo dia! #quemsabesabe :)

CAPÍTULO 12

Eu não sei por que achei que poderia explorar Austin. De acordo com o itinerário, vamos fazer algo chamado mesa-redonda de imprensa. Isso significa um monte de jornalistas em um hotel chique — o mesmo em que eu e Alice estamos hospedadas — almoçando em uma sala de conferências chique e basicamente sendo tratados feito realeza.

— Para de olhar em volta desse jeito — diz Alice. De alguma forma, consegui trazê-la comigo, apesar dos planos mais agradáveis que ela havia compartilhado no aeroporto. — Tente parecer natural. Ninguém está tão impressionado quanto você.

É difícil parecer natural. Primeiro, nos deram duas sacolas de material promocional, embora Alice não tivesse uma credencial de imprensa e eu tenha precisado explicar ao segurança que ela era minha acompanhante. A sacolas tem várias coisas, tipo um *flip book* com fotos em alta resolução do filme, uma garrafinha mini de gim (que Alice provavelmente vai roubar de mim quando formos embora), um caderno e uma caneta timbrados, e algo chamado de "kit de autocuidado" que é basicamente uma bolsinha cheia de frasquinhos de protetor labial, hidratante e sais de banho. Acho que tem a ver com o fato de que, no filme, Peter faz terapia e conversa com o psicólogo sobre autocuidado.

Ainda é meio estranho, mas eu gosto de coisas de graça.

Agora estamos almoçando a comida que chega em pratos que parecem com a porcelana fina que temos em casa. Nem é comida normal. Já nos serviram dois pratos — uma salada caprese de abacate com um pimentão vermelho assado bem cremoso e sopa de couve-flor com queijo de cabra —, e agora estão todos comendo peixe ou frango. Até a sala de conferências é chique. Ouro, ou algo que se parece com ouro, adorna as cadeiras e as paredes, cobertas de um papel de parede rebuscado com lindas flores. As janelas são amplas e têm vista para a fonte e para a grama superverde lá fora, junto da entrada principal, com suas grandiosas colunas gregas.

— Eu tô tentando, mas é difícil. Tipo, é impressão minha — eu sussurro, me inclinando para junto de Alice — ou isso aqui parece um casamento?

— Acho que o diretor tem dinheiro, hein? — Ela olha para meu salmão. — Ainda vai querer isso?

— Não o diretor, exatamente. — Empurro meu prato para ela. — O estúdio. Talvez tenham gastado bastante com isso por causa da combinação de Dennis Bardell e Art Springfield.

Alice assente, mas está ocupada demais botando meu almoço para dentro em vez de absorver qualquer coisa da experiência. Volto minha atenção para o ambiente que nos rodeia. Alice está certa, ninguém parece sentir o mesmo deslumbramento que eu. A maioria das pessoas está digitando em seus telefones enquanto come, algumas conversam, outras reúnem seus pertences e se dirigem à porta. O segurança ali de pé assente com a cabeça, antes de desviar o olhar.

— Hmm — diz Alice. — Acha que eles estão saindo mais cedo?

Volto a olhar para a mesa vazia. Não é a única; há pelo menos outras duas sem paletós, cadeiras ou mochilas.

— Acho que não — digo. — Acho que estão nos chamando para entrevistas em pequenos grupos.

— Quando é sua vez?

— Não sei. — Tamborilo os dedos na mesa. — Quando me chamarem, acho.

Em vez de comer, me ocupo revisando minhas perguntas. Formulei algumas para o diretor e para cada integrante do elenco, apesar de não ter certeza de com quem terei a chance de conversar.

A página mais longa em meu caderno tem perguntas para Marius. Porém, algumas beiram o excessivamente pessoal: se ele usou alguma experiência pessoal ao interpretar Peter, qual o nível de proximidade dele com o material, e com qual cena no filme ele se conecta mais. Mas esse é o tipo de coisas que *eu* quero saber sobre ele, então imagino que todo mundo também queira.

Talvez eu tente fazer essas perguntas na nossa próxima entrevista cara a cara.

— Com licença. — Uma mulher usando um terninho aparece à nossa frente. — Esta é a próxima seção.

Não há mais ninguém sentado à nossa mesa, mas há três outras mesas nesta seção, somando cerca de vinte repórteres. Todos se levantam e pegam suas coisas. Me deixo ficar para trás do grupo ao sairmos da sala quente e agitada, avançando pelo corredor.

Queria não estar tão nervosa. Eu já fiz isso antes. Bom, não *exatamente* uma mesa redonda, mas algo perto disso. Mesmo assim, toda vez fico com medo de conversar com as pessoas. Não sei se algum dia isso vai passar.

— Aqui estamos — diz a mulher. — Espero que aproveitem.

É algo estranho de se dizer, uma vez que estamos todos, bom, trabalhando. Mas não *parece* trabalho. Afinal de contas, eu venci um concurso para estar aqui. Escrever, fazer reportagens, é algo que sempre fiz no meu tempo livre, depois da escola ou do trabalho. Mas *é* um trabalho. Olho de relance para os outros repórteres ao meu redor. Ninguém parece empolgado ou nervoso. Será que para eles isso é como qualquer outro emprego num escritório?

A sala tem uma grande mesa circular no centro, à qual as pessoas se sentam. De imediato, outros repórteres puxam seus cadernos, folhas de papel e gravadores. Tomo um lugar no canto direito, o que faz com que eu encare Penny. Ela ergue uma sobrancelha para mim.

Não tenho certeza do que isso significa.

Alice parece notar, porque me dirige um olhar quando nos sentamos.

— Bom — ela sussurra —, talvez isso vá ser tão interessante quanto *Housewives*, afinal.

Eu daria um cutucão nela, mas não quero chamar muita atenção. Me forço a engolir o nervosismo. Há algumas outras pessoas sentadas junto às paredes, conversando baixinho umas com as outras. Elas não estão sentadas conosco, mas estão vestidas um tanto profissionalmente e já estavam ali quando entramos, então suponho que sejam a equipe de relações públicas.

Não sei por quê, mas gente de RP parece mais assustadora que outros jornalistas. Talvez seja porque eles são basicamente o *acesso* em forma humana. Se você não puder se entender com a pessoa de RP, não há nenhuma chance de conseguir sua matéria. Eles provavelmente estão aqui para garantir que tudo corra nos conformes, ou seja, vão nos mandar calar a boca se abordarmos algum tópico que não deixe os entrevistados contentes. Engulo em seco e baixo os olhos para as perguntas. Então, provavelmente é melhor me manter nos tópicos *normais*.

Ergo os olhos e vejo tanto Penny quanto Marius olhando para mim. Marius sorri. Penny, não.

— Muito bem, parece que estamos todos aqui — diz Dennis, o diretor, dando tapinhas na mesa. — De acordo com o pessoal da organização, temos meia hora com cada grupo. Então, se preparem para fazer seu pior!

Ele e o elenco, Art, Grace, Marius e Penny, riem. O pessoal de RP, lá no fundo, não.

— Acho que posso começar — diz uma moça com sotaque francês. — O que vocês esperam que o público leve do filme?

E é assim que funciona. Todos estão com seus gravadores virados na direção dos artistas e se alternam entre fazer perguntas e anotações. Eu, basicamente, encaro meu caderno, mas olho para todos quando acho que não estão olhando para mim.

— Eu acho que Art e eu só queríamos trabalhar juntos outra vez, na verdade — Dennis está dizendo agora. — Nós andamos nos encontrando ao longo dos anos, nos esbarrando, e toda vez dizíamos: "Uau, a gente precisa encontrar algo no qual trabalharmos juntos." Só foi difícil encontrar algo que não fosse uma perda de tempo.

— Bom, isso é interessante — diz um homem, ajustando seu chapéu. — Esta foi uma chance para vocês trabalharem juntos outra vez, após uma série de sucessos de bilheteria nos anos 1990. Mas não foi com um tópico divertido. Como vocês chegaram a esse tema pesado?

— Foi depois de ver histórias como essa nos jornais — conta Dennis. Ele lança um olhar para Art, que assente. Sem o chapéu de caubói, seu longo rabo de cavalo chama a atenção, descansando em seu ombro. — Não necessariamente a história de Peter, mas vendo que a terapia de conversão ainda é legal em muitos estados e com o desejo de fazer algo a respeito.

Quero levantar a mão, mas ninguém está fazendo isso, estão apenas falando e habilmente desviando uns dos outros caso comecem a falar ao mesmo tempo. Não parece o tipo de coisa que eu conseguiria fazer. Engulo a saliva, mas minha garganta continua seca.

— Hã — começo. Minha voz parece estridente, então pigarreio. — Algum de vocês tem uma conexão pessoal com a história? Para além de ver coisas assim nos jornais?

Dennis me encara como se não tivesse se dado conta de que eu estava ali. Por um segundo, a mesa fica em silêncio, enquanto todos parecem pensar. Os outros jornalistas empunham suas canetas, esperando uma resposta. Marius me encara diretamente. Silêncio.

— Acho que muitos de nós têm membros da família que são gays — Art responde. — Meu filho é gay e eu nunca iria querer que nada do tipo algum dia acontecesse com ele.

O resto do elenco assente, parecendo satisfeito com a resposta. Não é... exatamente o que eu estava esperando. Pensei que eles falariam um pouco mais. Mas talvez não seja o tipo de pergunta que alguém queira responder na frente de um monte de gente.

— Então — diz outro jornalista. — Grace...

— Me desculpe — diz Marius, o cortando. — Josie, você me fez uma pergunta outro dia e não tive tempo de respondê-la. Eu gostaria de fazer isso agora.

Todos olham para mim.

Eu abro a boca, mas nada sai.

— Você! — diz Art, apontando para mim. — Você é a mocinha da coletiva.

Tento me esconder na cadeira, mas Alice me dá um tapa no ombro.

Os outros jornalistas continuam escrevendo. Algo me diz que também estão escrevendo sobre mim — a jornalista que

107

foi chamada pelo nome por uma das estrelas do filme em uma mesa redonda. Pelo lado bom, não estou chamando a atenção de uma forma *ruim*. Pelo menos, acho que não.

— Sim, é ela — diz Marius, se inclinando para a frente. — Era uma pergunta muito boa. Para quem não estava lá, Josie me perguntou como a questão da raça influenciou a experiência do meu personagem. Ela não teve tempo de terminar, mas já ando pensando a respeito disso há algum tempo.

Penny volta sua atenção para mim. Não consigo discernir sua expressão.

— Acho que, embora não seja explícito, influencia bastante — continua Marius. Seu olhar me perscruta, mas é tão pesado que não me acho capaz de desviar os olhos. — Peter é basicamente a única pessoa preta de sua comunidade além da mãe. Levando em conta a incapacidade de se assumir, ou realmente se abrir, quanto à sua sexualidade e também ser uma das únicas pessoas não brancas, ele é bastante isolado, então isso influenciou na minha interpretação. Eu queria que ele fosse quieto e meio que... Não sei... — Ele traz os braços mais para perto do corpo, envolvendo seu torso. — Fechado? — Ele faz uma careta, e algumas pessoas riem. — E isso é *antes* de ele ter essa experiência horrível no acampamento, onde, mais uma vez, é a única pessoa preta. Está com outros meninos *queer*, mas eles não são... Não tiveram as mesmas experiências. Peter encontra ali uma espécie de comunidade. Só que, se fossem ter determinadas conversas... elas provavelmente não seriam da forma que ele esperaria. E acho que Peter sabe disso, mesmo ao fazer amizade com Emma — ele aponta para Penny — e com todo o resto.

As pessoas assentem, rabiscando anotações, mas estou petrificada. Alice me fuzila com os olhos.

— Hã — falo, meio engasgada. — Obrigada.

Dennis olha para Marius e então para mim.

— Claro que essa história não é de fato sobre raça — ele acrescenta. — Marius por acaso é preto. Peter não foi... não foi escrito tendo qualquer raça em mente. Ele deveria ser um personagem com o qual todos poderiam se identificar.

Penny revira os olhos. Mordo o lábio para segurar o riso.

— Certo — diz uma outra jornalista preta. — Partindo desse ponto...

A pergunta dela se desvanece enquanto anoto o máximo que consigo lembrar da resposta de Marius. Quando ergo os olhos, ele ainda está olhando para mim. Ele sorri. Eu sorrio de volta.

> **@JosieJornalista:** amo quando as pessoas me esquecem. melhor coisa

CAPÍTULO 13

O dia seguinte é mais do mesmo. Somos convidados para a sala de conferências, mas em vez de almoço, nos servem café da manhã: guloseimas fofinhas de confeitaria, chá, vários tipos de frutas.

— Essa é a cultura do Texas? — eu pergunto pra Alice. Ela enche seu prato com um pouco de tudo e acena ao garçom pedindo mais café sempre que ele passa em um raio de três metros.

— Não sei — ela diz. — Sempre achei que a cultura do Texas fosse o feriado de Juneteenth e Beyoncé.

Isso… não é muito distante do que eu havia pensado, para ser sincera.

Hoje, em vez de entrar em mesas redondas, as pessoas são chamadas para entrevistas individuais com os artistas. O que significa que está demorando muito mais. Já tomei uma caneca inteira de café, e Alice, três. Agora estou bem mais elétrica do que de costume. Parte disso com certeza é o café, mas também é porque devo entrevistar Marius outra vez.

Eu não deveria estar tão nervosa. Não é a primeira vez que o entrevisto nessa viagem nem vai ser a última. É só que… não sei se serei capaz de me distanciar. Se ele for gentil, serei inundada por sentimentos agradáveis e vou me martirizar por ter uma queda por ele. Se ele for grosseiro (o que, sinceramente, eu duvido), também vou me sentir mal. E agora há ainda mais pressão para garantir que minhas perguntas sejam boas. Ele vai comparar todas elas à que fiz na coletiva de imprensa? À que fiz de improviso?

Alice dá tapinhas em meu telefone, me fazendo erguer o olhar.

— Precisa que eu vá com você?

— Por quê? — pergunto com sinceridade. — Você tem algum outro lugar para estar?

— Comecei a andar com alguns dos estagiários.

Ela aponta com o polegar na direção de uma mesa a alguns metros atrás de nós. Em vez de jornalistas vestidos casualmente, com os narizes em seus cadernos, a mesa está cheia de jovens usando ternos ou saias sociais cinza ou de cores sóbrias. Eles conversam uns com os outros e bebericam canecas de café. Todos têm crachás com seus nomes nas lapelas.

— Estagiários? — repito. — Desde quando...?

— Eu preciso fazer *alguma coisa* quando você não está por perto.

Alice não tira os olhos do telefone. Na mesa dos estagiários, uma outra garota puxa o telefone, olha para ele e dá uma risada.

Como é que Alice está fazendo mais amigos do que eu? Quer dizer, a questão aqui nem é fazer amigos, mas de alguma forma Alice conseguiu fazer isso mais rápido do que eu. Ela sempre foi assim, criava elos com as pessoas após uma conversa de três minutos, enquanto eu tenho dificuldade até para *manter* uma conversa por três minutos. Eu a odeio por isso.

Relaxa, Josie. Eu me obrigo a respirar fundo. Embora seja um saco admitir isso, Alice precisa de algo para fazer enquanto está me acompanhando.

— Ah — digo. Soa duro e desajeitado. — Hã, e aí, como são seus amigos?

Alice levanta os olhos para mim, erguendo uma sobrancelha.
— E você liga?
— Ligo! — respondo. — Por que não ligaria?

Ela estreita os olhos tão lentamente que sinto que encolho na cadeira. Enfim ela abre a boca para dizer alguma coisa, mas é interrompida por um homem que aparece junto a nossa mesa.
— Josephine Wright? — ele pergunta. — Você é a próxima.

Eu pigarreio e pego minha bolsa. Alice faz um sinal da paz para mim, levantando também. Por um segundo, penso que ela vai comigo, mas então apanha sua bolsa e vai até a mesa dos estagiários. A outra garota com o telefone ergue os olhos e sorri, dizendo algo para o resto do grupo. Sorrisos se espalham ao redor da mesa e Alice sorri de volta.

Como é que ela faz isso? É tão injusto.
— Srta. Wright? — diz o homem. — Por aqui.

Olho para minha irmã mais uma vez. Ela está se inclinando sobre a cadeira da garota, rindo alto de alguma coisa. Ninguém mais na sala parece incomodado pelo barulho que está fazendo.

Eu sempre me orgulhei de ser diferente de Alice em praticamente tudo. Ela é alta e magra, enquanto eu sou baixa e gorda. Ela não ligava para suas notas quando estava no colégio, mas eu, sim. Ela participou de várias atividades extracurriculares, como o conselho estudantil e o anuário, enquanto eu passava a maior parte do tempo em casa, trabalhando em matérias para o jornal da escola. Ela sempre teve um monte de amigos. Eu não. Isso normalmente não me incomoda, mas, neste exato momento, estou com inveja. Estou com inveja de Alice e odeio isso.

*

A sala é igual àquela em que fizemos a mesa redonda, só que a mesa é menor e as pessoas entram uma de cada vez. Na verdade, há uma mulher de RP sentada conosco. Enquanto ajeito meu caderno e o gravador, sinto que ela está me estudando. Meu pescoço começa a suar.

Art Springfield entra um momento depois, com todo ar de astro do cinema, e parte de mim quer tirar uma foto para o meu pai. Ele está usando um grande chapéu de caubói preto, jeans e um cordão de couro ao redor do pescoço. Ele de fato vem gingando até a mesa. Engulo seco.

— Bom — diz ele, se recostando na cadeira. — Passei a manhã toda fazendo isso. Topo qualquer coisa que tiver aí. Pode perguntar tudo.

A julgar pelo olhar cortante que a mulher de RP me dirige, eu definitivamente não devo perguntar qualquer coisa. Baixo os olhos para meu caderno às pressas.

— Hã, certo — começo. — Acho que uma das coisas mais interessantes de seu personagem é que, tipo, ele não é uma coisa só. Ele realmente acha que está fazendo a coisa certa pelo filho, e até quando sua esposa começa a pressionar contra a decisão que eles tomaram, ele insiste, mesmo fazendo suas próprias pesquisas. É como se ele fosse um machão que não quer escutar mais ninguém, mas também é muito amoroso e emotivo na relação com o filho. Como se constroem as camadas de um personagem assim?

A mulher de RP ergue os olhos para mim. Art Springfield inclina a cabeça para o lado.

Mordo o lábio. Será que eu disse algo errado?

— Na verdade — Art Springfield diz, se inclinando para a frente. — Isso é bem interessante. Parando pra pensar...

Ainda estou fazendo anotações quando, quinze minutos depois, Dennis Bardell aparece na sala. Ele olha de Art Springfield para mim antes de dar um passo na direção da porta.

— Ih — diz ele. — Estou adiantado?

— Na verdade, você chegou bem na hora — responde a mulher de RP. — A entrevista do Sr. Springfield se prolongou.

Me sinto corar, mesmo que não seja culpa minha, tecnicamente. Eu só fiz três perguntas. Quem pensaria que o cara teria tanto a dizer? Vou ter que contar isso ao papai hoje à noite, quando ligar para casa.

— Não é problema algum — diz Art Springfield, acenando para o diretor se aproximar. — Só perdi um pouco a noção do tempo conversando com essa mocinha. Ela realmente bota você pra pensar.

Seguro um sorriso. Quando ergo os olhos, Dennis Bardell está me encarando. Não consigo discernir sua expressão. Ele é ainda mais difícil de decifrar enquanto se senta à mesa, e Art Springfield já foi embora.

— Na verdade, tenho uma pergunta sobre uma tomada bem no início do filme — eu começo, me ajeitando na cadeira. — Aquela em que a câmera se demora em uma matilha de cães enquanto cruzam a tela, sabe? E parece que eles vão levar uma eternidade para passar? Qual era o significado por trás daquilo?

— Uau. — Dennis Bardell esfrega a mão na careca. — Odeio dizer isso, mas aquilo na verdade foi um acidente fortuito. Nosso câmera por acaso estava rodando enquanto nos preparávamos para uma das cenas rurais, no Maine. Achei que era uma tomada interessante para aumentar a imersão dos espectadores.

Ah. Só isso? Imaginei que haveria uma metáfora mais complicada ou coisa assim.

— Ela com certeza prende o olhar — ele complementa, como se pudesse ler minha mente. — Não acha?

— Ah, sim — concordo. — Com certeza.

Meu peito aperta conforme nos aproximamos do fim da entrevista. Em tese, vou conversar com Marius em seguida. O que estou sentindo não é ansiedade... é algo mais. Algo que borbulha.

— Bem, muito obrigada — concluo. — Pelo seu tempo.

Ele assente, mal parando para apertar minha mão. Tenho apenas alguns segundos sozinha antes de ouvir alguém se aproximando. Viro a cabeça quando ouço a porta se abrir.

— Ah — eu digo. — Hã, Penny? Oi?

A mulher de RP ergue os olhos, o cenho franzido.

— Srta. Livingstone? Sua entrevista não está marcada para...

— Eu e Marius trocamos de horários, na verdade — diz Penny, já entrando na sala como se lhe pertencesse. — Achei que não teria problema.

A mulher aperta os lábios e se levanta.

— Só um momento — diz, já digitando no telefone enquanto sai porta afora. — Preciso confirmar que isso foi aprovado...

Penny se planta ao meu lado, revirando os olhos.

— Essa Louise, hein?

Olho na direção da porta, aberta alguns centímetros, e esfrego as têmporas.

— Desculpe — digo. — Isso é só tão... O que está acontecendo?

— Bom, *parece* que o grande astro não apareceu.

— Hã... Por que, hã, a assessoria de imprensa dele não me ligou?

Penny dá de ombros. Baixo os olhos para meu caderno, com as perguntas rascunhadas para Marius. Parte de mim está decepcionada. Será que a assessoria dele ligou para a srta. Jacobson e ela ainda não me avisou? Tiro o telefone do bolso, mas não há nenhuma mensagem, nem mesmo no meu e-mail.

Lá fora, a voz incisiva de Louise diz algo que não consigo compreender. Mordo o lábio. Será que temos algum problema sério?

— Olha — diz Penny, se inclinando para a frente. — Não era pra eu contar pra ninguém, mas o diretor do próximo filme do Marius já o colocou para ensaiar.

— O próximo filme dele — repito. — Hã... O com Roy Lennox?

Penny faz uma expressão que parece uma careta, mas desaparece tão rápido que não sei bem se eu imaginei ou não. Mesmo que tivesse feito, seria compreensível, uma vez que Roy Lennox é um desses diretores aos quais os garotos brancos se agarram, idolatram e bancam o macho palestrinha a respeito.

— Eu não deveria falar sobre isso — ela repete. — Sinceramente? Ele dormiu demais e eu estou tentando ganhar tempo. Esse é o primeiro filme dele, sabe? Não quero que arranje problemas.

— Certo... Hã, nós podemos conversar agora. É só porque, a princípio, eu iria entrevistar...

— Sim, isso. — Ela morde o lábio. — Acho que a assessoria de imprensa está agendando entrevistas por telefone com todos os jornalistas em quem ele deu um bolo, mas *você* provavelmente pode sair com a gente amanhã.

Amanhã? Estão todos partindo para Chicago hoje mais tarde, ela quer que eu saia com eles na próxima cidade?

— Hã — digo. — Como?

— A gente deveria... — Ela faz um gesto com a mão. — *Explorar*. Chicago. É, tipo, nosso único dia de folga, então... Dane-se, foi ideia dele. Mas foi ele quem fez a besteira, então deveria compensar, não é? Daí você pode entrevistá-lo.

— Mas... — Minha voz vai murchando. Eu já passei um tempo cara a cara com Marius, então isso não é um problema, mas toda essa situação não me parece certa.

— E se eu tiver planos amanhã? — É o que decido dizer.

Penny dá de ombros.

— Então tudo bem.

Meus ombros relaxam, mas só um pouco.

— Você não precisa vir — continua, pegando o telefone. — Mas a oferta está de pé, se quiser. Deixa eu te dar meu número, só por garantia. Você está com a gente até o fim, né? Até o fim da turnê?

A porta se abre e Louise, com uma expressão pétrea, entra novamente.

— Quinze minutos — avisa.

Mal registro as palavras. Não consigo parar de encarar Penny, que apanha uma de minhas canetas, se inclina para a frente e escreve um número de telefone no meu caderno. Há alguns dias, achei que ela me odiasse. Agora não sei se ainda odeia, ou se algum dia odiou.

— Josie?

Eu pisco, confusa. Penny está sentada na cadeira à minha frente, me olhando com expectativa.

— Sim — eu digo, virando a página do caderno. — Estou com vocês até o fim.

CHICAGO, ILLINOIS

@JosieJornalista: eu sou… descolada?

CAPÍTULO 14

Alice e eu mal havíamos nos acomodado no hotel em Chicago, na noite de sexta, quando ouvimos uma batida na porta.

— Alice? — eu digo. — Você convidou algum dos estagiários? É uma piada, mas ela apenas dá de ombros.

— Ainda não — ela diz. — Tínhamos combinado de procurar um bar legal pra ir, que não peça identidade, mas só mais tarde. Talvez seja um dos seus amigos?

Eu quase disparo em resposta que *não tenho* nenhum amigo, pelo menos não aqui.

Outra batida. Eu suspiro e empurro minha mala para fora do caminho antes de ir para a porta. Não sei o que estava esperando, mas não era Penny e Marius no corredor, agasalhados e com toucas e luvas.

— E aí — diz Penny, erguendo a mão num cumprimento. — Tá pronta pra ir?

Eu pisco, sem entender. Marius sorri, encolhendo os ombros.

— Oi, Josie. Olha, queria pedir desculpas por…

— Aff, para com isso — diz Penny, lhe acertando um tapa no ombro. — Você pode fazer isso depois que a gente tirá-la daqui. E você *vai* sair com a gente, não vai?

— Ah — digo, olhando para dentro do quarto. Alice está estirada na cama, mandando mensagens para alguém. — Sim, eu só, hã, pensei que vocês tinham esquecido de mim.

— Tenho quase certeza de que essa foi pra você — diz Penny, olhando de soslaio para Marius. Ele franze o cenho.

— Não — digo. Meu Deus, por que ela tem que ser assim? — Não, eu só... Esquece. Hã, deixa eu pegar minha bolsa, então.

— E um casaco — avisa Marius. — Está bem frio.

Eu pego um casaco e saio pela porta.

Apesar do frio, acho tudo lindo enquanto passeamos pelo centro de Chicago. Só queria que encontrássemos um lugar para sentar — algum lugar quente — em vez de ficarmos na calçada. Porém, o ar parece mais limpo, como se eu pudesse mesmo respirar fundo.

— Então — Marius diz depois de estarmos caminhando há alguns minutos. — Tenho permissão para me desculpar agora?

Olho para Penny e ela dá de ombros.

— Não sei — ela diz. — Acho que agora quem decide é a Josie.

— Claro que pode — eu digo. — Mas antes, eu gostaria de saber aonde estamos indo.

— Ah! — Marius baixa os olhos para seu telefone. — Achei que a gente poderia ir até o Bean, aquela grande escultura de aço, sabe?

— *Agora?*

Eu normalmente ficaria constrangida pela forma como estou agindo, e *há* uma parte de mim que se pergunta se pareço muito criançona, mas está frio demais para eu me importar. Consigo ver minha respiração saindo em baforadas à minha frente. Isso não é natural.

— Ele só está de zoeira — diz Penny. Ela está usando uma touca de tricô e um cachecol, parece até que saiu de um catálogo da J. Crew. — Estamos procurando, ou *deveríamos* estar procurando, uma pizzaria famosa de Chicago. Marius, você fez a gente se perder de novo?

— Foi só *uma* vez, Penny...

Dou risada mesmo contra a minha vontade. Marius para e olha para mim. Seu rosto está rosado, provavelmente pelo frio. Ele ri de volta.

— Só mais alguns minutos — ele diz. — Deve ser uma cilada para turistas.

— É provável — concorda Penny. — Mas pizza é pizza, né?

Ela está errada. Achei que este lugar seria lúgubre, sujo e meio que charmoso, mas parece recém-construído, com belas colunas beges e uma elegante mobília preta. Olho para as pessoas sentadas e me dou conta de que nunca vi uma pizza assim. Parece uma das tortas que comemos no Dia de Ação de Graças, só que cheia de molho de tomate.

Marius pede uma mesa para três no salão, que, mais uma vez, não era o que eu esperava. Na minha cidade, as pizzarias ficam em shoppings e têm mesas de madeira que parecem ter sido compradas em vendas de garagem. Não há um *salão*, pelo menos não um de verdade. Esse lugar não só tem garçons que atendem na mesa como tem um cardápio gigante, com sanduíches, entradas e sei lá mais o quê, tudo supercaro. Meus quinhentos dólares já minguaram para trezentos e nem chegamos na metade da turnê. Pizza não era para ser algo barato?

Penny avalia o cardápio por um segundo, mas Marius nem abre o dele. Quando o garçom volta, ele simplesmente abre aquele belo sorriso e pede "o que você recomendar", de um modo tão lisonjeiro que até eu quero corar.

— Então — Marius diz assim que o garçom vai embora. — Quero me desculpar. Sério dessa vez, mesmo que Penny seja contra.

Penny revira os olhos, bebericando sua água.

— Eu te contei sobre o meu próximo filme — ele continua, colocando as mãos sobre a mesa. — Roy. Ele cobra muito seus atores. Tenho trabalhado e ensaiado por chamada de vídeo e... Bom, não é problema seu. Só queria que você soubesse que nunca te daria um bolo de propósito. Eu dormi demais e, quando acordei, tinha umas dez ligações da Penny, me senti horrível.

Mordo o lábio. Me sinto desconfortável e não sei por quê.

Talvez eu devesse perguntar mais sobre o filme de Roy Lennox que ele está fazendo. É normal estar, ao mesmo tempo, ensaiando e participando de uma turnê de divulgação? Como é que pode?

— Está tendo dificuldades? — eu pergunto, puxando os cordões de meu casaco. — Tipo, se sentindo, hã, sobrecarregado? Acha que poderia conversar com ele sobre isso?

Penny faz uma careta do outro lado da mesa. Faço uma outra anotação mental para perguntar a ela sobre isso, se em algum momento a gente ficar a sós. Pode ser algo tão simples quanto ela não gostar dos filmes de Lennox, mas ainda assim, com o lançamento daquele documentário sobre a carreira dele, talvez eu possa dar um jeito de inserir isso no perfil.

— Não. — Os olhos de Marius se arregalam. — Não, não, é claro que não. É tipo, absolutamente a maior das honras.

Não estou com meu caderno nem com meu gravador, mas já estou tentando me lembrar de tudo ali, como o quanto ele parece supersurpreso e quase apavorado. Como ele não respondeu minha pergunta de fato. Como Penny não diz nada.

— Aqui está — diz o garçom, aparecendo com uma gigantesca pizza à moda de Chicago. — Bom apetite! Volto depois para saber o que acharam.

Marius sorri de volta, mas não da mesma forma de antes. Sinto que estraguei alguma coisa e não tenho muita certeza do que fazer para tudo voltar ao normal.

— Enfim — diz Penny. — Josie, Marius me contou que você ainda está no ensino médio. Isso é incrível.

Hã. Eu estar no ensino médio? Ou estar no ensino médio e estar aqui?

— Pois é — digo, fazendo de tudo para entender como se come essa pizza. — A gente faz um grande projeto final antes da formatura, então este é o meu. A ideia é causar uma boa impressão para as faculdades.

Penny assente, como se entendesse toda essa história da faculdade, embora nunca tenha feito um curso superior.

— Onde você quer fazer faculdade? — pergunta Marius. Tem molho de tomate em sua boca. Baixo os olhos para meu prato. Comer cercada de outras pessoas com que eu me sinta esquisita.

— Spelman — respondo. — É uma faculdade só para garotas...

— Sim, sei qual é — diz Marius, limpando a boca. — Uau, que legal.

— Pois é.

Penny e Marius trocam um olhar, mas não sei o que isso significa. Como mais um pedaço de pizza (que realmente está muito boa).

— Você tem algumas perguntas que gostaria de fazer? — Penny diz após alguns minutos. — Para, você sabe, sua matéria?

Ah. Eu tenho perguntas, sim, mas não tenho certeza do que é isto. Se é um passeio ou uma entrevista, ou se eu deveria estar fazendo perguntas aqui. Eu já perguntei uma coisa a Marius e ele não pareceu querer responder. E como seria fazer perguntas aos dois ao mesmo tempo?

— Hã — digo. — Bom, só, hã, como está sendo a turnê de divulgação? No seu ponto de vista?

— Ah — diz Marius. Não sei dizer, exatamente, mas ele parece... aliviado, acho. — É meio que...

— Um saco — Penny interrompe. — Não acaba nunca.

Limpo as mãos em um guardanapo e começo a tomar notas rapidamente.

— Nossa, Penny. — Marius dá um sorriso sem graça, apertando os lábios. — Você sabe que ela vai publicar isso, né?

— Tudo bem — diz Penny. — Todo mundo sabe que é verdade. O estúdio quer que você aja com toda a empolgação, se lembre de tópicos específicos e esteja ligado o tempo todo. Por isso sua pergunta no dia da sessão tirou Marius do prumo.

Minha cabeça se ergue num estalo. O rosto de Marius está vermelho outra vez.

— Você não fez nada de errado — ele me tranquiliza, se inclinando na minha direção. — Sério.

— Dennis só ficou irritado — diz Penny, balançando a cabeça. — Tipo, perguntando por que você tinha que falar de raça quando o filme nem é sobre raça, coisas assim.

Meu estômago se aperta. Não acredito que eu tenha perguntado nada de errado, mas não quero que o diretor me odeie.

— Não... não foi minha intenção, tipo, começar nada — respondo. — Foi só algo em que eu pensei quando assisti ao filme.

— É claro — concorda Marius. — Você e todas as outras pessoas negras da plateia. Não tinha nada de errado no que você disse. Dennis só estava sendo ridículo.

Olho para meu guardanapo. Estou anotando tudo, mas não tenho certeza do quanto desse tudo eu deveria incluir na matéria. Estou escrevendo um artigo bajulador ou tentando falar sobre questões de verdade? É difícil dizer.

— Eventos de divulgação *podem* ser dureza — Marius acrescenta após um segundo. — As caras e as perguntas, tudo começa a virar um borrão. Por isso eu me lembrei de você. E da sua pergunta.

Ergo os olhos furtivamente. Ele está sorrindo, afável. Eu ergo os cantos da boca.

— É fácil você se sentir solitário também — acrescenta Penny.
— Essa é uma das piores partes.

Tento não transparecer minha surpresa. É bem difícil imaginar ela sozinha. Talvez seja por isso que ela e Marius aparentemente são amigos.

— Bom, não precisamos mais estar sozinhos — diz Marius, tamborilando levemente na mesa. — Josie está aqui e ela agora é parte de nosso clubinho, certo?

— Hã — eu digo. — Que clube?

— O Clube dos Corações Solitários — diz Penny, inexpressiva. — Entrada permitida apenas para jovens prodígios atrofiados emocionalmente.

— Isso, exatamente. — Marius faz uma careta. — Bom, não exatamente. Sobre essa parte de *atrofiados emocionalmente*...

— Não — eu interrompo. — Na verdade, é perfeito para mim.

Penny ri, se inclinando por cima do prato. Seu cotovelo começa a cutucar Marius, que me encara com a boca levemente aberta.

— Viu — diz. — Eu te *disse*.

É estranho pensar em Penny falando qualquer coisa sobre mim. Pego mais um pedaço de pizza.

— Certo. — Marius pigarreia e ergue seu copo d'água. — Aos jovens prodígios atrofiados emocionalmente.

Ao tocar os copos dele e de Penny, não consigo evitar um sorriso.

> @JosieJornalista: uau, homens são aterrorizantes

CAPÍTULO 15

—Tem mais alguém do elenco com quem você esteja planejando conversar?

Já é o dia seguinte, e Penny e eu estamos em uma sala de conferências do hotel em Chicago para uma entrevista, sentadas uma de frente para a outra em uma gigantesca mesa de madeira.

— Eu conversei com Art e com Dennis lá no Texas — digo. — E enviei um e-mail para o roteirista e um dos produtores, hã, Bob alguma coisa? As respostas dele foram muito úteis.

— Certo — diz Penny, contando nos dedos. — E Marius e eu. Você devia conversar com Grace, ela é ótima. E talvez com algumas das outras pessoas que interpretaram personagens no acampamento de conversão. Elas não estão na turnê, mas tenho certeza de que poderia ligar ou coisa do tipo.

Me apresso para tomar nota disto. É uma ótima ideia na qual, sinceramente, eu ainda não tinha pensado.

— Isso foi muito sagaz — digo, assentindo enquanto escrevo. — E acho que talvez eu também converse com Roy Lennox, se ele me responder. Seria um tiro no escuro, mas ele está por aqui promovendo o documentário sobre sua carreira, então pode ser mais gentil do que dizem que é.

O rosto de Penny parece perder toda a vida. Espero que diga alguma coisa, mas ela cai em silêncio, encarando a mesa entre nós duas.

— Que foi? — Quero soar alegre, mas já é difícil em um dia normal, imagine quando alguém parece murchar bem na minha frente. — Eu... Isso pode parecer um pouco esquisito, mas já notei que você não parece muito fã dele.

— Eu... — Os olhos dela correm de um lado ao outro da sala, muito embora sejamos as únicas pessoas aqui. — Só não procura ele, Josie. Promete que não vai procurar ele. Tá certo? Fica longe dele.

— Não entendi — eu digo, afastando meu caderno. — Por quê?

Ela suspira, o corpo inteiro afundando na cadeira. Não consigo discernir sua expressão, e não consigo pensar em nenhuma razão para ela não querer que eu converse com o cara. Ele é um diretor famoso e fez filmes incríveis, de acordo com a maioria dos críticos. Acho que ela poderia me dizer que ele é racista, e eu não ficaria surpresa.

Num piscar de olhos, Penny agarra meu braço, me puxando para a frente. Há uma certa firmeza em sua expressão. Firmeza *demais*, como se ela estivesse a poucos segundos de se desmanchar.

— Qual o problema, Penny? — pergunto. — Aconteceu alguma coisa?

Todo esse silêncio me deixa com dificuldade para respirar. Eu poderia dizer a mim mesma que está tudo bem, mas seria mentira. Estou ansiosa por uma razão e não estou exagerando a proporção das coisas. Não dessa vez.

— É só que... — Sua voz diminui enquanto ela balança a cabeça. — Não escutei coisas boas a respeito dele. E eu mesma estive por um triz algumas vezes. Mas você tem que prometer que não vai contar a ninguém. Isso não pode entrar na sua matéria.

— Entendi. — É difícil pensar em algo para dizer. — Minha matéria é sobre Marius. Não tem problema.

— Tá. — Ela respira fundo, aperta a base do nariz. Sua voz vira um sussurro. — Eu fiz um filme com ele uma vez. Não tinha um papel grande nem nada. Era um desses filmes sobre caras mais velhos, sabe, tendo uma crise de meia-idade, e havia algumas garotas da minha idade circulando pelo set. Ele costumava me chamar pra ver o monitor atrás da câmera, só pra poder me dar tapas na bunda. No começo, era só isso, aí ele começou a arrumar desculpas pra ficar por trás de mim e... tipo... começou a me agarrar. Sabe?

Não confio em mim mesma para falar. Se abrir a boca, posso vomitar.

Já teve caras que puxaram minha blusa nos corredores e elogiaram meus peitos. Maggie já reclamou dos babacas no emprego dela. Mas nada assim. Penny não para de olhar para a frente e para trás, com a respiração igual à minha durante uma crise de pânico. Não achei que ela tivesse medo de alguma coisa.

— Ai, meu Deus. — Minha voz falha. — Você contou... Alguém sabe disso?

— Só algumas outras meninas. — Seu olhar é severo. — Eu quebrei o contrato, fui embora antes de terminar de filmar minha parte. Ele não dificultou muito minha saída. Acho que imaginou que eu faria isso.

— Mas... — Eu balanço a cabeça. — Alguém deveria saber. Não é *certo*...

— É claro que não é — ela esbraveja. — Mas seria a palavra dele contra a minha. Ele é o *Roy Lennox*, e eu sou só uma menina do Disney Channel. Já é uma luta fazer as pessoas me levarem a sério. Ninguém nem olharia para mim de novo se eu tentasse falar sobre isso.

— Eu nem sei o que dizer.

Nunca ouvi ninguém mencionar nada disso antes, mas Penny tem razão. Por que alguém *faria isso*? Roy Lennox poderia destruir qualquer um com um simples gesto. Mas mesmo assim, um documentário celebrando sua grandeza está prestes a estrear. As pessoas deveriam saber, não deveriam?

— Eu queria que você soubesse. — Ela estende a mão até meu braço e o aperta. Eu odeio que *ela* esteja zelando *por mim*.

— Ele me assustou quando ficamos sozinhos. Não quero que você fique numa posição dessas.

— Mas eu tenho dezessete anos. — Balanço a cabeça. — Ele não iria...

Ela acena de leve. Mordo o lábio. De repente, tenho vontade de chorar, mas não posso. Não quando Penny não está chorando. Isso é algo que aconteceu com ela, não tem nada a ver comigo.

— Você é nova nisso tudo — diz depois de um momento, os olhos avaliando meu rosto. — Há coisas que você ainda não entende.

Em geral eu odeio quando as pessoas dizem isso. Sempre fico me sentindo mais nova do que sou, como se não soubesse de nada, como se estivesse num lugar que não é meu. Mas eu sei que Penny tem razão. Isso é algo que eu *não entendo*, porque nunca tive que lidar com isso, não da mesma forma que ela. Fico ansiosa como costumava ficar no fim do ensino fundamental, quando a ansiedade era tão intensa que eu vomitava antes do ônibus escolar.

— Você... — Engulo em seco. — Você conhece alguma outra mulher que tenha tido a mesma experiência? Se contasse a elas sobre mim, você acha que...

— Não. — Ela balança a cabeça, cruzando os braços. — Você é muito legal mesmo, Josie. É sério. Estou feliz por ter te conhecido. Mas tem um... Isso é algo de que não falamos. Qualquer uma delas me mataria por ter contado a você.

O elogio não adianta em nada para desfazer o nó crescente em meu estômago. Marius vai notar se isso acontecer com as mulheres no set de seu próximo filme? Ou ele vai simplesmente ignorar, como todo o resto? E quantas garotas de minha idade vão estar por lá? Por que isso está acontecendo como posso impedir quem está observando quem está ajudando isso não pode acontecer não é permitido é errado não é *justo...*

Meu fôlego sai rápido e então para totalmente. Fecho os olhos, prendendo a respiração. Penny aperta meu braço outra vez.

— Não se preocupe com isso — conclui. — Você já sabe e vai ficar bem. Tá tudo certo.

Não sei se ela está tentando convencer a mim ou a si mesma.

ATLANTA, GEÓRGIA

> **@JosieJornalista:** ÓBVIO que #nemtodohomem é horrível mas se estamos discutindo todas as formas de misoginia que as mulheres sofrem talvez agora não seja o momento de me lembrar disso

CAPÍTULO 16

No voo para Atlanta daquela noite, só conseguia pensar em Penny e no que ela me contou. Em Roy Lennox. E em como as pessoas ainda estão vendo os filmes dele e batendo palma porque não sabem o que ele fez.

Mas deveriam saber. Todos deveriam saber a pessoa asquerosa que ele é.

Lennox não deveria ser capaz de continuar fazendo filmes e assediando mulheres nos sets. Não deveria ser capaz de ir a premiações e ser saudado como um grande gênio quando está fazendo mal aos outros. As pessoas no avião estão aconchegadas debaixo de seus cobertores, de olhos fechados, mas estou ansiosa demais para dormir.

— Você tá muito quieta — diz Alice. — Não vai ficar tagarelando sobre aquele cara?

Não tenho energia para mandar ela calar a boca. Só me sinto nauseada. O avião dá uma guinada e me inclino para a frente como se fosse vomitar.

— Ei. — Alice pousa a mão em meu braço. — Você precisa ir ao banheiro?

— Não — eu digo, minha voz quase um gemido. — Alice, o que você faria se soubesse de algo ruim, mas não pudesse contar a ninguém?

Alice franze o cenho.

— Você fez alguma coisa?

— Não — eu digo. — Você tem que jurar que não vai contar. Ela esquadrinha meu rosto.

— Tá bem — ela diz. — O que foi?

Boto tudo pra fora, como se estivesse vomitando. Não sei se jornalistas deveriam abrir seus corações para suas irmãs mais velhas, mas isso não é o suficiente para me impedir. Num sussurro, conto a ela tudo que Penny me contou sobre Roy Lennox, o que ele fez, que pode haver outras garotas, que Marius assinou com ele para seu próximo filme.

— Meu Deus — diz Alice depois de eu terminar. — Caralho. Ele sempre pareceu esquisito, mas, uau.

— É ridículo — comento. — Ele provavelmente ainda está fazendo essas coisas, porque ninguém sabe.

— Não sei, não. — Alice balança a cabeça. — Acho que... parece um segredo aberto.

— Não sei o que isso significa.

— Significa que essa garota que te contou provavelmente vai alertar outras. Duvido muito que ela seja a única — diz, desarmando sua mesinha. — E tenho certeza de que tem executivos e outros caras que sabem do que está acontecendo. É uma merda, mas é assim que as coisas são.

— Mas não deveria ser responsabilidade das garotas alertarem umas às outras — reclamo, me recostando no assento. Odeio ficar ansiosa por conta de coisas que não posso resolver imediatamente. — Isso não deveria... não deveria acontecer.

— Pois é. — Alice fica em silêncio por um instante. — Talvez você possa escrever a respeito.

— O quê?

— Você escreve o tempo todo — ela ressalta. — Isso não te ajuda a pensar nas coisas?

Normalmente, ajuda. Odeio carregar as coisas na minha cabeça, colocá-las no papel alivia um pouco o peso.

— Acho que sim. — Tamborilo os dedos na mesinha. — Só parece errado, como se isso estivesse muito acima da minha alçada. Quem sou eu para contar as histórias delas?

— Tipo... — Ela faz uma pausa. — É um saco, mas eu sinto que toda mulher tem uma história assim. Lembra daquele cara que assediava a Maggie no supermercado? E do namorado de merda que eu tive no meu primeiro ano? Esse tipo de coisa.

Eu nunca fui coagida a fazer sexo por um cara mais velho bizarro. Nenhum cara mais velho nunca fez nada comigo, ponto. Às vezes alguns caras são esquisitos comigo no Cora, quando estou trabalhando no balcão, dizendo como fiquei bonita depois que cresci ou perguntando quantos anos eu tenho, mas não é a mesma coisa pela qual Penny passou. E eu nunca tive um namorado escroto, só umas paixonites e uns beijos ruins.

No fundamental, porém... Ali foi, definitivamente, outra história.

Foi na época em que a ansiedade começou. Eu passava mal toda manhã antes de ir para a escola e sobrevivia aos trancos e barrancos. Não tenho certeza de como aguentei. Me lembro de temas gerais daquele período, como a vergonha, não querer usar os sutiãs dos tamanhos corretos e me esconder no vestiário. Eu costumava me sentar sozinha na mesa do almoço. Ninguém prestava atenção em mim, exceto para dizer algo grosseiro.

Várias crianças costumavam me provocar ou caçoar de mim, mas Ryan King... ele era o pior. O pior de todos. Ele fazia com que tudo se tornasse horrível. Eu não pensava nele desde essa época. Eu tento enterrar tudo do fim do fundamental no fundo da minha cabeça. Às vezes, funciona. Outras vezes, como em minhas lembranças de Ryan, não dá.

— Você se lembra...? — Engulo seco. — Tipo, você se lembra que a mamãe teve que ir a uma reunião quando eu estava no fim do fundamental?

— A mamãe teve que ir a *muitas* reuniões quando você estava no fundamental — comenta Alice. — Então você vai ter que ser um pouco mais específica.

— Esquece. — Eu coro. — Deixa pra lá.

— Não — diz Alice, me chutando com a ponta do pé. — Fala. Foi sobre você ficar vomitando? Ou por causa daquela vez em que você se escondeu no banheiro durante uma aula inteira?

Meu Deus, eu odeio mesmo pensar nisso.

— Não — digo. — Foi, tipo... Tinha esse menino que, tipo, curtia muito os meus peitos. Sei lá. Lembra como eu cresci super-rápido? Ele costumava, tipo, reparar em cada mudança e contar pra todo mundo quando eu tava usando sutiã. E tipo... uma vez ele me seguiu até o banheiro e tentou tirar minha camiseta.

Alice fica em silêncio.

— Acho que... — Minha garganta está seca. — Nem sei por que estou falando disso. Mas não paro de pensar em Penny, e é difícil não lembrar do quanto eu tive medo. E ele não parava de dizer que era só brincadeira. Na reunião, com a mamãe, a diretoria e todo mundo, ele só dizia que tinha sido brincadeira. Eu estava chorando e me senti idiota, como se todos pensassem que eu estava fazendo muito barulho por nada.

— Nem todos — diz Alice. Ela esfrega o queixo. — Agora me lembro. A mamãe ficou brava pra caralho e aí o papai descobriu e os dois ficaram com muita raiva. Você chegava em casa e não conversava com ninguém. Foi meio, sei lá, assustador.

Mordo o lábio. Por um segundo, odeio Penny por me fazer pensar nisso tudo, mas afasto rapidamente esse pensamento. Isso não é culpa dela. Nada disso é.

— Então, pois é — Alice diz depois de um segundo. — Aí está. Algo parecido aconteceu com você.

Eu me contorço na poltrona.

— Não tanto — digo. — Foi diferente. Tipo, meu caso foi um moleque fazendo palhaçada. O dela foi um adulto de verdade assediando uma funcionária enquanto ela estava no trabalho.

— Bem — diz Alice —, os dois são assediadores.

— Não exatamente.

— Josie. — Alice me olha com aquela cara. — O que aconteceu com você é literalmente a definição de abuso. Você sabe disso, não sabe?

— Foi no ensino fundamental.

— E daí?

Argh. Não sei como fazê-la entender. O que Ryan King fez comigo foi horrível, mas um monte de crianças foram más comigo na escola. Eu sempre acabava perto dos "meninos maus". Essa é uma das piores coisas de ser quieta. Os professores colocavam os baderneiros ao meu redor, como se minha presença pudesse fazer eles se comportarem.

O ensino fundamental não foi exatamente a época mais resplandecente da minha vida.

— Você não precisa ser assediada por um cara bizarro pra isso contar como abuso — diz Alice. — Espero que saiba disso.

O sinal de apertar os cintos se acende. Eu me recosto e fecho os olhos.

— Você sabe disso, Josie?

— Sim, Alice. — Eu suspiro. — Eu sei.

Tento não pensar nisso pelo resto do voo, mas é impossível. Mesmo que eu esteja só o pó de tão cansada, assim que pousamos pego meu telefone para procurar o número de Penny.

Ela foi corajosa e dividiu isso comigo. Eu posso fazer o mesmo por ela.

@JosieJornalista: não tenho maturidade pra nada disso

CAPÍTULO 17

— Josie.

Eu resmungo no travesseiro. É a voz de Alice, mas isso não me dá nenhuma razão para sair da cama.

— *Josie*. Seu telefone não para de tocar. — Ela empurra minhas costas. Eu mal me mexo. O travesseiro está todo babado. Eca. — Eu não sei quem é, o número é desconhecido. Mas você não pode estar tão cansada. Já está dormindo há uma eternidade.

Sei que caí no sono logo que chegamos ao quarto do hotel, mas não faço ideia de que horas são agora. Me sento e esfrego os olhos. Alice franze o cenho para mim.

— A mamãe queria saber onde você estava — ela diz. — Eu falei que estava dormindo. De nada.

Reviro os olhos. Meu lenço está caindo pela testa, o padrão azul e verde borra minha visão.

— E já é meio-dia. Até onde eu sei, você está perdendo um evento no qual deveria estar.

Abro a boca para dizer alguma coisa, mas o toque estridente do telefone me interrompe. Alice me encara da cama. Dou um puxão no lenço para tirá-lo da cabeça e seguro o telefone junto ao ouvido.

— Que é? — eu esbravejo.
— Hã. É a Josie?
— Penny? — Eu pestanejo. — E aí?
Alice foge para o banheiro, fechando a porta atrás dela.
— Recebi sua mensagem — diz ela com simplicidade. — Enfim, queria saber se você está disponível para almoçar ou alguma coisa assim.

Sinceramente, não pensei no que aconteceria depois que eu mandasse para Penny a mensagem sobre Ryan King me seguindo até o banheiro e rasgando minha camiseta, a parte sobre a qual eu não queria conversar com Alice. Pareceu certo naquele momento. Como se estivéssemos no mesmo barco. Como se eu estivesse mostrando que ela não está sozinha. Mas, agora, não tenho tanta certeza.

— Ah — eu digo, pegando meu computador. — Tá, deixa só eu checar...

Abro o itinerário em meu notebook. Estamos no início da segunda semana da viagem, e a maioria dos dias diz "De acordo com sua preferência". É estranho passar de uma agenda supercheia para ter que decidir por conta própria o que fazer. Eu deveria entrevistar Marius no hotel no fim do dia, mas talvez devesse dar uma segurada nas entrevistas com ele. Também há o fato de que pensar em Penny faz a ansiedade se inflamar em meu estômago. É como se eu devesse estar fazendo alguma coisa para ajudar, mas ainda não descobri o quê. O fato de ela estar me convidando, fazendo algo por mim, quando não estou fazendo nada por ela, só faz com que eu me sinta pior.

— Hã — digo. — Você tem algo agendado pra hoje?
— Eu tinha — ela responde. — Um noticiário qualquer. Foi às seis da manhã. Eu queria morrer.
— Que horrível — comento, esfregando os olhos. — Hã. Tá. Onde a gente se encontra?

*

A melhor coisa de Atlanta é que tem muita gente preta — de todos os tons, com diferentes cabelos, juntas e separadas, caminhando por aí como se fossem donas do lugar. Amo vir para cá com minha família quando temos tempo. É o mais perto de casa que estive em toda a viagem.

Ergo os olhos para a fachada para ter certeza de que estou no lugar certo. Está escondida no meio de um aglomerado de lojas, preta e toda elegante, com letreiros de fontes diferentes. Há pôsteres pregados nas janelas e um em particular me faz congelar.

É ele, com sua barba grisalha, encarando o horizonte. *ROY LENNOX: A LENDA VIVA* aparece em grandes letras vermelhas acima da cabeça dele. Abaixo, os detalhes do documentário: um evento televisionado de dois dias, apresentando entrevistas com admiradores famosos, colaboradores e com o próprio. A sensação em meu estômago é como se eu estivesse num barco em alto-mar.

— Josie!

Penny me dá um abraço apertado. Eu pestanejo, surpresa.

— Estou tão feliz em vê-la — ela diz, recuando. — Como você está?

A expressão de Penny é receptiva, seus olhos esquadrinhando meu rosto como se estivesse realmente interessada na resposta. Eu desvio o olhar.

— Tudo bem — digo. Meus olhos são atraídos para o pôster atrás dela. De jeito nenhum ela não viu aquilo. — E você?

Quero perguntar a ela qual é a sensação. Ela *sabe* o que Roy Lennox fez. Ele fez mal a ela e ninguém mais sabe. Ou talvez saibam, mas não acreditam.

Acho que eu não conseguiria suportar.

Os olhos de Penny vão para o pôster. É só por meio segundo, mas eu noto. Ela engole em seco.

— Vem — ela diz, me puxando pelo braço. — Vamos conversar lá dentro.

É um café parecido com o que fui com Marius. Parece que faz séculos, embora só tenha se passado uma semana. Penny escolhe uma mesa de aparência confortável perto da lareira — por que tem uma lareira em Atlanta? — e me sento na poltrona verde ao seu lado.

— E aí — digo antes que ela possa mudar de assunto —, você está bem?

— Acho que sim. — Ela dá de ombros. Há um sorriso em seu rosto, mas é evidente que é falso. — Mas não era sobre isso que eu queria conversar. Sua mensagem me fez pensar, e agora eu tenho uma ideia.

Ergo uma sobrancelha. Estamos em um lugar público, o que significa que ou ela está confiante de falar sobre isso em público, ou ela quer garantir que eu não vá surtar.

— Uma ideia? — eu digo. — Tipo, para meu perfil do Marius? Ou... para um papel que você quer?

— Não, não. — Ela balança a mão. — Achei que eu poderia te ajudar a escrever uma coisa.

— Ah. — Eu hesito. — Não sabia que você gostava de escrever.

— Essa... não é a questão — ela diz, balançando a cabeça. — Quero que você escreva algo sobre ele. Sobre tudo o que ele fez. Eu quero acabar com a vida dele.

Minha boca se abre. Nada sai, a não ser um gemido baixo. Penny começa a rir. Ela está a centímetros do meu rosto, como se estivesse encarando o que há dentro da minha cabeça, avaliando cada pensamento para prever minha resposta.

Que bom que ela não pode de fato ler minha mente. Porque, *que porra foi essa*?

Eu *quero* fazer algo para ajudar, mas isso é totalmente ridículo. Isso é um trabalho para jornalistas de verdade. É um trabalho para alguém com décadas de experiência, com talento e fontes. Eu mal sei escrever um *perfil*.

— Penny. — Eu balanço a cabeça — Isso é... Ah, meu Deus. É...

— Não diga que não. — Ela descansa a mão na minha. — *Por favor*, não diga que não.

— Eu só não entendo. — Minha garganta está seca. — É uma ótima ideia. Sério. Acho que é tão importante que vou fazer qualquer coisa para ajudar. Só não acho que eu seja a pessoa certa para escrever sobre isso. Não é a minha história, sabe?

— É, sim — diz Penny. — Não exatamente, mas você sabe como é.

Mordo o lábio. Ela faz parecer tão simples.

— Eu poderia encontrar pessoas para você entrevistar — ela continua. — Pessoas com quem eu conversei.

— Você é mais próxima delas. Por que você simplesmente não entrevista essas mulheres você mesma?

— Mesmo que eu faça isso, não sei escrever — ela diz. — Não como você. Eu li seu trabalho. Você é talentosa, Josie.

Geralmente eu digo às pessoas que a idade não importa. Não menciono quantos anos tenho em nenhuma das minhas sugestões de pauta porque desejo que todos olhem para o meu trabalho, não para minha idade. Mas isso parece areia demais para o meu caminhão. É importante demais. E se eu acabar estragando tudo?

— Tá, mas só escrevi coisas leves até agora — tento novamente. — E se eu fizer tudo errado?

— Não sei se há um modo *certo* de escrever uma coisa dessas. Eu não posso... — Sua voz falha. Isso me faz ficar petrificada. — Não posso... não posso continuar vendo as pessoas idolatrarem esse cara como se ele fosse algum tipo de santo. Não posso.

No mesmo instante aperto a mão dela, surpreendendo a mim mesma. Ela retribui o aperto.

— Por favor — ela diz. — Só me diga que vai pensar a respeito.

Eu baixo os olhos para nossas mãos. Talvez eu tenha ansiedade porque sempre penso sobre tudo, tentando garantir que os outros estejam bem. Isso me apavora. Nunca pensei nisso como algo bom. Eu *ainda* não acho que seja algo bom. Mas talvez seja apenas uma parte maior de mim. O desejo de cuidar dos outros, tão grande, tão amplificado, que se torna excessivo.

Será que poderia usá-lo para ajudar outra pessoa?

— Tá bem. — Eu pigarreio. — Vou pensar a respeito.

> @JosieJornalista: vcs já conheceram alguém que é simplesmente lindo??? alg com um rosto que deixa até mais difícil de respirar de tanta beleza? pfv alguém me salva

CAPÍTULO 18

De alguma forma, eu tenho que entrevistar Marius após aquela conversa. Ele está vindo para o meu quarto para conversarmos. Não sei por que algum dia imaginei que isso seria uma boa ideia.

— Certo — eu digo, após permitir a entrada dele no quarto.
— Isso é constrangedor.

Alice não está lá, o que significa que somos só nós dois. Sozinhos.

No meu quarto de hotel.

— Não precisa ser. — Marius despenca na beirada da minha cama, quicando um pouco. — Nem todo silêncio precisa ser constrangedor.

Até agora, estive fazendo anotações sobre o local das nossas conversas — em um restaurante, em uma loja de roupas, em um café —, mas escrever que ele está no meu quarto de hotel parece meio suspeito. Meu Deus, como sou idiota por ter sugerido isso. Com sorte isso não vai acabar em algum escândalo jornalístico capaz de destruir a minha carreira antes de ter tido qualquer chance de começar.

— Você liga se eu pegar algo daqui?

Eu pestanejo. Marius está em frente ao frigobar. Eu quero dizer a ele para não pegar nada, mas, quando me aproximo, vejo que algumas coisas já estão faltando. Deveria haver quatro de cada item — refrigerantes, em sua maioria — mas só restam duas garrafas de cerveja. Alice deve ter pegado o resto.

Que loucura. Só passei poucas horas fora, com Penny. Me pergunto se Alice e sua gangue de estagiários começaram uma festa aqui e depois foram para outro lugar. Não estou surpresa; tenho quase certeza de que é isso que ela faz em sua nova *irmandade*. Ainda assim, estou com ódio. Quem ela acha que vai pagar por isso? Sim, a revista pagou pelo quarto e me disse para guardar os recibos para ser reembolsada, mas não creio que isso inclua coisas do frigobar. Não quero que pensem que estou me aproveitando.

— Fique à vontade — digo, pondo as mãos nos quadris. Dane-se. Se Alice pode saquear o frigobar, então eu também posso. Pego uma garrafinha de vinho tinto.

— Hã. — Ele pestaneja, segurando uma lata de Coca. — Você pode beber isso?

— Minha irmã tem dezenove anos e ficou à vontade — respondo, pegando um copo no balcão. São para água, mas não me importo. — Então, acho que esse tipo de coisa não conta aqui. Na França é permitido beber com dezoito anos, certo?

— Bom, sim. — Ouço ele se remexendo atrás de mim. — Mas não quero que fique tão bêbada a ponto de parar de me fazer perguntas.

Certo. Perguntas. A razão para estarmos aqui. Por que isso me deixa decepcionada?

— Vou ficar bem — digo, me servindo. — Quer um pouco?

Ele fica em silêncio por tanto tempo que me viro para encará-lo. Não sei por que Marius está me encarando desse jeito intenso. Tudo o que eu fiz foi oferecer vinho. Claro, ele pode pensar que estou sendo infantil.

Quando nossos olhares se encontram, sou a primeira a desviá-lo, mal sustentando por alguns segundos.

— Viu? — Minha voz sai rouca. É vergonhoso. — Isso definitivamente conta como um silêncio constrangedor.

— Desculpe. — A voz dele é baixa. Eu o observo tirar a jaqueta e pendurá-la em uma cadeira. — Aceito um pouco, sim. Contanto que você esteja de boa quanto a isso.

— Por que eu não estaria? — Sirvo outro copo. — A ideia foi minha.

— Eu sei. — Ele está bem do meu lado, seu ombro roçando no meu. Tento ignorar isso. — Mas não quero que você sinta que estou, tipo, me aproveitando de você.

— Não. — Empurro o copo dele em sua direção, bruscamente. — Vai fazer a gente se sentir chique. Eu sempre me sinto a Olivia Pope quando bebo, e podemos simplesmente fingir que é a Olivia entrevistando um jovem e talentoso ator.

Ele cora, pegando o copo. Um pouco de seu vinho — ou talvez do meu — respingou. Eu enxugo com a manga da camisa. Suponho que ele não tenha reparado. Mamãe fica louca quando faço isso em casa.

Levo o copo aos lábios. Para a minha surpresa, o vinho é gostoso, um milhão de vezes melhor do que a cerveja que já roubei em festas de família. Parece um suco forte e amargo de cranberry sem açúcar. Se ao menos tivéssemos taças eu realmente seria que nem a Olivia.

— Então. — Marius faz um gesto dele para mim, direcionado aos nossos copos. — Creio que essa parte seja em *off*?

—Ah, claro. — Olho para meu gravador na mesinha de cabeceira. — Por enquanto. Vou ligar o gravador daqui a um minutinho.

Ele assente, bebericando um pouco mais. O vinho mancha seus lábios de um vermelho mais escuro. Eu o observo lamber o líquido até que me dou conta de que ele está me encarando. Meu rosto queima. Baixo o olhar para os pés.

Não consigo decifrá-lo e odeio isso. Ele está brincando comigo? Quando para e me encara, é algum tipo de fingimento? Afinal, ele é ator.

— Nunca fiquei bêbado antes — diz Marius, quebrando o silêncio. Devo parecer surpresa, porque ele dá de ombros. — Já estive chapado e tudo o mais, mas nunca bêbado.

— Como? — pergunto. — Como é que se chega aos dezenove anos sem nunca ter ficado bêbado pelo menos uma vez?

Eu nunca vou a lugar nenhum e já fiquei bêbada. Era véspera de Ano-Novo, eu tinha dezesseis anos e meus pais deixaram o champanhe do lado de fora quando já deveríamos estar na cama. Eu fiquei curiosa e bebi tudo o que tinha sobrado. Quando Maggie me encontrou, eu estava trocando as pernas. Provavelmente estaria de castigo até agora se ela não tivesse me acobertado.

— Sei lá — diz ele. — Acho que nunca tive uma oportunidade de verdade.

— Mas teve a oportunidade de ficar chapado?

— Bom... — Ele se detém. — Eu costumava beber um pouco com meu namorado, mas ele não gostava muito. O pai dele era alcoólatra, então ele tinha pavor disso. Então, em vez disso, a gente só fumava maconha.

Não tenho certeza de como responder, visto que ele acabou de me contar um milhão de coisas de uma vez. Ele costumava beber com o namorado. Ele tinha um namorado. Certo. Isso não significa necessariamente que não goste de garotas, mas também não me diz se ainda existe um namorado ou não. E não sei como perguntar sem tropeçar nas palavras.

Meu Deus, como odeio que essa tenha sido a primeira coisa na qual eu pensei.

— Que foi? — Algo no rosto dele se endurece diante do meu silêncio. — Algum problema com isso?

— Não, não, é claro que não. — Eu agarro o copo com todas as forças. — Uau. Eu, hã, não quis agir de forma estranha. Eu fiquei a fim de uma garota, uma vez, ano passado. Era nisso que eu estava pensando.

Ficar a fim de Tasha, a garota legal envolvida em todas as atividades escolares, era fácil. Ela era a única que falava comigo. Ela me convidava para sentar com suas amigas e sempre fazia dupla comigo antes que me deixassem por último. Eu não havia me dado conta de que estava a fim dela até que Alice começou a caçoar de mim "Josie tá a fim da irmã caçula de Brooke White", mas aí já não importava, porque já estávamos nos pegando no quarto dela, no vestiário e em quase qualquer lugar em que não seríamos vistas pelas pessoas que conhecíamos.

Não sei se é mais difícil gostar de meninos ou de meninas. Talvez dependa da pessoa. Todos os meninos de quem gostei foram brutos. Saíam andando ou riam quando eu contava que gostava deles. Fingiam que eu não existia, mesmo depois de eu abrir meu coração. Mas Tasha me abraçou e distribuiu toques carinhosos e beijos como se não lhe custassem nada. Ela chamava outras meninas de *linda* e *inteligente* e cheirava a perfume, loção e gentileza genuína. Qual é mais fácil — alguém que é gentil demais ou alguém que é duro demais?

Tentei não pensar a respeito, mas é difícil. Às vezes, entro no Twitter, vejo pessoas não binárias e sinto uma pontada no estômago também. O mundo é grande e vasto; há tantas pessoas entre as quais escolher. É muita coisa.

— Não foram muitas as pessoas de quem fui a fim — diz Marius, me arrancando de meus pensamentos. — Eu e Wes nos conhecemos desde que éramos pequenos. Ele mora no meu prédio. Morava, antes de ir para a faculdade, no norte.

— Ah — digo. — Isso provavelmente é bom. Você não ter ficado a fim de muitas pessoas. Nunca dá certo, mesmo. Acho que é realmente um saco.

— Bom, eu e ele ficamos juntos durante a maior parte do colégio e não deu certo. — Ele baixa o copo. — Talvez o colégio seja um saco no geral.

— Agora você tá começando a entender.

Ele sorri, balançando a cabeça. Quero perguntar se também gosta de garotas. Penso em contar a ele que também gosto de caras. Não deveria importar. A questão aqui é ele, não eu. Deveríamos estar gravando a conversa. De outro modo, isso é uma perda de tempo e de dinheiro.

Mesmo assim, não consigo me forçar a simplesmente mudar de assunto do nada, não depois de ele ter dividido algo tão importante como aquilo. Então faço o que faria com Alice ou com Maggie e abro minhas *playlists*. Prendo o fôlego ao pegar telefone. Marius pode pensar que estou ignorando ou sendo grosseira com ele e ir embora. Me forço a soltar o ar, erguendo o olhar.

— Você curte Kendrick Lamar?

— Curto. — Marius olha para cima. — Por quê?

Há uma pilha de copos de papel limpos em cima do armário. Copos vazios sempre funcionam bem como amplificadores, então boto meu telefone dentro de um. Após um segundo, a voz de Kendrick preenche o quarto. Ele faz o cômodo parecer *preenchido* de um modo como não parecia antes. Como se a voz dele estivesse se forçando contra as paredes.

Talvez seja culpa do vinho. Talvez do Kendrick. Seja lá o que for, não sei explicar. Simplesmente me levanto e começo a dançar. Com Kendrick ressoando em meus ouvidos, balanço a cabeça, os braços e o resto do corpo como se minhas irmãs estivessem aqui. Seja lá o que Marius ache do meu corpo é algo para se pensar depois. Meus olhos estão fechados e estou aproveitando o momento. O momento em que não tenho que me preocupar com nada.

Algo muda dentro de mim. Pisco, abrindo os olhos. Marius está se movendo na minha frente, porém mais parece como se alguém estivesse repuxando seu corpo em direções diferentes. Não consigo segurar uma gargalhada. Marius é bom em *muitas* coisas, mas é evidente que dançar não é uma delas. Ele pula para cima e para baixo e não parece ligar de estar tropeçando, mesmo quando eu o puxo para cima da cama.

— Eu não pulo em uma cama desde que era pequeno — ele diz, se esforçando para falar mais alto do que Kendrick (o que é quase impossível). — Ah, meu Deus, por que eu parei, mesmo?

Eu rio, balançando a cabeça. Ele está segurando minhas mãos. Parte da minha mente quer parar e analisar tudo. O que isso significa? O sentimento terno em meu peito é justificado?

Dane-se. Ponho as perguntas de lado. Marius joga a cabeça para trás e manda a rima toda. Eu me uno a ele, nossos corpos subindo e descendo, subindo e descendo.

Kendrick não é o único artista dessa playlist que dá para dançar. Tem um pouco de Frank Ocean, J. Cole, Childish Gambino, SZA. É difícil não olhar para Marius quando ele está bem aqui e estamos de mãos dadas. O rosto dele borra a minha frente, mas, com o tempo, ele só se move um pouquinho no mesmo lugar. Suas bochechas — ele não tem bochechas *de verdade*, como eu, mas é o suficiente — estão sarapintadas de vermelho. Não sei dizer se pelos pulos ou se pela bebida.

Não consigo parar de olhar para ele. Não é assim que se faz para deixar de estar a fim de alguém. Muito pelo contrário, essa é a maior paixão que já senti.

Merda.

@JosieJornalista: sl acho que a gente devia parar de chamar os outros de louco e só ser mais legal sl sl sl

CAPÍTULO 19

Acordo na manhã seguinte sem dor de cabeça, mas com Alice bem na minha cara.

— Você tomou uma garrafa inteira de vinho? *Sozinha*?

Ah, era essa a razão para mamãe querer que Alice viesse comigo. Minha irmã é quase — *quase* — tão pentelha quanto nossa mãe. Eu resmungo, passando a mão pelo cabelo enquanto me sento. Estou me grudando em todos os lados porque fui para a cama sem fazê-la antes.

— Qual é. Não é uma garrafa de verdade — digo. — Olha pra ela. É uma coisinha de nada. E dividi com o Marius, então é ainda menos álcool do que você pensa.

Ela ergue tanto as sobrancelhas que parece até que elas desapareceram.

— Você trouxe ele *pra cá*? Achei que fosse entrevistá-lo no saguão.

— Quando foi que eu disse isso? — pergunto. — Não, o combinado sempre foi no quarto. Não é como se você estivesse aqui, então não sei qual é o problema.

— O *problema* é que era pra você estar entrevistando ele — ela diz, balançando a cabeça. — Temos mais uma semana de viagem e, em vez de trabalhar, você está aqui bebendo com seu entrevistado.

Do que *ela* sabe? Escrever é o meu rolê. Ela não pode tirar isso de mim como tirou a Spelman.

— Eu... Você não pode simplesmente... — Corro a mão pelo cabelo. Há tanta coisa que eu quero dizer, tanta raiva e frustração, que acaba me dando um branco. — Você fez isso *primeiro*.

— Eu não acabei com *uma garrafa inteira* — ela esbraveja. — Você, sim, e agora as pessoas da revista vão ver a conta e vamos ter que inventar algum tipo de desculpa. Achei que você era mais responsável do que isso.

— Não me venha com *sermão* — digo, já sentindo um gemido crescendo no peito. — Eu não sou um bebê. Sei como as coisas funcionam.

— Sabe? — Ela se inclina para a frente. — Entrevistar seu seja lá o que for sozinha num quarto de hotel e dividir uma garrafa de vinho com ele não é profissional. *Nem um pouco*. A *Em Foco* é uma revista gigante. O que sua editora diria se soubesse?

Meu Deus, ela tem razão. Só posso torcer para que Marius não conte a ninguém sobre o que houve ontem. Não parece o tipo de coisa que ele dividiria, mas, mesmo assim, se a srta. Jacobson souber disso, estou frita. Essa é uma oportunidade tão incrível. Eu ficaria destruída se a arruinasse por algo tão tolo como estar a fim de alguém ou beber uma garrafa de vinho. Eu odeio o quanto ela faz eu me sentir pequena, mas Alice tem razão.

— Acho que você está certa — digo, finalmente. É um saco admitir isso, mas é ainda pior ter que dizer em voz alta.

— Você *acha*? — Alice dá um muxoxo. — Nem sei por que eu me importo.

Ela vai para o banheiro pisando duro. Alguns segundos depois, o chuveiro é ligado. Balanço a cabeça e pego meu telefone. Respondo várias mensagens de mamãe e de papai — sim, estou me divertindo, sim, vou tentar tirar mais fotos, sim, prometo que vou me cuidar e que ligo hoje à noite — antes de me voltar a uma mensagem de Penny. Por alguma razão, ela manda mensagens como se fossem e-mails.

Olá! Sei que você disse que ia pensar sobre aquilo que conversamos ontem, então só queria saber, já se decidiu?

Eu pisco. De algum modo, havia conseguido me esquecer de nossa conversa. Agora fui atirada de novo à realidade. Roy Lennox, o que ele fez com Penny, o que provavelmente fez com outras mulheres. Essa não é a única coisa que me volta, e a conversa que tive com Alice no avião começa a se repetir em minha cabeça.

O que aconteceu com você é literalmente a definição de abuso. Você sabe disso, não sabe?

Deixo escapar um suspiro pesado e esfrego a testa. A questão aqui nem sou eu. A questão é Penny. Penny, que tem total certeza da verdade, de outro modo não teria me contado. Penny, que deseja que eu a ajude.

Meu Deus. Eu não tenho maturidade pra isso.

Respondo a mensagem: Decidi. Vamos nessa.

Ela responde em menos de um segundo: Meu Deus, eu te amo. Podemos nos encontrar amanhã? Temos que discutir tudo.

Na verdade.

Eu já falei com minha amiga Julia e ela está interessada em conversar com você.

Esse é o número dela.

E me manda um contato.

Fico sentada encarando meu telefone por quase um minuto. Nesse momento, me sinto o equivalente humano a pelo menos cinco pontos de interrogação. Talvez um ponto de exclamação também esteja jogado ali no meio.

Como é que ela já encontrou alguém com quem conversar? Estava desde ontem pensando nisso, trabalhando nisso? Meu estômago se aperta. Ela estava trabalhando nisso enquanto eu dançava ao som de Kendrick Lamar? Meu Deus, eu sou uma pessoa horrível?

Há muitas coisas passando pela minha cabeça. Um fato reconfortante se destaca: se vou fazer isso — o que agora acho que vou —, não estarei sozinha. Penny está aqui e vai ajudar. Isso faz minha respiração ficar um pouco mais fácil. Só um pouco.

Porque Julia, a amiga dela, não é uma Julia qualquer. O contato abaixo da mensagem é o de Julia Morrison. Eu conheço seu nome, e não é pela atuação.

Eu nem tenho certeza da razão para ela ter ficado famosa — um monte de filmes nos anos 1990, acho. Uma rápida busca no Google me diz que está com quarenta e tantos anos e, nos últimos tempos, tem feito filmes para a tevê, embora esse tipo de mídia tenha entrado em extinção ali por volta de 2017.

Pelo que ela é infame: por beijar o irmão na boca, igual à Angelina Jolie (embora ela nunca tenha se recuperado disso), por aparecer em uma premiação de *topless*, por raspar a cabeça, por esbravejar dizendo que o mundo queria acabar com ela e por ser presa por posse de maconha. Tudo parte do clássico colapso de uma celebridade.

Engulo em seco, me sentindo culpada no mesmo instante. Nunca achei que Julia Morrison fosse grande coisa. Ela parecia ser apenas uma louca. Mas parece uma merda até mesmo chamá-la de louca, especialmente agora que sei o quanto temo que as pessoas façam o mesmo comigo se me virem tendo um ataque de pânico.

Enfim, ela tem uma *razão* para agir da forma como age. Vou rolando a tela de sua filmografia para ver que um dos seus primeiros filmes foi uma produção de Roy Lennox. Sua atuação como uma órfã prodígio em *Toque do coração* a catapultou às vistas do público. Como ela lidou com isso? Aconteceu apenas uma vez ou ela teve que continuar a vê-lo, de novo e de novo? O que finalmente a fez perder o prumo?

Conversar com ela?, respondo a mensagem. Quando?

Agora, de preferência. Ela está esperando sua ligação. Sinto muito mesmo por jogar isso no seu colo. Quer que eu remarque?

Merda. É uma cilada.

Por um lado: *SÉRIO, PENNY, COMO ASSIM, CARALHO?!*

Por outro lado: é ela a mais impactada por isso, então não posso realmente julgá-la.

Porém: *COMO ASSIM?!*

Esfrego os braços, mesmo sem estar com frio. Não há a menor chance de eu conversar com uma celebridade sobre um homem poderoso que se aproveitou dela. Meu Deus. Mas tenho que falar com ela, não tenho?

Eu poderia tentar fazer isso em outro momento, mas nosso voo para Nova York é em algumas horas, para a última parte da turnê, e preciso mesmo começar a rascunhar o perfil de Marius. Não posso me preocupar com isso e escrever o perfil dele ao mesmo tempo. Vou surtar se conversar com Julia Morrison agora, e vou surtar se tiver que descobrir como remarcar depois. Estou ferrada, de todo modo.

Não. Vou ligar para ela agora.

Ergo o olhar para a porta do banheiro. O chuveiro ainda está ligado. Os longos banhos de Alice são um saco quando estamos em casa, mas são bem convenientes neste exato momento. Do que mais eu preciso? *Perguntas*. Puxo minha bolsa do chão e pego meu caderno e uma caneta.

Não sei bem quais perguntas seriam excessivas e quais não. Acho que vou só fazer umas perguntas básicas e seguir a partir daí, dependendo do quanto ela for aberta. Esse é um tópico que preciso ser cheia de dedos para abordar. Nunca tive que fazer isso antes. Pode ser mais fácil se fingir que é só uma conversa normal, mas nós duas sabemos que não é.

Graças a Deus ainda tenho o aplicativo que baixei quando comecei a fazer entrevistas pelo telefone há alguns anos. Ele grava ligações, o que é melhor do que colocá-la no viva-voz para gravar, especialmente falando de algo tão sensível.

Agora vem a parte difícil. Fico encarando o número do contato na tela do telefone, mas não faço movimento algum para tocá-lo e realizar a chamada. Então, antes que eu me dê conta, estou ligando.

— *Que foi?*

A voz na linha me causa um sobressalto.

— Hã — digo. Que ótimo modo de começar uma conversa. — Hã, oi, meu nome é Josie Wright. Sou jornalista freelancer. Estou fazendo uma apuração sobre...

Minha voz hesita. O que posso dizer?

— Sobre Lennox. — A voz dela é direta. As palavras não usam o ar além do necessário. — Certo, Penny e eu estávamos conversando sobre isso um dia desses. Você já tem um lugar engatilhado para publicar?

— É... não. — Eu esfrego a nuca. — Pensei em resolver isso depois que a matéria estivesse escrita.

— Boa sorte. — Ela bufa. — Duvido que alguém vá prestar atenção, a menos que tenha uns nomes bem grandes. Penny é maravilhosa, mas não conta. Vão simplesmente rir de nós duas. Talvez eu possa lhe dar mais alguns nomes, e talvez Penny também. Mas vai ser difícil fazer com que falem com você. Ninguém quer falar dessa merda.

— Pois é. — Minha voz é um suspiro. Eu cruzo os braços. — Entendo. Não quero forçar ninguém a trazer à tona lembranças ruins, mas imaginei que elas já estivessem voltando por causa do documentário. Eu só não acho que ele deveria estar recebendo prêmios depois de... Você sabe.

— Rapaz, e *como* eu sei. — Ela bufa outra vez. — Bem, sobre o que você quer que eu fale?

— Você se importa se eu gravar?

— O que precisar.

— Hã. — Eu pigarreio. — Posso perguntar o que aconteceu? Quando aconteceu?

— Foi no set de *Toque do coração*. Já faz mais de vinte anos, agora — começa ela. Não sei se Penny contou a ela quantos anos eu tenho ou não, mas algo no modo como ela diz isso me faz pensar que sim. — Foi meu primeiro filme grande de verdade, e eu já sabia que era material para o Oscar. No princípio, Lennox era... gentil, acho. Ele sabia que tudo era novo para mim e disse que ajudaria a tornar as coisas mais fáceis de lidar. Eu ficava o tempo todo no trailer dele.

Meu estômago se aperta. Não tenho um bom pressentimento quanto a isso. E há algo de partir o coração no quanto ela se lembra claramente disso, enquanto eu me esforcei tanto para bloquear o que aconteceu comigo no ensino fundamental.

Mas isso faz com que eu sinta que ela passou anos, mais de duas décadas, revivendo essa história uma vez após a outra. Como se não conseguisse escapar.

— Um dia, caí no sono no trailer — ela continua. — Ele tinha um sofá bem confortável. Eu amava, já que ele parecia ter sido feito nos anos 1960 e me lembrava da minha casa. Quando acordei, ele estava em cima de mim.

Minha respiração falha. Essa conversa parece íntima demais, reveladora demais, para estarmos tendo ela por telefone. E eu me sinto uma merda só por perguntar.

— Tudo bem — digo, balançando a cabeça. — Você só precisa me contar aquilo que se sentir confortável. Se quiser fazer uma pausa, ou...

— Eu não fui simplesmente coagida a contar isso a você — diz ela com a voz feito aço. — Já estava pensando nisso muito antes de Penny mencionar o assunto. Se você não escrever isso na sua matéria, eu mesma vou escrever. Não estou fazendo isso pra que tenham dó. Quero ver esse cara destruído.

Eu me forço a respirar. Ela tem razão. A questão é derrubar Lennox, garantir que as pessoas vejam quem ele realmente é.

— Certo — digo. — O que mais quer me contar?

NOVA YORK, NOVA YORK

@JosieJornalista: paguem seus estagiários!!!!!!!!!!!!

CAPÍTULO 20

Nova York é escura, lamacenta e nada brilhosa, diferente do que eu esperava quando ainda estávamos no avião. Tudo parecia lindo lá do alto.

Na verdade é ainda pior quando deixamos o aeroporto. A neve cai por toda parte, mas não é translúcida e branca, é diferente dos filmes. É suja por ser chapinhada debaixo dos pés de milhares de pedestres. Acho que o tempo não está ruim o bastante para manter todos dentro de casa, porque ainda há multidões zanzando por aí, pessoas buzinando e gritando umas com as outras. Por alguma razão, isso me faz pensar em Julia, e isso me deixa ainda mais triste.

Nós conversamos por algumas horas na segunda, antes de Alice e eu pegarmos nosso voo. No momento em que Alice terminou seu banho, eu já tinha ido para o corredor do hotel, porque não conseguia parar de andar de um lado para o outro. Eu sei que Julia contou à sua figurinista logo depois que acordou com Lennox em cima dela, e a figurinista disse a ela para não contar a ninguém. Sei que, depois disso, todos no set a evitaram, como se soubessem o que tinha acontecido. Eu sei que ela *continuou* tentando falar sobre o assunto, mas quanto mais ela falava, mais difícil era conseguir trabalhos.

— Lennox conseguiu — disse ela. — Ele me disse que ia garantir que eu nunca mais fosse contratada se contasse, e ele conseguiu.

Não entendo como uma só pessoa pode ter tanto poder. Mas ele *tem*. Várias mulheres sabem disso. Julia sabe disso. Meu telefonema com ela fez tudo parecer mais real, um peso gigantesco acomodado no fundo do meu estômago. É a razão para esse comportamento dele não ser de conhecimento público. É a razão para ninguém ter escrito sobre isso antes. Faz eu pensar que alguém mais inteligente que eu deveria estar escrevendo isso.

Mas já sei que não posso simplesmente jogar a história para outra pessoa. Penny pediu a *mim*. Eu já me apeguei a Julia. Mesmo que parte de mim sinta que eu não consigo lidar com isso, outra parte faz eu sentir que sou a pessoa destinada a escrever essa história.

Sei lá. Minha cabeça está uma bagunça.

Hoje o elenco principal está participando do *The Morning Show com Amy e Mike*, o que significa que todos têm que acordar às cinco da manhã, inclusive eu. Não estou certa de como ir ao programa junto com eles me ajuda a escrever a matéria, mas acho que a ideia é que eu deveria segui-los a praticamente todos os lugares. Estou parcialmente acordada quando Alice e eu entramos nos camarins do estúdio, arrastando os pés. Há um monitor montado para podermos ver o que está sendo transmitido ao vivo para as tevês de todos os Estados Unidos: os apresentadores, Amy e Mike, sentados à uma mesa e conversando casualmente.

Há produtores correndo para todos os lados e conversando com Art, dando risadinhas como se ele fosse alguma espécie de deus. Alguém maquia o rosto de Marius. Como Penny não é parte do elenco principal, ela não está lá. Queria que estivesse.

Alice e eu basicamente ficamos num canto, mal notando até mesmo a presença uma da outra porque não estamos de fato acordadas. Nem consigo me forçar a olhar para meu telefone. Há coisas para comer — guloseimas de confeitaria e frutas em uma mesa —, mas eu tomo apenas uma caneca de café. Não parece estar funcionando. Estou cansada o bastante para considerar seriamente botar a cabeça no ombro de Alice, mas sei que ela me mataria.

Meus olhos se fixam em Marius conforme a maquiadora espalha algo em seu rosto. Estou longe demais para escutar, mas ele diz algo que a faz rir. Eu quase rio junto.

— Você parece um pouco morta.

Eu pestanejo. Uma garota com cabelo escuro e pele bronzeada está diante de nós, mas não está olhando para mim. Está rindo para Alice, que abre um sorriso ao reconhecê-la, antes de levantar num pulo para abraçá-la. Elas fazem aquela coisa que um monte de garotas faz: fingem não se ver há décadas quando, na verdade, faz apenas dias desde a última vez que se falaram.

— Achei que você não vinha — diz a garota, se afastando.

— Você disse que não acordaria tão cedo nem se eu te pagasse.

Alice olha para mim. Eu franzo o cenho.

— Eu não te obriguei a nada — digo. — Você podia simplesmente ter ficado no hotel.

— Decidi vir — diz Alice, dando de ombros. — Quando é que vou ter outra chance de ver o *The Morning Show* ao vivo?

— Muitas, se decidir ser uma estagiária, como eu — diz a garota. — Essa é a sua irmã?

Alice assente, erguendo sua caneca até os lábios. Tento sorrir para a garota, mas ainda é cedo demais e o café ainda não bateu de verdade, então tenho certeza de que estou falhando. Mas ela sorri de volta como se entendesse.

— Eu sou a Savannah — ela diz. — Alice tem andado comigo e com alguns dos outros estagiários enquanto você faz o seu rolê de jornalista. Maneiro demais, a propósito.

— Valeu — respondo. — Hã, seu lance de estagiária é maneiro também.

Alice bufa pelo nariz em sua caneca. Savannah balança a cabeça na direção dela.

— Se conta correr por aí e pegar café pra todo mundo, então, com certeza — ela diz. — Vão ficar aqui atrás durante o programa?

— Hã, acho que sim — eu digo. — Não sei mais pra onde ir.

— Faz sentido — diz Savannah. — Geralmente não tem lugar no estúdio de filmagem pra muita gente ao mesmo tempo.

Parte de mim deseja que eu pudesse estar lá fora com Art e Marius, que pudesse ver a magia do programa enquanto ela acontece, ou que pudesse até mesmo estar na plateia. Mas não faço parte da história, sou quem deveria estar a documentando. Ao pensar nisso, reviro minha bolsa atrás de meu caderno.

— Ela faz um milhão de anotações — Alice diz à guisa de explicação. — Tipo, o tempo *todo*.

Franzo o cenho ao começar a rabiscar anotações sobre meus arredores. Estou cansada demais para discutir com ela neste momento.

— Tipo, era o que ela deveria fazer, não é? — pergunta Savannah. — Se ela é repórter e tudo o mais.

— *Obrigada* — eu digo, um pouco alto demais.

Marius olha em minha direção e acena para mim. Respondo com um sorriso.

— Ai, meu Deus — diz Alice. — De novo, não.

Lanço o olhar mais cortante possível para ela. Nem pensar que vou deixar Alice fazer um comentário sobre Marius quando estão colocando o microfone em Art Springfield a três metros dali.

Savannah nos olha de uma para a outra com um pequeno sorriso no rosto.

— É ótimo ter uma irmã, hein? — ela pergunta.

— Ah, claro — digo. — Com certeza. Total.

Alice revira os olhos.

> **@JosieJornalista:** perder o fôlego quando a pessoa entra na sala: paixão ou ansiedade? uma história de: eu mesma

CAPÍTULO 21

— Avise quando precisar de mim — Alice me diz quando nosso Uber encosta onde vou descer. Marius e eu vamos fazer nossa entrevista seguinte em um parque. Eu deveria ter pedido para mudar para algum lugar fechado. — Posso chamar um carro para você ou coisa assim. Talvez você termine mais cedo e a gente possa fazer alguma coisa juntas.

Ergo uma sobrancelha, olhando de relance para ela. É a primeira vez que ela quer fazer algo comigo em um bom tempo. Eu sorrio.

— Tá — eu digo. — Até mais tarde.

Maggie me fez colocar um casaco e um chapéu na mala, mas não levei nem luvas nem botas, como minha mãe havia sugerido. Temos essas coisas todas por causa da última vez que nevou na Geórgia, mas não uso nada disso porque nunca foram realmente necessárias. Só queria ter dado ouvidos a ela. Assim que ponho os pés para fora do carro, tenho quase certeza de que meus dedos vão congelar.

O parque está mais lotado do que imaginei que estaria em um dia de neve. Há uma feira de fim de ano montada ali, com grandes mesas pretas altas e barraquinhas vendendo *waffles* e pães. Uma melodia tênue toca enquanto as pessoas murmuram e se ajuntam. Crianças pequenas riem e correm por todo lado. Algumas nem estão usando touca.

Por um segundo, considero ligar para a srta. Jacobson para perguntar se podemos mudar o local, mas então o vejo. Há flocos de neve presos em seus cachos. Ele está sentado à mesa sozinho, conseguindo de algum modo suportar as geladas cadeiras de metal, lendo um livro. Eu reconheço a capa sem nem ler o título: *Irmã Outsider*. Sorrio apesar do frio.

Ele então ergue os olhos, a boca se abrindo quando seus olhos se fixam em mim. Me lembro de que estou usando uma jaqueta que não é pesada o suficiente para me proteger do frio e que estou tremendo. Enfio as mãos nos bolsos para compensar a falta de luvas. Pelo menos Marius parece preparado — só um leve rubor em seu rosto. Eu, por outro lado, não sinto minhas extremidades.

— Vem — ele diz, se levantando e dando um leve esbarrão em meu ombro com o dele. Normalmente isso faria meu corpo faiscar, mas não consigo sentir nada neste exato momento. — Conheço um lugar melhor pra gente conversar.

O café fica a alguns minutos de caminhada. Solto um suspiro de alívio quando entramos, o ar quente nos envolve como um cobertor. Parece pequeno demais para todo mundo lá dentro. As pessoas digitam em notebooks e bebem de suas canecas. O homem no balcão, um cara com um belo *black power*, sorri ao ver Marius.

— O que vai ser? — ele pergunta. — Chocolate quente?

Ergo o olhar para o quadro-negro com o cardápio, pendurado acima de nós. Quase tudo está escrito com uma letra cursiva. Eu aperto os olhos.

— Eu geralmente tomo o chocolate quente — diz Marius, sua voz como um vento cálido aos meus ouvidos. — Sempre tomei. É muito bom.

— Aham — digo. — Claro.

Depois de pagarmos pelas bebidas, Marius pergunta:

— Quer procurar um lugar pra sentar?

Manobro entre as mesas e cadeiras posicionadas de forma casual. Há uma cadeira vazia no canto e solto minha bolsa nela, arrastando outra cadeira que estava em frente a essa. Perfeito. Eu mal tenho tempo para tirar meu caderno antes de Marius chegar com as duas canecas. A neve em seu cabelo já derreteu, deixando ele um pouco mais cacheado. Eu mordo o lábio e encaro a mesa enquanto ele desliza a caneca para colocá-la diante de mim.

Lá fora, a neve cai ainda mais pesada do que antes. Eu provavelmente deveria dizer algo, mas comentar sobre o tempo é constrangedor demais. Marius já está bebericando de sua caneca. Há vapor se desprendendo da minha.

— Gosto do que você está lendo — digo após alguns instantes de silêncio, gesticulando na direção da capa verde. — Minha avó me deu esse livro quando eu tinha, tipo, catorze anos. Ela costumava dar aulas sobre ele na faculdade.

— Uau. — Marius baixa o olhar para o livro. — Na verdade, eu não gosto de ler. Só carrego uns livros por aí para pensarem que sou mais sério do que realmente sou. — Dou um sorriso malicioso. Ele sorri de volta. Nem me lembro de quais eram as perguntas que eu ia fazer. A sensação é de que fiz todas elas na primeira vez em que nos encontramos.

— Então, há quanto tempo você vem aqui? — pergunto. — É bacana.

— Desde quando eu era pequeno — ele diz. — Meus pais moram a alguns quarteirões. Eu costumava vir depois da aula.

— Ah. — Eu mostro meu gravador. — Você se importa?

Ele balança a cabeça, bebericando outra vez da caneca.

— Você gostava da escola? — pergunto.

— Muito — diz ele, há algo de vago em seu sorriso. — Eu fiz o Ensino Médio em um colégio de artes cênicas, então foi meio que o primeiro lugar onde encontrei pessoas interessadas nas mesmas coisas que eu.

— Parece muito legal — eu digo, anotando isso em meu caderno. — Você acha que vai ter experiências similares na faculdade?

— Sinceramente, não sei. Ele traça com o dedo a borda de sua caneca. — Todos os meus amigos dizem que é muito diferente. E a Brown não parecia diferente quando eu a visitei. No meu colégio, todo mundo tinha foco nas artes. Todos na Brown estavam interessados em tantas coisas diferentes. É só que... tudo parece tão vasto, sabe?

— Sei. — Minha voz é suave. Foi essa a sensação que tive nessa viagem, às vezes, como se partes escondidas do mundo estivessem se revelando. — Sei o que você quer dizer.

Não tenho certeza de quanto tempo passamos conversamos — sobre filmes favoritos e as peças que ele fez quando criança (não reconheço muitas). Ele termina seu chocolate antes de mim.

— Então, seus pais eram, tipo, rígidos? — pergunto, puxando minha caneca para mim. Minha jaqueta já havia sumido e a dele também. — Eles te obrigavam a fazer toda a lição de casa antes de você ir para o ensaio?

— Não. — Ele bufa pelo nariz. — Eu geralmente fazia minha lição de casa lá no teatro. Eles são rígidos com outras coisas, tipo manter contato com nossa família na França, falar francês quando estou em casa e mantê-los informados do que está acontecendo. Eles não gostam de eu ter passado tanto tempo em L.A. ultimamente.

— Porque é L.A. ou porque você está longe?

— Minha mãe diz que L.A. é *affreux* — ele diz, revirando os olhos. — Meu pai diz que é porque sentem a minha falta. Acho que é porque sou filho único. Mas não vou ficar lá pra sempre, sabe? Eu vou voltar.

— É solitário, em algum momento? Ser filho único? — Baixo os olhos para o meu caderno. Há anotações curtas que não fazem sentido, um monte de desenhos. Acho que não vou ser capaz de entender o que quis dizer até estar ouvindo as gravações. — Eu me sinto solitária em casa, e tenho duas irmãs.

— Às vezes — ele admite, traçando mais uma vez a borda de sua caneca. — Mas a gente é bem unido. Passo bastante tempo com eles. Ou costumava passar, de todo modo. Quando não estávamos juntos, eu ficava com Wes e meus amigos, então não me sentia realmente sozinho.

Certo. Essa é a diferença entre nós. Ele tem amigos, e eu, não. Eu pigarreio.

— Então, quando você volta para a França, no verão, como é?

— A gente não vai a Paris nem nada — ele diz. — Toda a nossa família é de Bordeaux, então é pra lá que vamos, para ver os primos e o resto da família. Meu apelido é o Americano.

— Uau. — Eu balanço a cabeça. — Crianças podem ser tão cruéis.

Ele dá um sorriso largo, olhando pela janela. A neve ainda está rodopiando e eu começo a me deixar levar. Me sinto aquecida, feliz e segura. Como se ali fosse meu lugar, sem que nem precisasse tentar.

— Ei.

Eu me sobressalto, a cabeça levantando rápido na direção dele. Há algo de audacioso em seus olhos.

— Você quer ir comigo até minha casa?

@JosieJornalista: os pais de outras pessoas são sempre assustadores. é cientificamente comprovado

CAPÍTULO 22

— Teoricamente, eu não deveria levar jornalistas pra casa. Então, hã, talvez você não devesse tocar em nada.

Eu faço que sim, de olhos arregalados, enquanto me encolho no canto do táxi. É o primeiro táxi nova-iorquino *verdadeiro* no qual já estive na vida. É mais limpo do que eu esperava. E mais apertado.

— Desculpe — diz Marius, afastando o corpo de mim. — Não estou querendo invadir seu espaço. É só que as minhas pernas são compridas.

E são mesmo. É como se ele fosse o Slender Man ou um personagem de desenho animado.

— Tudo bem — digo, apertando a bolsa contra o peito. Nós realmente não precisávamos pegar um táxi se os pais dele moram a apenas alguns quarteirões, mas estou grata por ele ter chamado um mesmo assim. Eu preferiria não ter que andar mais na neve. — Você é tão magro que mal ocupa espaço.

Faz-se silêncio por um segundo. Sei que ele está me encarando e rezo para que não diga nada sobre o meu peso.

— Bom — ele diz depois de algum tempo, a voz suave —, não é crime ocupar espaço.

Não consigo evitar encará-lo de volta. Seus olhos são castanhos, claros ou escuros dependendo do momento. Não sei se ele está falando sobre si mesmo ou sobre mim, mas a sensação é de que está falando de mim. De que sabe de coisas que ninguém mais tenta compreender. Meu coração se aperta, assim como meu estômago. Eu *quero*, eu quero tanto, mas sei que não posso ter, não quando se trata disso. Ninguém nunca me quer por *inteiro*, não só algumas partes.

O feitiço se quebra quando o táxi vai desacelerando até parar. Marius paga o motorista e tento me lembrar de que tenho que passar o dinheiro para ele no fim de tudo isso. O prédio é bonito, imenso, alto até não poder mais. Tem até um porteiro do lado de fora. É tudo muito elegante. A mãe dele é diretora de teatro, mas o pai é professor de design cênico na Universidade de Nova York, o que duvido que pague bem. Talvez seja dinheiro de família. Eu poderia perguntar a ele sobre isso, mas pareceria grosseiro, em especial porque Marius me convidou para vir até aqui, para começo de conversa. Mas ele deveria saber que eu faria perguntas e anotaria coisas o tempo inteiro. Sou uma jornalista. É o que devo fazer.

Meu gravador ainda está ligado, mas tenho certeza de que ele captou em sua maioria os sons do trajeto, abafados por estar em meu bolso. Meus dedos apertam o objeto de mansinho enquanto sigo Marius até a porta.

— Eddie, esta é a Josie — ele diz, pausando em frente ao porteiro. Ele é um homem mais velho, de pele bronzeada, e usa um quepe, como nos filmes. — Ela é jornalista.

Estou meio constrangida, mas, ao mesmo tempo, até que é legal. Meus pais falam sobre as coisas que escrevo como se fosse um hobby. Tecnicamente é, mas estão mais focados na faculdade. Marius fala de mim como se eu já fosse uma jornalista e eu acredito que seja. Ele é uma das poucas pessoas que concordam comigo. De todo modo, meu sorriso é tão grande que Eddie deve pensar que sou uma mocinha simpática.

Pegamos o elevador até o andar de Marius, o sexto, não a cobertura, o que teria sido realmente maneiro, enquanto eu tento pensar no que dizer. Em tese, os pais dele não estão em casa, o que já diminui bastante a minha ansiedade. Olho para ele relance e de repente estou ansiosa de um jeito diferente, meu peito aperta.

— Você está tão quieta — ele diz, olhando de volta para mim. — Juro que não estou levando você pro meu covil do mal nem nada.

Também é difícil não se derreter com sua voz. Queria colocá-la dentro de um potinho e ele poderia apenas *falar* comigo e eu ficaria ali, em transe.

— Não estou assustada — digo, o que é mentira. — Só estou ocupada... carregando isso tudo.

Ele bufa pelo nariz.

Só vi apartamentos da Cidade de Nova York pela tevê, então estou esperando que o corredor se pareça com o de *Friends* ou de *How I Met Your Mother*. Na verdade, é mais bonito que isso. As cores são mais profundas, como se alguém recentemente houvesse passado por ali e decidido pintar as paredes de um intenso bordô. Algumas pessoas têm enfeites nas portas, um menorá, árvores de Natal.

Sempre achei que crescer em apartamento deveria ser meio triste — não ter uma casa, nem árvores, nem quintal, mas esse apartamento de triste não tem nada. É arejado e espaçoso, com um layout aberto, tudo em cores quentes, amarelo, vermelho ou laranja. Vamos direto para a cozinha.

Onde dois adultos estão sentados à mesa. *Merda*.

Por um segundo, tenho certeza de que Marius planejou isso, mas então me lembro de sua promessa de evitar qualquer coisa que me deixasse ansiosa. A surpresa está óbvia no seu rosto, a boca aberta e os olhos pulando de um para o outro. Minhas mãos escorregam para meu bolso, agarrando meu gravador. Ninguém diz nada.

É estranho vê-lo ao lado dos pais. Seu pai tem cabelo crespo bem curto, com alguns fios grisalhos entre os castanhos, os óculos repousando na ponta do nariz e sobrancelhas escuras. A mãe, por outro lado, se parece mais com Marius — cachos castanhos escuros presos para cima em uma espécie de trança *twist*, olhos castanhos, uma boca corada repuxada para baixo. As linhas sob os olhos e ao redor da boca parecem dar personalidade a ela. Diferente do filho, ela sabe como manter uma expressão neutra.

— Marius — diz ela, descansando o queixo nos nós dos dedos. Aí está o sotaque francês que eu estava esperando, mas é menos *A Bela e a Fera* do que achei que seria. — Não sabia que você iria convidar uma amiga. Esta é a Josie?

Estou prendendo a respiração. Na verdade, é mais como se eu não conseguisse respirar. Não sei para onde olhar. Deveria fazer contato visual com ela, com o pai ou com Marius? Ela pode não querer que eu olhe para ela, mas o pai pode ser mais compreensivo.

Como ela sabe quem eu sou? E por que eles estão aqui, quando ele disse que não estariam?

— Sim — diz Marius, me olhando de relance. Não sei identificar o que ele está sentindo. — Esta é a Josie. Viemos pra cá só para fugir do frio.

A mãe dele murmura. Faço uma escolha aleatória e me forço a encarar o pai. Há um sorriso gentil em seu rosto. Pelo menos ele oferece segurança, por enquanto. Espero que não sinta pena de mim.

— Marius — sua mãe diz outra vez, se afastando da mesa.

— *J'aimerais te parler.*

Aperto meus lábios. O pai franze o cenho, passando os olhos por ela, mas a mãe já está caminhando para uma outra parte do apartamento. Marius espelha o rosto do pai. Seu toque em meu ombro é leve, mas ainda consegue me fazer pular.

— É que ela às vezes fica rabugenta, só isso — ele diz, olhando de relance para o pai, como se pedisse uma confirmação dele. — Eu já volto.

Eu o observo atravessar um corredor atrás dela. Acho que este lugar é maior do que imaginei que seria. Meu gravador está ligado. Não sei se eu deveria desligá-lo, mas eu com certeza não quero sacá-lo na frente do sr. Canet.

— Sinto muito mesmo — ele diz, tirando os óculos. Seu sotaque é mais forte do que o da esposa, mas há algo de encantador nele. — Receio que Isabelle possa ser um pouco brusca. Sente, sente, não fique aí em pé. Eu sou o Henri. Nós sabemos seu nome. Marius fala de você o tempo todo.

Meu rosto queima quando me sento de frente a ele, segurando minha bolsa junto ao corpo. Ele não é tão ruim. Mas é que consigo ouvir as falas rápidas vindas do outro cômodo em uma língua que não entendo. Tenho certeza de que ela está aborrecida por ele ter levado uma jornalista até a casa deles, mas ainda me pergunto se é por que sou uma estadunidense preta, se é porque sou gorda, ou os dois.

— Marius nos falou muito a seu respeito — diz o sr. Canet. A pele sob seus olhos se vinca quando ele sorri. — Seu trabalho é impressionante para alguém tão jovem. Imagino que seus pais estejam orgulhosos, não?

Faço que sim, tentando me forçar a ficar calma. *Apenas respire. Apenas respire.*

— Que bom. — Ele assente, satisfeito. — Pais devem ter orgulho de seus filhos.

— O senhor tem orgulho do Marius?

Ele não hesita.

— Um orgulho imenso. Eu o vejo na tela e fico deslumbrado. Tem algo no modo como ele diz isso, tão intenso, tão ávido, que me lembra de Marius. Deve ter sido daí que ele puxou. É doce. Estou feliz por Marius não ser um desses jovens que precisam suportar sozinhos a longa e assustadora jornada até Hollywood.

— Pois é — digo, esfregando meus dedos uns nos outros. — Ele parece ter esse efeito sobre muitas pessoas.

Henri sorri, radiante, no instante em que Marius reaparece. Sua mãe vem em seguida. Não consigo discernir sua expressão, mas ela parece com menos raiva do que estava antes. É Marius quem parece irritado.

— *Ne sois pas si fâché. Elle est belle* — diz sua mãe. Marius balança a cabeça, sentando-se à mesa. — *Je veux juste que tu comprennes...*

— *Maman.* — Ele balança a cabeça. — Agora, não.

— Josie fala inglês — Henri acrescenta. Algo me diz que essa é a razão para ela estar falando em francês, para começo de conversa. — Não é justo com ela.

— Sinto muito, Josie — ela diz, olhando para mim pela primeira vez. — Eu apenas tinha algo urgente para discutir com meu filho. Você entende.

Faço que sim, apesar de não entender de verdade. O que era tão importante que não podia esperar eu ir embora para ser conversado?

— Estávamos apenas falando sobre as realizações de Marius — diz Henri, sorrindo enquanto coloca os óculos. — E o quanto estamos orgulhosos.

Marius resmunga, inclinando a cabeça e forçando sua cadeira para trás, a equilibrando em duas pernas. Sua mãe sorri, empurrando a cadeira para a frente para que ele não caia. Parece tudo tão normal que tenho um súbito anseio de tirar uma foto.

— Incrivelmente orgulhosos — diz Isabelle, baixando o olhar para ele. — Você não teria nem como começar a entender.

Algo se passa entre os dois. O rosto de Isabelle se suaviza. Marius cobre os olhos, sorrindo para ela com a maior parte do rosto escondida. Henri balança a cabeça, afetuoso. Eu não entendo, mas nem acho que deveria, e, por mim, tudo bem. Algumas coisas são simplesmente boas de se assistir.

> **@JosieJornalista:** você alguma vez relembrou de coisas que te aconteceram e se deu conta de que elas não foram legais e aí tem, tipo, uma crise existencial

CAPÍTULO 23

No dia seguinte, Penny e eu nos encontramos em um café.

É uma espécie de galeria e lanchonete, onde em tese você deveria observar a arte e comer ao mesmo tempo. Entro na fila e Penny se coloca atrás de mim. Ficar em filas geralmente me apavora, porque preciso saber o que vou comer, e como vou pagar por isso e quanto dinheiro dar, tudo com antecedência para não me embananar e fazer besteira, especialmente na hora de receber o troco.

Eu pigarreio. Há algo que preciso perguntar a Penny, mas não estou certa de como levantar o assunto.

— Então… — digo. — Quantas mulheres, hã, você acha que…?

— Têm uma história como a minha? — Penny morde o lábio. — Não tenho certeza. Tentei fazer uma lista das pessoas que eu conheço.

Ponho a mão no bolso, tirando dele um bolo bagunçado de notas. Há uma de vinte. Será que vai ser suficiente? Ergo os olhos rapidamente, procurando a coisa mais barata do cardápio.

— Como foi a conversa com Julia? Ela disse que foi catártico ter alguém escutando.

Me pergunto outra vez se sou a pessoa certa para fazer isso. Porém, não quero que Penny veja minha incerteza. Não neste momento.

— Foi muito bem. Tão bem quanto poderia ser uma conversa sobre abuso sexual.

— Que ótimo! Julia falaria disso com qualquer um.

— Qualquer um, não.

— Óbvio, qualquer um, não — ela diz. — Mas você a deixou confortável o suficiente para perguntar por outras pessoas que querem abrir o jogo. Esse é um passo realmente grande, Josie. Estou tentando pensar em com quem mais entrar em contato. Mandei alguns e-mails para Tallulah porque somos da mesma agência...

— Tallulah Port?

— Isso — diz Penny. — Nos encontramos uma ou duas vezes. Mas ela ainda não respondeu.

— Próximo?

Avançamos para a ponta da fila. Enquanto Penny faz seu pedido, eu repasso o que sei sobre Tallulah Port. Sempre achei ela descolada, mas todos achavam isso em 2011, quando ela ganhou basicamente todos os prêmios por seu papel de protagonista em *Calor incandescente*. Ela recebeu outra indicação ao Oscar depois disso, e ainda não chegou nem aos trinta anos.

— E você?

Eu pestanejo. A pessoa do caixa me encara.

— Hã — digo —, a mesma coisa que ela.

Após pagarmos, Penny e eu seguimos para as mesas. Há arte por todos os lados; gravuras de plantas penduradas nas paredes, esculturas de vidro, estatuetas em estojos de exibição sobre as mesas pelo salão, e um mural com um mapa em aquarela.

— Enfim — diz Penny, jogando o cabelo para trás e se sentando — Não tenho certeza de quantas mulheres há, tipo, ao todo. Mas tenho certeza de que são muitas. Deveríamos tentar incluir qualquer uma que queira falar, não acha?

— Não sei. — Aperto o botão da minha caneta. Nunca fiz isso antes. Se todas falarem tanto quanto Julia...

— Não creio que mais alguém vá falar tanto quanto ela.

— Certo, pois bem. — Eu esfrego minha testa. — Não dá para culpá-las. Se tivesse acontecido comigo, eu nunca mais iria querer falar sobre isso.

Penny faz uma pausa. Mudo de posição, minha caneta caindo ao meu lado. Não preciso de fato do meu caderno. Não é como se houvesse algo para anotar. É impossível para mim esquecer o que aconteceu com Julia e com Penny. Por alguma razão, consigo me lembrar das histórias delas enquanto me forço a esquecer a minha.

— Mas aconteceu — diz ela, enfim. — Sua mensagem era sobre isso.

Eu contenho um suspiro. Parte de mim reconhece que há uma similaridade entre Lennox ter feito mal a ela e Ryan King ter feito mal a mim. Mas ainda parece errado, quase desrespeitoso, dizer que é a mesma coisa.

— Tipo, sim — eu digo —, mas não de verdade. Não é como se fosse, tipo... não é algo real.

— O quê? — Os olhos dela se arregalam. — O que é *algo real*?

— Sei lá. — Meus ombros se tensionam. — Tipo. Foi no ensino fundamental. Foi... Sei lá. Um menino sendo idiota.

Penny me encara por um longo tempo. Meu rosto queima diante da atenção.

— Você sabe que isso não é verdade — ela diz. — Eu não tenho que lhe dizer isso.

Baixo os olhos para meu colo.

— É que... — Ela suspira. — O que houve com Julia foi pior do que o que houve comigo, se quer colocar dessa forma. Mas aconteceu com nós duas. Ele fez coisas com nós duas. Não é... não é como se fosse uma competição. Você não precisa atingir um certo número de pontos para ser incluída. Entende o que estou tentando dizer?

Mais ou menos. Parece ridículo me colocar junto com Penny e Julia, mas entendo o sentido do argumento.

— Eu sei — digo. — Mas é que é diferente. Sei lá. É diferente quando é alguém que pode alavancar ou detonar sua carreira com um estalar de dedos. Comigo, foi só um moleque cuzão que estudava na mesma escola que eu. Não foi assim com vocês.

— É — diz Penny, a voz suave. — Isso é verdade.

— Eu só não quero mais falar no assunto — digo. — Vamos, hã, só falar sobre a matéria. Podemos fazer isso?

— Claro — diz Penny, mas sua expressão é azeda, como quem acabou de tomar leite ruim. — Provavelmente devíamos mesmo, porque falei com uma pessoa e ela disse que poderia vir aqui.

— *Poderia?* — Eu esfrego minhas têmporas. — Penny, você precisa parar de fazer isso comigo. Não pode simplesmente jogar as pessoas em cima de mim no último segundo.

Um garçom se aproxima, servindo nossa comida. Penny fica em silêncio. Eu nem prestei atenção no que estava pedindo, mas agora vejo que é uma espécie de salada chique, cheia de folhas frondosas e frutas coloridas.

— Sinto muito — diz Penny, olhando para seu prato. — Não estou fazendo de propósito. Eve respondeu no último minuto, e Julia só podia conversar naquela tarde...

— Peraí — interrompo, erguendo a mão. — Quem é *Eve*?

Penny espeta um pouco da salada com o garfo.

— Penny?

— Cassidy. — Penny enfim parece encabulada. — Eve Cassidy.

Meus olhos se arregalam. Já é difícil o bastante de se conseguir entrevistas *normais* com Eve Cassidy. Não é surpresa alguma, já

185

que ela faz parte de uma das famílias mais famosas de Hollywood. James Cassidy e Alexandra Taylor, seus pais, têm pelo menos dois Oscars cada um. Eve tem o seu próprio e algumas indicações para acompanhar. Porém, não a vejo por aí há alguns anos. O último filme no qual ela trabalhou foi um projeto de Roy Lennox.

Tenho quase certeza de que ela só fala com grandes publicações, repórteres formados e experientes. Eu tenho tantas perguntas — ela sabe que se trata de uma matéria *freelancer*, que ainda não temos onde publicá-la? Ela ao menos sabe com quem vai conversar?

— Não se preocupe — diz Penny, observando minhas mãos na mesa. — Ela é muito legal. Pelo menos sempre foi comigo, quando eu encontrava com ela.

Isso não faz com que eu me sinta melhor. Tenho certeza de que celebridades ricas são sempre legais umas com as outras. Isso não significa que Eve vá ser legal comigo. Eu nem preciso que ela seja *legal*. Tenho que ser capaz de conversar com ela sem estragar tudo antes mesmo de começar.

— É que é coisa demais — digo, esfregando a testa. — Só estou pensando que... Se vamos falar com sei lá, mais cinco mulheres, digamos, vai haver muito material para escrever. Se conseguirmos publicar isso, provavelmente teremos que fazê-lo como uma série. Pode ser avassalador demais se estiver tudo lá para as pessoas lerem de uma vez só.

— Eu entendo. — Penny dá uma garfada em sua salada, falando enquanto come. — Devíamos começar a pensar em lugares para levar a proposta. Talvez eu possa pedir uma ajuda por aí.

— Sim — respondo. — Talvez eu possa perguntar na *Em foco*.

Seria estranho fazer a proposta a uma revista tão grande, mas eu já venci o concurso dela, então o pessoal de lá deve pensar que tenho pelo menos *algum* talento.

— Talvez — ela diz. — Você escreve tão bem. Tenho certeza de que todos vão querer publicar qualquer coisa que você escreva.

Um casal, a algumas mesas da nossa, ri alto. Tento não encarar, mas é difícil. Eles parecem tão felizes. Eu queria que aquela fosse eu, neste exato momento.

— Não sei, não. Isso não é bem o que as pessoas normalmente gostem de ler — digo. — E se nós conseguirmos que todas falem, mas ninguém quiser ler? Ou que as pessoas leiam e Lennox chame os advogados, ou coisa assim?

— Se ele envolver os advogados, vai estar praticamente admitindo a culpa. — O rosto dela empalidece, e Penny engole em seco. — Não seremos só eu e Julia. Se estivermos em grupo, não podem dizer que estamos *todas* mentindo.

Eu sei disso. Ela sabe disso. Mas não vai importar se as pessoas não quiserem escutar.

Eu agarro a parte interna da minha jaqueta. É tudo intenso demais. Forço meus olhos a se fecharem, respirando fundo. *Está tudo bem. Eu estou bem. Penny tem razão. Vai dar tudo certo.*

Estendo a mão para meu copo d'água, o esvaziando em um gole só.

— Ei — diz Penny, olhando de relance na direção da porta. — Eve chegou.

Viro a cabeça. Eve Cassidy é linda na vida real, ainda mais em contraste com o mural de aquarela. A maioria das pessoas famosas parece diferente na vida real, mas ela é exatamente como nos filmes. Seu cabelo é loiro, como a maioria das mulheres nos filmes de Lennox, e seus olhos são castanho-escuros. Há algo nela que chama a atenção, mesmo que não esteja falando.

Além disso, ela está aqui sozinha. Imaginei que alguém importante como Eve Cassidy traria um assessor de imprensa. A menos que esteja acontecendo alguma outra coisa.

— Que bom te ver — diz Penny, arrastando sua cadeira para permitir que Eve se aproxime. — Estou muito feliz por você ter vindo. Sei que foi tudo de última hora.

Lá fora, um flash lampeja, um paparazzo solitário tirando fotos. Outros clientes olham rápido a cada poucos segundos e sussurram entre si. Se Eve Cassidy parece não se importar, acho que nós também não deveríamos.

— Sem problemas — diz Eve. Ela se senta completamente ereta, as mãos cruzadas sobre a mesa entre nós. — Eu respeito o que está tentando fazer e adoraria conversar com vocês. Julia me contou sobre seu projeto em um *brunch* outro dia desses. Acho que estão fazendo um esforço muito corajoso.

Ela faz contato visual, passando de uma para a outra, conforme fala. Não consigo disfarçar quando os olhos dela pousam sobre os meus. É como se ela tivesse capturado todas nós. Talvez tenha sido assim que ela dominou a tela tantas vezes. Pego meu gravador de dentro da bolsa.

— Mas, infelizmente, não vou poder participar.

Eu congelo, meus olhos saltam para Penny. Ela ainda está segurando o garfo e pisca milhares de vezes por minuto.

— Ah. — Eu pigarreio. — Sei que deve ser realmente difícil. Mas, se isso faz com que se sinta melhor, você não estaria sozinha. Penny e eu a apoiaríamos o máximo possível, e Julia já deu seu depoimento...

— Mas eu não sou Julia. — Sua voz não é alta, mas é definitivamente firme. — Não posso fazer isso. Não posso falar sobre essas coisas e dividir detalhes com o mundo inteiro.

— Pode dizer que ele assediou você? — Penny pergunta, mais rápida do que pude ser. — Digo, você não precisa entrar em detalhes. O que é realmente importante é nós termos seu apoio.

O casal risadinha a algumas mesas de distância está em silêncio. Por um segundo, me pergunto se eles estão escutando. Teria sido melhor fazer isso em outro lugar?

— Vou apoiá-las dos bastidores — diz Eve. Ela dá um sorriso, mas não alcança seus olhos. — Mas, Penny, por mais que eu queira, realmente não posso. Só falar disso com Julia já me deixou destroçada. Já faz três anos e ainda não consigo lidar com isso.

Ela pigarreia. Meus olhos ardem. Eu não deveria ficar emocionada. Isso não aconteceu comigo. Aconteceu com outra pessoa, e não quero que o foco disso sejam os meus sentimentos. Penny estende a mão para tocar a dela. Eve a aperta.

— Estou muito feliz por vocês estarem fazendo isso. — Ela balança a cabeça, com os olhos apertados. — Desde que começaram a exibir os comerciais para aquele documentário, só piorou.

Meu Deus, o documentário. Quanto mais sei sobre esse cara, mais esse documentário me deixa de cabeça quente.

— Eu sei — diz Penny. — Não tenho assistido tevê. Os comerciais... são demais.

— Ele definitivamente sabe como fazer a curadoria de sua imagem — diz Eve. — Você tinha que ter visto meu contrato.

— Ah, meu Deus — diz Penny. — Eu... eu não acredito que tem tanta gente *ajudando* esse cara a encobrir tudo.

— Espera — digo. — O que havia no contrato?

— Um acordo de confidencialidade bem extremo — diz Eve. — Atores abrem mão do direito de mencionar qualquer coisa que aconteça no set durante a produção. Se comentarem, Lennox vai com certeza processá-los até o último centavo.

Na superfície, é só um diretor famoso querendo privacidade para gerenciar seus sets. Mas, sabendo o que eu sei, parece sinistro.

— Isso não deixa nenhum dos atores desconfiado? — pergunto.

— Talvez um pouco — diz Penny. — Mas é o Lennox. Todos querem trabalhar com ele. Ninguém vai deixar passar essa oportunidade por causa de confidencialidade.

— Mas... — Eu balanço a cabeça, afastando minha tigela. — Eles sabem? Sobre as alegações?

— Se não sabem antes de assinar, com certeza descobrem — diz Eve. — Pense só. Se você vê essa cláusula em seu contrato, vai querer fazer algumas perguntas. Mas não sei se é possível trabalhar com ele sem saber. É um dos maiores segredos abertos de Hollywood. Todos sabem disso.

Não faz sentido algum. Como tantas pessoas podem saber e ficar em silêncio? Não fazer nada? Como podem os atores ficarem sabendo disso e decidirem continuar trabalhando com ele? E a equipe técnica? Os figurinistas? O bufê? Existe alguma conspiração gigantesca? É difícil conceber quantas pessoas sabem e nunca tentaram impedir.

Será que o Marius sabe?

— Mas por que ninguém *disse* nada? — esbravejo. — É isso que... eu não entendo. Como podem simplesmente ficar olhando, de braços cruzados, enquanto essas coisas acontecem? Existem outros diretores. Que não fazem *essas* coisas. Não consigo... Não...

— A gente sabe — diz Penny. — Mas imagine o que estará enfrentando se você se manifestar. Tenho certeza de que as pessoas querem fazer algo, elas só estão assustadas.

Penny pousa a mão no meu joelho, mas isso não serve de nada para fazer com que eu me sinta melhor. O fato de que ela está tentando me confortar, considerando tudo que aconteceu com *ela*, só faz com que eu me sinta ainda mais inútil.

— É uma máquina horrorosa — diz Eve, seus olhos fitando os meus mais uma vez. — E tenho certeza de que vão encontrar resistência por enfrentá-la. Mas prometo que vou ajudá-las o máximo que puder. Só não posso falar sobre o que houve comigo. Não se quiser manter qualquer senso de identidade.

Ela sorri outra vez. Tenho vontade de chorar. Tenho vontade de matar alguém. Se uma mulher de uma das famílias mais poderosas de Hollywood não tem como confrontar esse cara, quem vai conseguir?

@JosieJornalista: queria muito estar na cama neste exato momento

CAPÍTULO 24

Hoje todo mundo do elenco deveria ir a um coquetel em um hotel chique, mas passei a tarde inteira pensando em modos de escapar disso. Poderia dizer que peguei uma gripe de repente. Ou que não quero estar perto de álcool porque sou menor de idade, mesmo que eu tenha certeza de que ninguém serviria nada assim para mim de qualquer forma. Ou poderia só me esconder no hotel e torcer para que Penny não note minha ausência. Porque ela seria a única que *iria* notar.

Penny, e talvez Marius.

Talvez não seja justo que eu o esteja evitando nesse momento, mas não estou com vontade de ser justa. Estou com raiva. Atores que trabalham com Lennox têm que assinar acordos de confidencialidade, mas tenho certeza de que as histórias estão circulando por aí. Têm que estar, se Penny e Julia conhecem outras mulheres que sofreram com Lennox. Marius deve ter ouvido falar de *alguma coisa*.

Quero saber por que Marius chegaria a até mesmo considerar trabalhar com Lennox quando há tantas histórias assim. Se recebesse um convite para fazer um de seus filmes — o que não aconteceria, mas enfim —, eu diria não. Mesmo que isso significasse não ficar famosa.

— Mas, na verdade, isso não é justo — diz Alice depois que eu explico tudo isso a ela. — Porque você *não é* uma atriz. Atuar não é seu grande rolê, mas é o dele. Você não se importa de verdade com isso.

— Me importo, sim!

— Quero dizer que não se importa como um ator de verdade se importaria — responde Alice.

Ela já está vestida, usando um vestido preto elegante e tão justo que é possível dizer que não está usando sutiã. É realmente difícil não ter inveja do corpo de Alice, às vezes. Ela tem curvas, mas nos lugares certos. Seus quadris, sua bunda e seus peitos têm a aparência que deveriam ter. Ou que nem os das meninas que aparecem na tevê e nas revistas, pelo menos.

Eu, por outro lado, estou semivestida, o que significa que estou sentada em minha cama, só de calcinha e sutiã. Minha barriga, meus peitos e minhas coxas são grandes demais para que eu algum dia me pareça com ela, a menos que cate o modelador na mala. Fico amuada.

— Talvez — digo. — Mas é como se, tipo… se uma revista gigante me desse a oportunidade de escrever uma capa sobre Ava DuVernay, ou coisa do tipo, mas eu descobrisse que o editor da revista fez coisas terríveis com mulheres, eu não seria capaz de dizer sim. Isso faria eu me sentir uma merda.

— Mas isso é hipotético — diz Alice, se inclinando na direção do espelho para colocar o brinco. — Você diz isso agora, mas provavelmente agiria de outra maneira caso fosse de fato confrontada com isso.

— Não acho que seja uma grande dificuldade se negar a trabalhar com gente ruim.

— Não é uma competição, Josie — Alice bufa. — Só estou dizendo que nem tudo é preto no branco.

Encaro a colcha da cama. Claro, nem tudo é preto no branco, mas há uma diferença entre trabalhar com alguém que possa ter feito algo ruim em um nível normal — tipo um comentário desagradável — e alguém que constantemente faz mal a outras pessoas. Porém, não consigo deixar de me perguntar se eu me sentiria de outra forma se estivesse na pele de Marius. Não sei. Ainda acho que escolheria não trabalhar com uma pessoa desse tipo. Ainda acho que posso ficar com raiva de Marius por causa disso.

Alice joga uma saia para mim, cobrindo minha cabeça. Eu resmungo.

— Anda logo — diz ela. — Eu disse a Savannah que chegaríamos cedo.

*

Todas as outras pessoas na festa parecem ter acabado de sair de uma passarela — vestidos em tons delicados de vermelho, preto e verde, elegantes saltos altos. Estou usando uma saia preta, porque Alice me obrigou, e uma blusa amarela. E é isso. Eu me destaco instantaneamente.

— Meu Deus, onde vocês estavam? — diz Savannah a Alice, aparecendo ao lado dela em um vestido vermelho que é uma graça. — Você disse que chegariam cedo.

Acho que estou olhando por tempo demais para as pernas dela. O difícil de se sentir atraída por garotas é que nunca sei direito se quero *ficar com* elas ou *ser como* elas.

— Josie demorou uma eternidade — diz Alice, e sinto o revirar de olhos em sua voz. — Deixa quieto. Pra que lado é o open bar?

— Na outra sala — diz Savannah, apontando para um salão parcamente iluminado. Aqui é tudo feito de pisos de madeira, luz baixa cálida e o gentil murmúrio de conversas educadas. — Está perdendo um debate acalorado sobre qual é o melhor filme do Cassavetes.

— Ah — digo. Isso eu posso fazer. — É óbvio que é *Uma mulher sob influência*.

— É isso que qualquer um pensaria! — diz Savannah, se virando para mim. — Mas aí um cara disse *Faces* e agora ninguém cala a boca.

— Certo — Alice olha de uma para a outra. — Esse é um baita papo de nerd. Savannah, vamos achar o bar que eu te conto do cara lindo que vi no High Line.

Savannah me dá um sorriso largo e eu sorrio de volta. Gosto de conversar sobre filmes e cinema com outras pessoas. Não sinto que sou a única pessoa que se importa com isso.

— Josie vem conosco? — ela pergunta, olhando para mim.

— Josie é menor de idade — Alice ressalta, solícita.

Savannah dá de ombros.

— Nós também.

— É, mas Josie tecnicamente está trabalhando — diz Alice, já caminhando na direção da outra sala. — E nós, não.

Eu queria ter uma resposta esperta preparada, mas não tenho. A verdade é que eu não quero ir para o bar. Eu nem queria estar aqui, ponto. Eu sorrio para Savannah enquanto ela segue Alice pelo corredor, tentando pensar em coisas que eu poderia incluir em minha matéria. É provável que em algum momento haja discursos dos quais eu possa tirar citações. Com certeza seria inteligente eu... me misturar? A única questão é que não sou boa em conversar sobre amenidades, ainda mais com desconhecidos.

Nas festas, geralmente sou a pessoa encostada na parede, observando todo o resto se divertir. E isso é basicamente culpa minha afinal, eu poderia ir atrás de minha irmã e de Savannah, se quisesse. Mas é mais fácil ficar aqui sozinha. Com isso eu sei lidar.

Reconheço apenas certas pessoas no salão — alguns diretores que moram em Nova York, da cena independente, um ator ou outro. É estranho ver celebridades na vida real. É como se não devessem existir fora de uma tela. Há uma mulher em particular que chama minha atenção. Não me é estranha. Então, ela vira a cabeça e eu a reconheço imediatamente. Parece perfeita: cabelos loiros lisos, olhos azuis, um sorriso de estrela do cinema. Tallulah Port.

Ela é uma das pessoas que Penny mencionou que iria procurar. Uma das pessoas que dizem ter sido vítimas de Roy. Eu a observo se deslocar pelo salão, uma taça de vinho na mão, parando para falar com as pessoas e distribuindo sorrisos.

Seria ridículo abordá-la? Umedeço os lábios. Não posso perguntar a ela sobre os rumores, não aqui, não na frente de todos. Mas talvez possa perguntar a ela sobre Penny. Seria horrível? Isso com certeza a colocaria na berlinda, mas de um modo gentil. Perguntar sobre Penny é apenas perguntar se ela conhece uma pessoa. Uma conversa normal sobre amenidades.

Meu Deus. Por que sou tão ruim nisso?

Fecho os olhos. Tudo bem se ela disser não. Ela provavelmente não vai ser desagradável. Provavelmente. E estou fazendo isso por um bom motivo. Respiro fundo e me forço a me afastar da parede.

Tallulah Port acabou de pescar um coquetel de camarão da bandeja de um garçom quando eu finalmente a alcanço, dando os maiores passos que posso dar. Ela sorri para mim do modo tênue e insípido que baristas fazem quando você está prestes a fazer um pedido.

— Hã — digo. — Oi.

Ela continua sorrindo.

— Oi.

Engulo em seco, mentalizando que as palavras saiam. Ela toma um gole de vinho e passa os olhos pelo salão.

— Meu nome é Josie — eu digo. — E, hã, sou amiga de Penny. Penny Livingstone?

Sua expressão esmoreceu por um segundo antes de Tallulah recuperar a compostura.

— Ah, Penny — diz. — Ela é um amor, não é?

— É — respondo. Não consigo discernir bem sua expressão.

— Eu estava só, hã, me perguntando se teve chance de falar com ela recentemente.

Estou suando. Por que estou suando? Aperto os braços contra as laterais do corpo para que ninguém veja as manchas que logo se formarão nas minhas axilas.

— Receio que não — diz Tallulah Port, erguendo sua taça de vinho. — Andei ocupada.

— Claro — digo. — Só queria...

— Sinto muito — interrompe ela, se desviando de mim. — Receio ter visto um amigo querido com quem eu estava querendo colocar o papo em dia.

— Ah. Mas...

— Muito prazer em conhecê-la — ela insiste, dando o mesmo sorriso de barista. E então vai embora.

Bom, não tinha como isso ter sido pior.

@JosieJornalista: odeio tudo

CAPÍTULO 25

Leva cerca de vinte e cinco minutos até Penny me encontrar, tempo no qual me entupi de folhados de espinafre e de camarão para suprimir a culpa.

— Não acredito que não procurou por mim! — diz Penny. Seu sorriso é tão largo que consigo sentir o cheiro do vinho em seu hálito. — Eu estava procurando por você! E o Marius também!

Tento não fazer careta ao som do nome dele. Talvez eu não devesse pegar tão pesado com Marius.

— Por que você parece tão triste? — pergunta Penny, cutucando meu cotovelo com o seu. — É uma festa. Era pra você estar se divertindo. Essa talvez seja a *única* vez em que vamos conseguir nos divertir nessa viagem toda.

— Sei lá — digo. — Tecnicamente, era para eu estar trabalhando.

Penny revira os olhos. Eu sorrio de leve.

— Tecnicamente, eu também estou trabalhando. Tá tudo bem fazer uma pausa. Você é tão séria o tempo todo. Deixa eu ir achar o Marius e talvez…

Eu agarro seu braço antes que ela possa sair. Ela franze o cenho.

— Talvez não — digo. — Você não... não fica meio bolada por ele estar fazendo esse filme com o Lennox? Não consigo parar de pensar nisso.

— Claro. — Ela se balança um pouco. — Claro que eu fico de saco cheio disso tudo. Mas eu... Ele não escuta. Não quer conversar sobre isso, nunca.

Eu olho de relance ao redor, baixando minha voz.

— Não quer conversar sobre o filme ou sobre as alegações?

— Ambos. — Penny abana a mão. — Tudo isso. Me dá vontade de gritar. Ele só diz que sabe se cuidar e que sabe o que está fazendo.

Penny vem tentando contar a ele sobre as acusações de assédio e ele simplesmente ignora? Engulo a frustração e decido mudar o assunto.

— Eu meio que tentei falar com Tallulah Port. Sobre... você sabe.

Os olhos de Penny se arregalam.

— Aqui?

— Eu não dei bandeira — resmungo. — Não sou tão idiota.

— Eu não contei sobre você — ela diz, baixando a voz. — É só que... Eu disse que ela não respondeu a nenhum dos meus e-mails. Além disso, ela nem te conhece.

— Eu sei — eu digo. — Eu só... Sei lá. Ela estava aqui e só imaginei que devia perguntar para não perder a oportunidade. Sabe?

— O que ela disse?

— Nada — digo. — Nada mesmo. Eu só perguntei se ela conhecia você, daí ela agiu meio estranho e então disse que precisava ir embora.

Penny aperta os lábios.

— Sei lá — repito outra vez. — Acho que podemos encontrar outras pessoas para entrevistar, certo?

Penny esfrega os olhos. De repente, ela não parece mais tão esfuziante.

— Espero que sim, ela diz. Tenho perguntado por aí desde Eve e parece que não tem mais ninguém que queira falar.

Meu estômago se retorce. Quero me deitar em posição fetal, assistir a *Real Housewives* e fingir que essa situação não é tão difícil assim. Mas não posso. Tenho que ser forte por Penny.

— Nós temos a Julia — ressalto. — E vamos arrumar outra pessoa. Talvez leve algum tempo, mas vamos conseguir.

Penny olha para mim, mas não diz nada.

— Venha — digo, tomando sua mão. — Vamos pegar uns folhados de espinafre.

Consigo fazer Penny se sentar comigo num canto e comer folhados de espinafre enquanto conversamos sobre nossos membros favoritos do One Direction (Harry é o meu, Zayn é o dela) e nossos filmes antigos favoritos do Disney Channel. No momento em que enfim avisto Marius, estamos profundamente imersas em nossas conversas sobre nossas primeiras paixonites por celebridades. Ele está do outro lado do salão, usando camisa e calça preta sociais, e está olhando direto para mim. Merda.

— Pois é, eu sei que Ryan Gosling é o maior clichê, mas não consegui evitar — Penny está dizendo. — Estava todo mundo falando sobre *Diário de uma paixão* e eu achei ele simplesmente tão...

A voz dela vai diminuindo quando Marius começa a andar em nossa direção, pedindo licença a um risonho grupo de aspirantes a estrelas em vestidos brilhosos e serpenteando por entre outras pessoas. Alguém o para, sorrindo, e Marius olha rapidamente para cá outra vez antes de começar uma conversa.

— Enfim, acho muito fofo ele ser um homem de família hoje em dia — continua Penny. — Porque eu nunca teria imaginado isso quando era pequena e...

— Ei — digo, me levantando. — Tenho que ir ao banheiro. Me dá só um segundo, tá?

— Ah, sim — ela diz, franzindo o cenho. — Claro.

Eu nem sei onde é o banheiro, mas corro para a outra sala antes que Marius tenha a chance de vir atrás de mim. O open bar é extremamente barulhento. As pessoas estão rindo e praticamente gritando no ouvido umas das outras. Eu avisto Savannah, Alice e algumas pessoas que devem ser estagiários, dançando no meio do salão. Dou as costas e sigo para outro corredor.

Aqui é bem mais silencioso e escuro. É quase fantasmagórico. Há várias portas, uma delas com o aviso "Apenas Funcionários" e uma outra que diz "Zeladoria". Eu enfim avisto o símbolo do banheiro e estou prestes a ir até lá quando sinto uma mão gentil no meu ombro. Dou um grito.

— Ai, meu Deus! — diz uma voz feminina atrás de mim.

Uma voz familiar. Eu me viro lentamente e vejo Tallulah Port. Ainda estou tremendo.

— Jesus Cristo — eu digo. — Você me assustou.

— Não foi minha intenção. Vi você entrando aqui e...

— Você me seguiu? — pergunto. Geralmente, era de se imaginar que seria o contrário. — Por quê?

A iluminação é tão fraca neste corredor que mal consigo discernir sua expressão, mas percebo que ela engole em seco.

— Se eu conversar com você — ela diz —, tem que ser em *off*. A conversa toda.

Eu pestanejo, provavelmente um milhão de vezes. Não estou com meu caderno. Não tenho uma caneta, nem uma lista de perguntas. Estou completamente despreparada. Engulo minha ansiedade mesmo assim.

— Hã — digo —, tudo bem. Pode ser. Posso gravá-la com meu telefone?

— Ainda não.

Minha mão congela sobre meu bolso.

— Você precisa saber o quanto isso é sério — diz, seus olhos perfurando os meus. — Penny escreveu sobre isso nos e-mails dela. Eu entendo por que ela sente que isso é importante, e quero ajudar.

— Certo...

— Mas não é brincadeira. — Sua voz não é dura, mas há certa firmeza nela. — Você precisa entender isso. E se publicar qualquer palavra minha, vou negar tudo e mandar meus advogados atrás de você. Entendido?

— Ah. — Engulo seco. — Hã, tá bem. É compreensível.

— Quero acreditar que você esteja tentando ajudar. — A exaustão em seu rosto é óbvia. — Só que chega um ponto em que só isso não basta.

— Claro. — Estou fazendo que sim com a cabeça como uma espécie de boneca quebrada. — Sei que deve ser difícil, não há como negar. Mas acho que é realmente importante a gente fazer algo para garantir que todas sejam ouvidas. Isso pode ajudar outras pessoas que passaram pela mesma coisa.

— São muitas, pelo que eu soube — ela cede. — Mas não importa, porque ninguém vai falar a respeito.

— Certo. Bom, fico feliz por você querer falar.

Ergo meu telefone, já com o aplicativo do gravador de voz aberto. Tallulah respira fundo e assente.

— Pode me contar como conheceu Roy Lennox?

Ela fica em silêncio por um longo instante. Quase quero segurar sua mão, mas não tenho certeza de como ela se sentiria.

— A questão é que — começa ela —, bem, eu só tenho um Oscar por causa do Roy.

— Certo. — Baixo os olhos para meu telefone, pronta para fazer uma busca no Google. — Foi em 2011, certo?

— *Calor incandescente* — diz, quase com um suspiro. — Foi meu terceiro filme, mas ele realmente me catapultou. Várias pessoas disseram que ele consolidou minha carreira. É isso que... isso que torna tudo... tão difícil.

Não consigo enxergar bem o suficiente para dizer se ela está chorando ou se estou apenas imaginando. Espero que não esteja. Se ela estiver chorando, *eu* vou começar a chorar. Gentilmente, ponho a mão em seu ombro.

— Precisa fazer uma pausa? — pergunto. — Podemos fazer quantos intervalos você precisar.

— Não — ela diz num estalo. — Não, eu estou bem.

— Certo — respondo. — Então, no set de *Calor incandescente*, como ele se comportava perto de você?

— Ele tentou me forçar a fazer um boquete nele — diz ela. Depois, se remexe e eu vejo as lágrimas no seu rosto. Merda. — Nunca durante as filmagens, sei que foi diferente com Penny, comigo foi durante a turnê de divulgação. Eu simplesmente não conseguia me livrar dele. Ele aparecia o tempo todo, em todos os lugares.

Eu não esperava que ela fosse dividir isso tão rápido. Repasso rapidamente minha lista de perguntas mentais para me atualizar.

— Havia mais alguém por perto? — pergunto. — Alguém que pudesse ter visto ou entreouvido?

— Não. — Queria poder dar um lenço a ela. — Eu estava bebendo na primeira vez em que aconteceu. Nunca mais fiz isso, porque imaginei que algo poderia acontecer. Não que isso melhorasse qualquer coisa. Ele dizia "Tally, qual o problema? Por que está tão nervosa? Relaxe." E eu não conseguia fazer nada, porque ele ficava tocando meu joelho por baixo da mesa nas coletivas de imprensa. Se eu surtava, ele simplesmente virava isso contra mim.

— Que canalha. — Isso escapa antes que eu possa impedir. — Me desculpe, só que não, porque ele é um merda do caralho. Não tenho nem palavras.

Sinto uma onda de calor pelo corpo inteiro, no peito, na testa, e quero simplesmente dar um soco na parede.

Alguém ri, alto, e Tallulah se sobressalta. Meu corpo se retesa. Acho que poderíamos correr para o banheiro, rápido, antes que alguém nos note...

O som desaparece quase tão rapidamente quanto surgiu. Ficamos em silêncio por mais alguns instantes. Tallulah começa a enxugar o rosto.

Tenho dificuldades para engolir. Quero chorar junto com ela. Quero contar o que aconteceu comigo, mas é diferente. O menino que me seguiu até o banheiro foi horrível e provavelmente ainda é, mas era um menino. Roy Lennox é um homem. E não *qualquer* homem, mas *o* homem. Ele estala os dedos e consegue milhões de dólares para um filme sem nem precisar dizer ao estúdio do que se trata. Ele constrói *e* destrói carreiras.

Quando Ryan King me seguiu até o banheiro, eu arranhei seus braços e seu rosto. Tentei mordê-lo. Esperneei e pinoteei como um animal selvagem, embora ainda estivesse no ensino fundamental e não soubesse o que era estupro, porque talvez algo dentro de mim soubesse. Ele não fez isso. Disse que faria, fez piada com isso, mas não usou essa palavra. Porém, encostou nos meus peitos por cima da camiseta e, quando tentei afastá-lo aos tapas, ele a rasgou. Depois disso, tudo foi demais. Mais tarde, fiquei constrangida, senti que tinha exagerado. Eu chorei, não conseguia parar de chorar, mas a diretoria fez aquilo tudo sumir, mesmo que todos achassem que eu era uma maluca que estava fazendo o maior estardalhaço por conta de uma brincadeira.

Denunciar Roy Lennox é como se tornar uma pária por vontade própria. Em uma indústria na qual é tão difícil alcançar o sucesso, se alguém tem a chance de trabalhar com ele, com o quanto teria que lidar? O quanto perderia se contasse?

Eu me forço a soltar o ar pelo nariz.

— Ele fez você assinar um acordo de confidencialidade?

Tallulah assente.

— Antes de começarmos a filmar. Eu me sinto meio culpada. Só porque, bem, eu queria poder simplesmente sair e dizer alguma coisa. A questão nem é ser processada. Julia começou a falar e veja só o que aconteceu com ela. Todos acham que ela é louca. E é ele quem está por trás disso.

— Eu sei. — Mordo o lábio. — Já conversei com ela sobre isso.

— E é... Eu sei que é horrível. Mas só pensava que poderia sorrir, aguentar e nunca mais ter que lidar com isso. Então li o e-mail de Penny e comecei a pensar nas outras histórias que ouvi... — Sua voz falha.

— Tipo, eu sei muito bem o que está dizendo — digo. — Mas não é culpa sua, Tallulah. Foi ele quem começou tudo isso.

— Verdade. — Ela pigarreia, embora suas palavras ainda estejam aquosas. — Eu sei. Só é... difícil de lembrar, às vezes.

— Eu sei. — Dou um aperto em seu ombro. — Mas nós vamos acabar com isso. Prometo.

Torço apenas para poder cumprir minha promessa.

@JosieJornalista: que raiva do caralho

CAPÍTULO 26

Quando volto para o hotel, Alice está de risinhos na cama com as estagiárias. Elas param de rir assim que me veem. Savannah acena. Retribuo com um leve sorriso.

— Vou trabalhar — digo, agarrando meu notebook e me espalhando em minha cama.

Alice não diz nada. Uma das garotas, de pele marrom e longos cabelos castanhos, sussurra algo para ela. Alice assente e liga a tevê.

O relógio marca 18h. perfeito. Ainda estou cheia de todos os petiscos no coquetel, então posso ficar sem jantar e trabalhar. A turnê acaba na segunda, o mesmo dia do prazo do perfil, mas também preciso ver o que posso fazer quanto ao meu projeto com Penny. Preciso fazer *alguma coisa*.

É difícil não pensar em pensar em Tallulah. Parece que passamos uma eternidade conversando. Ela é bem mais velha do que eu, mas, ao mesmo tempo, senti uma identificação. Ela me contou sobre seu vício em balinhas Skittles e sobre assistir a episódios de *Avatar: O Último Mestre do Ar* em seu tempo livre. Deveria ser reconfortante saber que somos tão parecidas, mas não é. É assustador. Mesmo assim, volto ao meu projeto sobre Marius.

Meu documento de texto no Google intitulado "perfil" ainda não é exatamente uma primeira versão. É mais um amontoado de citações jogadas e organizadas por tópicos: produção do filme, infância, atuação, e por aí vai. Até agora, só escutei às gravações de minha conversa com Penny e as primeiras poucas conversas com Marius. A gravação de quando conheci seus pais pareceu muito íntima. Vou conferi-la depois.

Mal comecei a organizar minha primeira versão quando sinto a ânsia de trocar outra vez de projeto. Marius é ótimo, e tudo o mais, mas eu só... A história sobre as sobreviventes me parece mais urgente. Todos vão saber o quanto Marius é talentoso quando virem o filme. Ninguém falou sobre o que essas mulheres passaram. Mas o perfil é a matéria pela qual estou de fato sendo paga. Contenho um resmungo e passo para o documento de Word com a história de Lennox.

Talvez eu esteja sendo dramática, mas o Google Drive parece aberto demais para uma história como essa. A sensação é de que qualquer um pode invadir minha conta e roubar as palavras de Julia e de Penny. Pelo menos no Word suas histórias estão em meu HD e não em uma nuvem.

As histórias de Penny e de Julia já estão digitadas. Em vez de escrever blocos de perguntas, como fiz com Marius, redigi suas memórias exatamente como elas as compartilharam, em ordem sequencial. Não quero ter que mudar nada que não seja necessário. Já tenho dez páginas em espaçamento simples, mas sei, lá no fundo, que não será o suficiente para algumas pessoas. Vão dizer que, com duas mulheres, foi o acaso, ou um mal-entendido, ou uma mentira. Não valeria a pena levá-las a sério. Mesmo que eu encontre cem mulheres com quem conversar, algumas pessoas ainda vão desconsiderar suas palavras. Eu quero dar às histórias delas a melhor chance possível de serem ouvidas, e isso significa que preciso de mais. Só não sei onde ou como encontrar.

Os amigos de Alice se levantam e começam a se amontoar na porta. Alguém acena, mas estou focada demais no trabalho para prestar atenção. Alice se demora junto à porta depois que ela se fecha. Eu digito por mais um minuto antes de me dar conta de que ela está me encarando.

— Que foi? — pergunto, sem desviar o olhar. — Eu não fui desagradável. Só disse que ia trabalhar, o que é verdade.

— Posso te ajudar com as transcrições.

Ergo os olhos. Alice está segurando o telefone em uma das mãos. A tevê passa um *reality show*. Agora que seus amigos foram embora, ela deve estar entediada.

— Eu uso o meu computador — prossegue ela —, e você pode continuar trabalhando em sei lá o quê nesse meio-tempo.

— Como é que você vai escutar?

Ela tira um fone de ouvido sem fio do bolso.

Eu me detenho, os dedos pairando sobre as teclas de meu notebook.

Por um lado, vai ser humilhante se ela escutar tudo que se passou no apartamento de Marius, ainda mais com ela tendo me dado um sermão sobre profissionalismo há alguns dias. Mas, por outro lado, eu *odeio* transcrever entrevistas. Os silêncios constrangedores, querer passar adiante, mas ter que escutar a gravação inteira, até mesmo escutar o som da minha própria voz... Quero aceitar a oferta de Alice, mas algo me deixa ansiosa. Quando ela está comigo, sinto que estou sempre esperando pelo pior.

— Me desculpe — ela diz. — Savannah, Ashley e Jessica não tiveram a intenção de ser esquisitas quando você entrou. Elas acharam que você podia estar com raiva delas. Você parecia meio irritada quando chegou.

— Bom, não estou — digo. — Só é estranho você estar andando com elas.

— Tipo — continua Alice —, eu me sinto sozinha quando fico por minha conta.

Ergo os olhos. Ela não está fazendo cara feia nem rindo de mim. Está falando sério.

Não é como se ainda estivesse indo comigo aos eventos e às entrevistas. Imaginei que minha irmã fosse sair para explorar as cidades por conta própria, mas talvez não curta fazer isso. Talvez precise estar cercada por outras pessoas. Sei lá. Esta é a primeira vez em que ela se desculpa comigo em algum tempo. Eu nem estou com raiva, então é ainda mais surpreendente.

Mando o arquivo de áudio para ela por e-mail.

Nunca tive ninguém me ajudando com o trabalho. Alice coloca seus fones e eu volto a organizar as citações de Marius. O quarto de hotel está em silêncio, exceto pelo som de digitação e uma ou outra pergunta de Alice. Mas é um silêncio bom.

— Ei — chama Alice depois de um tempo.

Não tiro os olhos do computador. Estou no meio de um ensaio teórico sobre o cinema francês, que não tem exatamente a ver com Marius, mas pode dar em um belo parágrafo de abertura.

— Ei — ela repete. — Josie. Você escutou alguma parte disso?

— Não. Esse era o objetivo de você digitar tudo.

— Tá, tanto faz. — Ela me olha de lado. — Enfim, estavam falando de você.

— Quem?

— Marius e... acho que é a mãe dele?

Eu fico tensa.

— Imaginei — digo, tentando manter os olhos no computador. Ela compartilha comigo duas páginas inteiras digitadas no Google Docs. — Disseram alguma coisa horrível?

— Você não sabe?

— Eu faço espanhol na escola, não francês.

— Maggie fez francês.

— E você fez porque ela fez. Eu resolvi diversificar.

— Tanto faz. — Ela revira os olhos. — A mãe dele disse que você era linda. Pareceu que ela estava meio que caçoando dele, mas não disse nada de desagradável.

Eu me detenho. Ela provavelmente consegue ver a vergonha na minha cara. Que raiva. Se ela estiver me zoando, eu posso acabar chorando de verdade.

— Mas não é como se você fosse fluente em francês.

— Josie. — Ela estala a língua. — Eu faço francês desde o segundo ano do ensino médio. E minha área de estudo complementar na Spelman *é francês*. Você não me ouviu falando sobre isso no Dia de Ação de Graças?

Ah. Eu devo ter me desligado quando ela falou. Agora me sinto uma péssima irmã.

— Bom — digo depois de um segundo —, o que ela falou, exatamente?

— Já falei — responde Alice, voltando a olhar para seu próprio computador. — Ela comentou que você era linda. Mas disse para ele tomar cuidado. Então talvez seja porque você obviamente não é francesa, ou porque parece ter treze anos. Não tenho certeza.

Eu atiro um travesseiro nela, esperando que isso desvie a atenção de minha expressão de embaraço; quero sorrir, mas meus lábios não têm certeza de para qual direção se mover. Não estou exatamente *surpresa*. Essa é uma coisa bem *mãe* de se dizer.

— Ah, meu Deus — diz Alice, jogando a cabeça para trás, dramática. — Que nojo. Você devia ver a cara que está fazendo. Vou ter que contar isso pra Maggie.

— Nem pensar — eu digo. — Você não ouse.

— Vou mandar pra ela pelo Snap. — Alice ergue o telefone.

— Diga xiiis!

Mostro a ela o dedo do meio. Ela tira a foto mesmo assim, rindo enquanto digita.

— Cruzes — digo, o riso em minha voz. — Fique de boca fechada uma vez na vida.

— Sou moralmente obrigada a compartilhar. Privilégio de irmã mais velha.

Atiro meu outro travesseiro em seu rosto, e ela cai da cama, rindo.

> **@JosieJornalista:** sinto que há uma diferença entre queridinhos problemáticos e queridinhos que acabam com a vida de outras pessoas, mas sei lá

CAPÍTULO 27

Na quinta, eu deveria encontrar Marius em um cinema antigo, mas só consigo pensar na outra história em que estou trabalhando. Nas entrevistas que revisei noite passada.

Não somos parecidas, na superfície; essas mulheres são atrizes ricas e brancas que moram na Califórnia. Julia tem mais que o dobro da minha idade. Penny teve uma infância completamente diferente da minha. Tallulah parece ter sido criada em laboratório, uma estrela do cinema linda e perfeita.

Mas todas nós *queremos* algo.

Penny quer continuar sua carreira, ser uma atriz *de verdade* que ganha prêmios e faz papéis principais. Tallulah queria um Oscar. Julia queria sua carreira de volta. Eu sei como é ser uma garota que *quer*. Eu quero *tanto* que às vezes isso me dilacera. Quero ser escritora e quero ter sucesso, me sentir *realizada*. Quero fazer coisas, ser vista e compreendida, pelo menos por algumas pessoas. Que garota não quer isso? Que *pessoa* não quer isso?

Boto a música seguinte em meu telefone para tocar. Marius ainda não chegou. Está frio, mas prefiro esperar do lado de fora do cinema.

Tenho tentado escutar músicas felizes para me acalmar, mas isso faz com que eu me sinta culpada. Será que eu deveria me sentir calma quando essas mulheres estão tendo que lidar com isso todos os dias? Eu costumava contar a Maggie o quanto me sentia ansiosa com coisas como brutalidade policial e racismo institucional. Ela dizia que eu não poderia fazer nada se não cuidasse da minha própria saúde mental.

Ela tem razão. Mas ainda me sinto mal por poder me sentar aqui, neste banco, escutando Outkast enquanto Tallulah está guardando esse segredo gigante para si mesma. Eu me forço a respirar fundo. Está tocando "Ms. Jackson". Volto a música para o começo, fechando os olhos enquanto começo a cantar.

— *I'm sorry, Ms. Jackson, I am for reallll...*

Meus olhos se abrem enquanto pouso as mãos em meu peito, dançando e fazendo passos de *popping* e *locking*. Ele está aqui. Na minha frente. Tentando não rir. Quase caio da cadeira.

— Ei, ei — diz Marius, a voz risonha. — Me desculpe! Eu também gosto de "Ms. Jackson". Só não quis incomodar porque parecia que você estava se divertindo.

— Pois é. — Arranco os fones e enfio no bolso. — Mas pode dizer alguma coisa na próxima vez.

— Certo. — Ele aperta os lábios, mas ainda está sorrindo. — Na próxima vez.

— Não tem graça.

— Eu não estou rindo! — Ele franze o cenho, dramático demais para ser real. — Me desculpe, me desculpe. Não estou tentando fazer com que se sinta mal nem nada. Ei, você já viu como eu danço mal, então estamos quites!

Não consigo evitar um sorriso. Afinal, eu ainda estou meio que aborrecida com ele. Tiro meu gravador do bolso, o balançando enquanto o ligo, porém Marius mal repara nele.

— Então. — Eu pigarreio. — Seus pais são bacanas.

Ele resmunga, jogando a cabeça para trás. É tão teatral que eu rio, mesmo contra minha vontade.

— Me desculpe por eles — ele diz, passando a mão pelo cabelo. — Minha mãe... é muito protetora, só isso. E ela sabe que você é jornalista, então não quer que você se aproveite de mim.

— Uau. — Eu mordo o lábio. — Ela não é fã de jornalistas?

— Acho que é porque sou novo. — Ele dá de ombros, olhando para baixo. — Ela já viu o que pode acontecer. Mas isso não significa que tinha o direito de ser babaca com você. Me desculpe por isso.

— Não se preocupe — digo, e é minha vez de dar de ombros. — Minha mãe também é bem protetora às vezes, foi por isso ela fez minha irmã vir comigo. Mas seu pai é um doce. Gostei do sotaque dele.

— Pois é. — Ele sorri como quem tem um segredo. — Eu gosto do seu.

— O quê? Eu tenho sotaque?

— Tem. — A voz dele é suave. — Um pouquinho.

Não sei o que dizer. Nunca escutei meu próprio sotaque, mas acho que não teria como, já que nunca morei em nenhum outro lugar além da Georgia. Sinto meu peito e meu rosto se aquecerem.

Pigarreio, limpando a garganta. Agora não é hora de me embananar toda por causa de uma paixonite. Especialmente porque só tenho quatro dias até voltar para casa. Preciso escrever um perfil para a minha revista favorita, mas também preciso conseguir respostas.

— Escute — eu começo, respirando fundo. — Isso é... Bom, vai soar muito aleatório, mas você já ouviu alguma coisa de ruim sobre Roy Lennox? Tipo, há algumas alegações de que ele...

— Não.

Ergo o olhar. Os olhos dele estão arregalados, os lábios apertados em uma linha fina, os dentes trincados. Parece até que ele viu um fantasma. Penny definitivamente não estava mentindo.

Algo na velocidade de sua resposta me irrita. Tenho uma sensação horrível, agourenta, de que Marius sabe o que Lennox fez e quer ignorar para poder trabalhar com um grande diretor. Também era o que Tallulah queria, mas ela teve que lidar com semanas de assédio sexual.

— Não o quê? — pergunto. O tom duro faz as sobrancelhas dele se erguerem. — "Não" no sentido de que você nunca ouviu falar sobre isso?

— "Não" no sentido de que não quero falar sobre o assunto. — Ele engole seco. Não é mais encantador. — Nós deveríamos falar sobre o filme.

Mal consigo conter minha raiva.

— Sério? — vocifero. — É isso que nós temos feito? Só conversado sobre o filme?

— Eu só... — Ele morde o lábio, os olhos saltando para o gravador em minha mão. — Nós ainda nem começamos a filmar o projeto novo e não quero dizer algo errado. Não vale a pena aborrecer todo mundo por causa de um rumor.

Eu o encaro. Estou irritada e decepcionada, mas o que eu esperava? Que ele fosse denunciar Roy Lennox e sair do filme? A internet mal tem qualquer menção das alegações. As histórias de Tallulah e de Penny são contadas apenas aos sussurros. Talvez não seja justo esperar tanto dele. Mas, na minha cabeça, não tenho dúvidas de que ele sabe mais do que transparece. De outro modo, por que ficaria tão agitado?

Estou com raiva de Marius por ser capaz de ser tão apático quanto a isso quando Penny nunca teve essa escolha. Estou com raiva por apenas estarmos ali, diante de uma sala de cinema, enquanto Tallulah estava chorando ontem. Estou com raiva de tudo, e contê-la é difícil demais.

— Acho que é melhor a gente entrar — ele murmura, enfiando as mãos nos bolsos.

Eu o sigo em silêncio. Não tenho vontade alguma de me esforçar para preenchê-lo. Afinal de contas, eu não preciso *gostar* dele. Só preciso escrever seu perfil. A única razão para eu estar aqui é conseguir mais detalhes para encher linguiça na matéria, mas não tenho ideia de como fazer isso enquanto estamos assistindo a um filme. Ir embora me passa pela cabeça.

Na bilheteria, pago pelo meu ingresso. Ele não me impede. O corredor levando à nossa sala está cheio de pôsteres antigos. Eu paro para olhar. Há um de *Intriga internacional*, a icônica cena em que Cary Grant está correndo de um avião. Quando eu disse à minha professora de inglês o quanto gostava dos filmes de Hitchcock, como *Psicose* e *Janela indiscreta*, ela me contou sobre como ele era babaca com as mulheres com quem trabalhava, controlando o que elas vestiam e como elas agiam fora de cena. Não assisti nenhum deles desde então.

Nunca sei como separar as merdas que uma pessoa faz de seu trabalho. Queria que pudéssemos ter heróis de verdade, pessoas perfeitas que nunca fazem mal às outras. Einstein era um babaca com a esposa. Charles Dickens traía a dele. Martin Luther King Jr. traía Coretta quando estava na estrada, e Frederick Douglass deixou a esposa por uma mulher branca mais jovem. Talvez eu considere tudo tão decepcionante porque coloco fé demais em pessoas que não conheço.

Consigo aceitar seja lá o que tenha rolado com Martin Luther King e Frederick Douglass porque lutavam pela liberdade. Eles fizeram tantas coisas boas que eu consigo lidar com o mal. Mas não sei se consigo fazer o mesmo por uma pessoa como Woody Allen. E por que eu deveria? Martin Luther King era *Martin Luther King*. Tudo que Woody Allen faz são filmes sobre um monte de gente branca.

Não parece certo apoiar a obra de pessoas que machucaram outras. Não quero assistir aos filmes de Lennox após saber como ele tratou tantas mulheres. Mas quase todo mundo já fez algo horrível. Então, o que sobra? Alice costumava me aporrinhar por meus ídolos serem problemáticos, e é verdade. Kylo Ren podia muito bem ser a caracterização da fragilidade masculina branca, e muitas das músicas no rap ou não mencionam mulheres, ou as tratam como objetos.

Mas pessoas como Lennox, Woody Allen e Roman Polanski, e as coisas que eles fizeram são mais do que apenas problemáticas. Abusar sexualmente de alguém é diferente de trair sua esposa ou fazer um rap com letras sexistas. A agressão sexual é uma gigantesca demonstração de poder. É um modo de dizer: *Estou fazendo isso com você porque nós dois sabemos que você não pode fazer nada para impedir.*

Como eu enfrento isso? Não sei se consigo. As sobreviventes estão por toda parte, e a dor delas é real, tão vívida que não posso fingir que não está lá.

— A sala — diz Marius, me arrancando de meus pensamentos num sobressalto. — É esta aqui.

Baixo os olhos para meu ingresso. *A felicidade não se compra.* Perfeito para a época de Natal, imagino, mas não saberia dizer.

— Uau — eu murmuro. — Nunca vi esse antes.

Eu realmente gosto de Jimmy Stewart. Me pergunto se ele era só um problemático *comum*, como uma pessoa normal, ou se assediou ou abusou de alguém enquanto ainda estava vivo. Espero de verdade que não. Espero que existam pessoas que fizeram arte de qualidade e deram seu melhor para serem boas. É cada vez mais difícil acreditar.

— Nunca? — Ele pisca. — Tudo mundo já viu *A felicidade não se compra.*

— Acho que comecei a ver, uma vez, mas peguei no sono antes de acabar.

— Bom... — A voz de Marius é suave. — É incrível.

Após alguns minutos, o filme começa. É em preto e branco. O personagem de Jimmy fala com um sotaque de antigamente que considero encantador. Com trinta minutos de filme, as coisas começam a dar errado para ele. Dou um piparote no ombro de Marius.

— Eu te odeio — sibilo. — Esse era para ser um filme *feliz*.

— *Vai* ser.

E, no final, é. Tanto que é quase sufocante. O personagem de Jimmy tem a esposa, a família e toda a sua comunidade ao redor, lhe dando amor. Ele queria morrer e agora tudo está melhor do que ele algum dia pensou.

Não acredito que estou chorando. Mas entendo. Eu entendo estar completamente sobrecarregada pela vida e por todos os seus problemas. Estar em Nova York no fim do ano deveria ser feliz, mas não é. Este mundo parece grande demais para eu dar conta sozinha. Acho que tenho minha família, mas não sei se eles podem lidar com algo tão pesado quanto isso.

Eu queria que todos em Hollywood pudessem aparecer, como no final de *A felicidade não se compra*, e imaginar um modo de garantir que ninguém visse Lennox nunca mais. Mas os desejos nem sempre se tornam realidade.

Marius não diz nada quando saímos da sala, embora eu tenha certeza de que ele me viu piscando para conter as lágrimas. Me dou conta de que não sei se ele geralmente é falante ou se só esteve sendo falante porque eu deveria escrever sobre ele.

Paro diante de um pôster de *A princesa prometida*. Ele parece diretamente saído dos anos 1980, com as cores desbotadas e as bordas enrugadas visíveis atrás da moldura.

— Acha que eles têm isso desde que o filme foi lançado?

— Talvez. Esse lugar existe há séculos. — Marius ergue o olhar. — É um ótimo filme.

— Meus pais amam — digo. — Nem sei quantas vezes já vi.

Quero estender a mão para tocá-lo, só para me lembrar de que ele é real. *A princesa prometida* é um dos primeiros filmes que realmente achei divertido.

— Eu amo finais felizes — digo. Não sei se estou falando com ele ou comigo mesma.

— Minha mãe, não. — Marius deixa escapar um suspiro suave. — Ela diz que são idealizados e utópicos. Acho que ela gosta de histórias que são mais reais que qualquer outra coisa.

— Eu quero acreditar que os finais felizes podem acontecer na vida real — digo. — Sei lá. A vida já é uma bagunça tão grande. Mas acho que consigo lidar com toda a tortura e tristeza, contanto que tudo dê certo no final.

Eu olho para ele. Não sorrio, exatamente, mas minha boca se suaviza. Ele não parece um adulto que tem a vida toda resolvida. Sei que eu não sou.

— Eu entendo. — Sua voz é baixa. — Mas, mesmo que não haja um final feliz, as coisas melhoram depois que o filme acaba. A gente só não vê. É o que eu penso, de todo modo.

— Sim, mas eu preciso *saber*. Não posso só presumir.

— Pois é. — Ele assente com a cabeça uma vez. — Entendo. Às vezes, as coisas não melhoram.

— Eu sei — digo. — Só não gosto de ser lembrada disso. A vida já é cheia de tantos aspectos negativos.

— Mas é isso que torna as experiências reais — ele argumenta, enfiando as mãos nos bolsos. — Meio que é o que torna a vida real. De outra forma, você estaria apenas sonhando o tempo inteiro.

— Bom. — Faço uma pausa. — Talvez eu quisesse poder sonhar o tempo todo.

— É. — Ele morde o lábio. — Eu também.

> **@JosieJornalista:** ninguém dá ouvidos às mulheres exceto outras mulheres e é por isso que temos que cuidar de todas, não só das que são parecidas com vc, obrigada por vir ao meu TED Talk

CAPÍTULO 28

— Ligaram da recepção.

Levanto os olhos, fechando a porta do quarto de hotel atrás de mim. O que foi, agora?

—Tem uma pessoa querendo falar com você — continua Alice, mal tirando os olhos de seu notebook. — Mas, aparentemente, não é uma pessoa *qualquer*. Charlotte Hart reservou uma sala particular pra você no restaurante de algum hotel chique no fim da rua.

Meus olhos se arregalam. Charlotte Hart não ganhou nenhum Oscar, mas mesmo assim é importante, gerenciando uma marca de estilo de vida desde que teve filhos. Seus únicos bons papéis foram nos anos 1990, mas ela ainda é *Charlotte Hart*. Seu nome vale ouro. Nunca imaginei que alguém *tão* grande falaria comigo. Sempre que ouço alguma história sobre ela nos noticiários, é com algum repórter famoso.

— Eu pensei — diz Alice, muito lentamente — que você ia entrevistar o menino, Marius?

— Hã. — Eu respiro fundo. — Ainda vou entrevistar.

— Nã-ã. — Ela fecha o notebook. — Fala. Agora.

Então eu me sento na cama e conto tudo o que aconteceu desde Atlanta, deixando os nomes de fora. Quando termino,

Alice pisca rapidamente, como se seu cérebro não conseguisse processar as informações.

— Uau. — Ela balança a cabeça. — Josie, eu...

— Você não pode contar pra mamãe — digo. — Ela ia me fazer voltar pra casa.

— Quer dizer... — Ela morde o lábio. — Você acha que isso vai dar em alguma coisa?

— Não sei — digo, o que é verdade. — Eu espero muito, muito que sim.

— Eu... — Ela assente, lentamente. — Eu não sei mesmo o que dizer.

Quando as pessoas dizem isso, geralmente algo está passando por suas cabeças. Alice apenas fica ali sentada, em silêncio. Isso me deixa inquieta. Não sei dizer se ela está perturbada, preocupada ou desconfortável. Talvez as três coisas ao mesmo tempo.

— É melhor você ir até lá — diz Alice, apontando para o relógio. — Ela ligou já faz, tipo, uns trinta minutos, e eu ouvi dizer que ela não gosta que plebeias como nós a façam esperar.

Sua piada não me faz rir. Se muito, faz com que os nós em meu estômago se apertem ainda mais.

— Peraí — eu digo. — Não posso ir sozinha. Eu nem conheço o lugar. Quer vir comigo?

— Eu? — Alice pisca como se estivesse chocada. — Vocês não vão, tipo, conversar sobre umas paradas pessoais pra caralho?

Com certeza, mas eu me sentiria mais confiante com minha irmã mais velha ao meu lado.

— Verdade — digo cuidadosamente. — Mas acho que não vai ter problema. E você vai poder conhecer uma pessoa famosa. Por favor?

— Como se alguém fosse querer conhecer *ela* — Alice desdenha, mas, felizmente, se ergue da cama. — É capaz de nos expulsar quando dissermos que não podemos pagar trezentos dólares por uma refeição. Se prepare.

*

Charlote Hart não nos repreende por pedirmos os pratos mais baratos do cardápio. Acho que ela nem nota. Uma advogada está sentada à sua esquerda e uma assessora de imprensa, à direita. Ambas usam ternos cinza e ambas são brancas.

Sinceramente, nem tenho certeza de por que ela me ligou. Não sei o que elas poderiam me deixar publicar.

— Posso gravar nossa conversa? — pergunto. Minha mão treme. — Só pela exatidão.

— Não — diz a assessora.

— Bom — diz a advogada, inclinando a cabeça para o lado. — Poderia ser útil.

— Para quem, Jane? — pergunta a assessora. — Com certeza, não para mim.

— Parem — diz Charlotte Hart, jogando os longos cabelos pretos por sobre os ombros. Ela nem mesmo ergueu a voz e as duas param imediatamente. — Tenho que estar em casa quando as crianças chegarem. Elas nunca ficam sozinhas com a babá por muito tempo.

Ela se vira para mim. Engulo a saliva, mas minha garganta ainda está seca. Alice agarra meu pulso. Eu me sacudo para ela largar.

— Espero que entendam — ela diz. — Tallulah me garantiu que isto não tomaria muito tempo.

Eu pestanejo, surpresa. Não esperava que Tallulah fosse mencionar isso a alguém como Charlotte Hart. Foi muito corajoso da parte dela.

— Com certeza não vai — digo, erguendo o gravador. — Então... você se importa?

— É claro que não. — Ela balança a mão. — O que deseja saber?

Os cotovelos dela estão sobre a mesa. Eu... eu imaginei que ela estaria mais pilhada ao se preparar para falar sobre algo como isso. Talvez não seja da mesma forma para todo mundo. Ou talvez ela apenas seja uma boa atriz.

— O que aconteceu na primeira vez em que você trabalhou com ele? — pergunto, abrindo meu caderno. — Em *Força de uma nação*?

Faço a escolha calculada de não dizer o nome dele, mas, pelo modo como seu rosto se contrai, posso dizer que ela sabe de quem estou falando. Charlotte Hart tamborila na mesa com suas unhas bem-feitas, em rosa-claro, apertando os lábios. Ela não parece ser de verdade.

— As coisas eram normais, no começo. Ele era amigo do meu pai, então eu o conhecia de jantares e eventos da família — ela diz, inclinando a cabeça para o lado. — Eu disse a ele o quanto estava nervosa por estar em seu set, então ele me levou para jantar. Foi quando se ofereceu para ser pai dos meus filhos.

Ela faz uma pausa e toma um gole d'água.

— Creio que ele imaginou que ia parecer romântico. Primeiro, pensei que era uma piada e deixei para lá. O foco era aprimorar meu ofício.

Alice suspira, e dou um pisão em seu pé. Minha irmã pode considerar Charlotte irritante, mas há algo de gracioso no modo como ela fala e se move, até mesmo no modo como ela ergue o copo.

— Mas havia olhares, eu notei — continua Charlotte. — Coisas que tentei ignorar. Perto do fim das filmagens, ele disse que eu teria que dormir com ele para receber meu pagamento.

Meus olhos se arregalam. Quero dizer alguma coisa, mas chamá-lo de cuzão do caralho não parece uma atitude apropriada perto da assessora de imprensa e da advogada dela. Na época em que Charlotte fez *Toque do coração*, ela já era um nome de peso. Ele assediou Julia *e* Charlotte na porra do mesmo set. Roy Lennox assediava todo tipo de mulheres, independentemente de já serem famosas ou não.

— É basicamente isso. — Ela estende a mão para a água e está tremendo. — Passei bastante tempo tentando garantir que outras garotas não trabalhassem com ele.

— Você assinou um acordo de confidencialidade?

— Não responda isso — diz a advogada.

— Certo — digo. — Você contou a alguém? Aos seus amigos ou à sua família?

— Charlotte. — Sua assessora se inclina para a frente. — Não precisa responder isso se não quiser.

Olho de relance para Alice, que está apertando os lábios. Isso parece um interrogatório policial em que *eu* sou a policial de quem Charlotte precisa ser protegida.

— Tudo bem — diz Charlotte. — Eu contei ao meu irmão. Ele foi o único.

Eu assinto, rascunhando em meu caderno.

— E...

— Receio que esse seja todo o tempo de que Charlotte dispõe hoje — diz a advogada, já se pondo de pé. — Ela é uma mulher muito ocupada.

— Hã... tudo bem. — Eu pestanejo. — E você está confortável com a publicação de seu nome?

— Bom, sim. — Charlotte me olha no fundo dos olhos. — Se isso vai ajudar outras mulheres, não me importo de correr o risco.

É um risco muito menor para alguém como Charlotte Hart do que para alguém como Penny, que ainda está tentando ser levada a sério, mas isso não é culpa dela. Não é culpa dela, nem de Tallulah, de Julia ou de Penny. Nem é culpa apenas de Lennox. Há pessoas que sabem o que ele fez, pessoas que escolhem ficar de boca fechada. Pessoas que permitem que ele continue.

— Obrigada. — Minha voz falha, então pigarreio. — Muito obrigada mesmo.

@JosieJornalista: já volto morri

CAPÍTULO 29

— O que você pensa sobre trabalhar com pessoas problemáticas?

É sexta-feira e estamos sentados nos fundos do café favorito de Marius. Espero não soar tão confrontadora como em nosso último encontro. Com tempo para pensar a respeito, me dei conta de que estou apresentando uma versão imprecisa de Marius em meu perfil. Minha matéria faz ele parecer um jovem ator talentoso que deu sorte.

Está apenas em um nível superficial. Não é real. Talvez falar sobre isso de novo, abordando de um ângulo diferente, me ajude a avançar com a matéria.

— Problemáticas? — A luz tênue de nada adianta para esconder os ombros tensos de Marius. — O que quer dizer com isso?

— Não sei — respondo. — Tipo, se você sabe que o diretor de um filme fez algo horrível, você ainda vai assisti-lo, amá-lo e dizer que é um dos seus favoritos?

— Uau — fala ele, soltando o ar. — Essa é uma grande pergunta.

— Eu sei — digo. — É algo em que estive pensando. Tipo, eu amava Tina Fey antes de me dar conta de que ela faz piadas racistas estranhas em quase todos os seus trabalhos. É difícil, porque tenho certeza de que poderia achar algo ruim em qualquer pessoa.

— Pois é, é *aí* que a coisa fica difícil. — Ele passa a mão pelo cabelo, olhando para o gravador entre nós. — Como Hitchcock, que fez um monte de merdas...

— Né.

— E, sei lá. — Ele suspira forte. — Vou parecer um babaca, mas não paro de ver filmes ou séries só porque algum produtor ou algum ator fez besteira.

Eu fecho os olhos. Me forço a contar até dez.

— Certo — digo. — Qual é a sua definição de *besteira*?

— Essa é a questão — responde. — Não sei mais. Eu costumava pensar que, tipo, se alguém se embebedava e dizia algo idiota, eu não recriminaria essa pessoa por conta disso. Ou, tipo, se alguém disse que algo era *coisa de viado* em 2003, eu não boicotaria seu trabalho.

— Mas nem tudo é assim — digo, me inclinando para a frente. — Tipo, tem gente que é assassino, ou sei lá o quê...

— Assassino?

— Tenho quase certeza de que um produtor musical dos anos 1980 matou alguém — eu digo, balançando a mão. — Mas e se um diretor tiver, tipo, estuprado pessoas ou abusado da esposa, você ainda conseguiria ver as coisas dele?

Ele faz uma pausa. Engole seco. Antes teria me sentido mal por tê-lo pressionado tanto, mas não agora. Eu preciso saber.

— Acho que não — ele finalmente responde. — Não seria... Acho que eu não conseguiria.

— Pois é. — Eu encaro meu chocolate quente. Mal encostei nele. — Eu considero isso uma reação humana básica. Mas há muitas pessoas que ficam sabendo dessas coisas e agem como se nada tivesse acontecido.

— Acho que as pessoas podem simplesmente se sentir muito distanciadas dessas coisas, sabe? — Ele está fazendo a mesma coisa que fez quando nos conhecemos: falando com as mãos. — Atores, diretores, cantores e simplesmente, sei lá, qualquer um que você vê no jornal, é como se não os *conhecesse* mesmo. Então, se ouve uma acusação, não sabe se é verdade ou não, e parece que é em um universo diferente, então não parece real. Isso faz sentido?

— *Acho* que sim — digo. — Mas tem pessoas que defendem esses homens quando ficam sabendo de alguma alegação, mesmo que não saibam a verdade. Eu simplesmente não entendo, tipo, quando mulheres são estupradas, um monte de gente diz que são mentirosas. E eu não sei por que a primeira resposta de alguém seria presumir que uma mulher está mentindo sobre algo assim.

— É mais fácil, imagino. — Ele encara sua caneca. — É mais fácil pensar que alguém está mentindo do que pensar que algo tão horrível tenha acontecido.

— Pois é.

— Ou as pessoas só não se importam — diz ele.

Parece uma explicação simples demais, porém ainda faz sentido. Na escola, muita gente escolhe talvez três coisas com as quais se importar: formatura, esportes e, quem sabe, o conselho estudantil ou o anuário, e deixa todo o resto de lado. Acho que não é *errado* focar o que é importante para você, mas sinto que eu me importo com *tudo*. Parece que Marius também, tanto que isso transborda de suas expressões. Então, por que ele não se importa com *isto*?

Fazer essas perguntas foi uma chance de refazer meus passos, mas as respostas dele não estão ajudando. Não há nenhuma citação mágica que possa dar liga a essa matéria. Parece que está faltando alguma coisa. Com um suspiro, baixo os olhos para meu caderno.

—Tenho outra pergunta — digo, puxando a caneca em minha direção. — Completamente diferente. Você consegue entrar no personagem na hora, ou leva algum tempo? Eu estava lendo sobre como alguns atores permanecem no personagem durante todo o tempo das filmagens.

—Ah. — Toda a sua conduta se aviva, a tensão desvanecendo de seus ombros. — Pra mim, é um pouco dos dois. Geralmente, há um clima geral para o dia. Eu queria ter algum tempo para entrar no estado de espírito de cada cena, então às vezes eu me isolava. Mas não ficava no personagem o tempo inteiro. Acho que seria legal explorar isso, talvez em um outro filme.

— Isso é interessante — digo. — Então você precisa de tempo para se preparar antes de poder imergir em um personagem? Tipo, se eu te desse uma cena agora mesmo, você seria capaz de fazê-la?

— Bom, sim, é mais ou menos assim que funcionam os testes — ele diz. — Você ensaia o máximo possível, mas se torna muito mais íntimo do personagem quando é escalado de fato.

— Como é nos testes?

— Eu já conheço bem o personagem e a cena, porque provavelmente li aquele trecho várias e várias vezes — diz ele, gesticulando com a mão esquerda. Eu afasto sua caneca para que ele não a derrube. — Mas tem um tipo de imersão mais profunda que acontece depois que você já passou algum tempo no papel. Não sei se isso faz sentido.

— Não, faz sim, faz sim — eu digo. Gosto de ouvi-lo falar, em especial sobre assuntos assim. — Eu nunca pensei de fato sobre esse tipo de coisa. Apenas imaginava as pessoas chegando a um set e atuando ou, tipo, virando a chave assim que o diretor grita 'Corta!'.

— Às vezes — ele diz, inclinando a cabeça para o lado. A argola prateada em seu nariz reflete a luz. — No colégio, eu tinha um professor que nos fez decorar um monólogo para interpretá-lo na frente da turma. Foi, tipo, no primeiro ano. E as pessoas ficavam falando e rindo, acho que por estarem nervosas, mas eu precisava ficar sentado no corredor a aula inteira antes da minha vez, só pra poder me preparar.

— Uau.

— Eu fico nervoso — ele diz, corando como o modelo de uma pintura italiana. — Mas também preciso de tempo pra só me... transformar. Sei lá. Talvez isso pareça idiota.

— Não parece nada idiota. — Eu me forço a baixar os olhos para meu caderno. — Gosto de te escutar.

Não faz sentido. Estou frustrada com ele por causa de Lennox, mas ele não parece *mau*. Na maioria do tempo, parece empático. E ainda é a mesma pessoa para quem gosto de olhar, que gosto de escutar e em quem tento não pensar com muita frequência. Quero saber o que ele pensa sobre Lennox, se ele realmente sabe o que aconteceu, ou se está apenas assustado. Quero saber o que ele pensa sobre tudo.

Ergo os olhos. Marius está me encarando. Não consigo discernir sua expressão — ele parece quase surpreso. Como se a ideia de que alguém se importe com o que ele tem a dizer fosse um choque. Mas eu sei que não sou a única. Afinal, ele é *Marius*. O pessoal do cinema independente no Twitter fala dele o tempo todo. E, quando esse filme estourar, ele terá ainda mais fãs.

— Enfim. — Eu pigarreio. — Me desculpe por todas as perguntas pesadas. Esta provavelmente é a última vez em que vamos nos encontrar para...

— Peraí, quê?

— É, quer dizer, eu vou para o evento LGBTQ com você, mas meu prazo oficial para a matéria é no dia vinte — eu digo, suprimindo meu pânico por conta do prazo iminente. — E depois disso, volto pra casa. Acho que podemos fazer mais entrevistas pessoalmente se achar que...

— Não, eu... O que você achar melhor. — Seu cenho está franzido. — Eu... uau. Só não pensei que hoje seria o último dia.

Não entendo que importância isso tem. Não sei o que mais dizer, então apenas encaro meu caderno. Ficamos ali em silêncio por alguns instantes, olhando para tudo, menos um para o outro.

— Bom — ele diz depois de algum tempo. — Você sempre pode me ligar. Se precisar fazer mais perguntas.

— Pois é.

— Você tem meu número?

Eu congelo. Durante todo esse tempo, estive me comunicando com a srta. Jacobson, que entrava em contato com a assessoria de imprensa dele. Parte de mim acha que telefonar para o celular pessoal dele seria antiprofissional. A outra parte está radiante. É a segunda parte que estou tentando conter.

— Hã, não — digo. Minha garganta está seca. — Mas posso apenas ligar para o meu contato na *Em Foco* e talvez...

Ele balança a cabeça.

— Não, vou te dar meu número e pronto. Posso usar sua caneta?

Empurro meu caderno e a caneta o bastante para que ele possa escrever bem no topo da página.

— Você sempre anda com isso — ele diz enquanto escreve. Deveria levar só três segundos para rabiscar um telefone, mas ele parece levar uma hora por algarismo. — Vou fazer bastante força na caneta, pra você não esquecer.

Algo em meu peito congela. É quase um ataque de pânico causado por uma esperança. E eu não posso me permitir ter esperança. Esperar por coisas assim sempre acaba mal para mim. Só leva a idas ao quarto de Maggie, tentando não chorar, embora eu sempre chore.

— Pra eu não esquecer o quê?

Eu não deveria alimentar esperanças. Eu *sei* que não deveria. Mas estar com ele é como na vez em que dançamos juntos, na cama: tudo no mundo fica em silêncio por algum tempo.

— Andei pensando — ele diz. Mais devagar que de costume. — Eu não sei o que vou fazer quando não tiver mais uma desculpa pra falar com você.

Minha boca se abre, mas nenhum som sai.

Eu não sei como aconteceu. Talvez eu tenha sido a primeira a me mover. Talvez tenha sido ele. Eu tenho certeza de que é ele quem me beija primeiro porque assimilo tudo a respeito disso com um atraso de alguns segundos — sua cadeira se arrastando levemente para a frente, o fato de que seus lábios são quentes e têm gosto de chocolate. É quase engraçada a ideia deste garoto com pele cor de chocolate ter gosto de chocolate. Mas então eu me lembro do que está acontecendo.

Me afasto num solavanco.

— Não. — Minha voz é trêmula. O rosto dele está a centímetros do meu, e nem mesmo consigo encará-lo. — Não pode... não. Não *brinque* comigo.

Seus lábios e suas sobrancelhas se franzem. Eu *queria* que ele não parecesse tão confuso. Ele deveria entender o que estou dizendo. Marius *tem* que saber que garotos bonitos, especialmente os magros que falam francês e têm sorrisos, cabelos e olhos bonitos não deveriam desejar meninas pretas, gordas e desajeitadas. É assim que as coisas sempre foram e pronto. Eu me recuso a alimentar esperanças. Se fizer isso, vai ser diferente da mudança de Tasha ou das risadas dos meninos na escola. Vai ser pior do que cair de um cavalo. Vai ser como cair de um penhasco.

— Eu não estou brincando — ele diz, baixando a voz. — Eu queria fazer isso há muito tempo. E achei que você...

Estou olhando para a boca dele, em vez de para seus olhos. Após um momento, ela para de se mover. Eu me permito uma rápida olhadela para cima. Estou olhando para seu rosto, para o quanto ele é aberto, como se tivesse despejado tudo isso diante de mim e estivesse esperando para ouvir o que eu tenho a dizer. Tecnicamente, não sou *eu* quem está vulnerável, aqui. É ele.

— Eu gosto de você — digo. Minha voz é rouca. — Eu gosto mesmo de você. Então não posso fazer isso se você estiver só de sacanagem. Não posso. Não vou.

Ele assente uma vez. Eu estendo a mão, traçando seu queixo com meu polegar. É como tocar uma maçaneta depois de ter esfregado os pés calçados de meias em um carpete. Elétrico. Eu sempre caçoei das pessoas por dizerem essas merdas. Mas não acredito que estou encostando dele. Marius apoia o rosto em minhas mãos para eu tocá-lo e não recua. Eu posso tomar, se quiser, porque ele está oferecendo.

A questão com os pensamentos é que eles não levam tanto tempo quanto dizer as frases em voz alta. Então, posso pensar em milhares de coisas — como segurar sua mão e beijá-lo *pra valer*, correndo a mão por seu cabelo, de fato *olhando* para ele, em vez de fugazes olhares de relance. Acontece tão rápido, os pensamentos se misturando num borrão, como se o botão de avançar tivesse sido pressionado.

Mesmo agora, tocá-lo é uma sensação assustadora, como se ele fosse desaparecer se eu apertasse com força demais. Só confio em mim mesma para deixar minhas mãos pairando junto ao seu rosto. Estou focada em me lembrar deste momento, em *viver* este momento e em me ancorar da forma como minha terapeuta me ensinou, em vez de me concentrar nos meus medos — de ele pensar que sou estranha, de ele só estar fazendo isso pra ser legal, de só quiser que eu escreva algo bom sobre ele? E, meu *Deus*, essa deve ser a coisa mais antiprofissional do mundo.

— Josie?

Levo meu polegar à parte de baixo de seu lábio inferior. Ele fica imóvel — quase imóvel. Eu o sinto tremer. É esquisito que eu possa fazer alguém tremer. Já pensei nisso em momentos abstratos, como quando os filmes mostram as pessoas se beijando pela primeira vez, em grandes cenas dramáticas, como em *A culpa é das estrelas* ou *O diário de Bridget Jones*. Mas não achei que isso aconteceria comigo. Não tão cedo. Não com alguém como Marius.

Eu ainda não consigo de fato processar que isto está realmente acontecendo. Tipo, estes são os lábios em que passo tanto tempo tentando não pensar. Estes são os lábios que acabei de beijar. Os lábios mais macios que conheço.

— Josie?

Eu o beijo profundamente, e, desta vez, dura mais do que alguns segundos.

> **@JosieJornalista:** quanto tempo é preciso esperar antes de se apaixonar por alguém? perguntando pra uma amiga

CAPÍTULO 30

Novo plano: em vez de terminar a entrevista no café, seguimos para o apartamento de Marius. A entrevista foi praticamente esquecida; só quero estar com ele. Isso parece tão brega, mas é verdade.

Ele me abraça quando chegamos ao apartamento, me pegando de guarda baixa. Leva um segundo até eu de fato retribuir seu abraço. Estou tentando guardar todos os detalhes deste momento para poder me lembrar no futuro. Ele é ao mesmo tempo sólido e macio em meus braços. Tem cheiro de muitas coisas diferentes para que eu possa identificar um único aroma; há sabonete, doçura e calor.

E então eu o estou beijando, sem nenhum aviso. Diferente de mim, Marius não hesita em responder. Sei que choro com muita facilidade, e, embora não esteja chorando agora, há algo no modo como Marius se lança em tudo o que faz, mesmo algo como um beijo, que me dá vontade de cair no choro. Eu gosto de seu sorriso, de seus lábios rosados, do formato afilado de seu rosto, do cabelo macio em sua nuca. Gosto de tocar esse cabelo. Gosto de olhar para ele. Não sei como eu ia me convencer de que não o desejava. Eu teria ido para casa ainda desejando. A dor em meu peito só teria piorado.

— Vem cá — diz ele, me puxando para dentro. Eu recuo, me detenho na soleira. Parece errado estar no apartamento dele sem seus pais por perto. — O que foi?

Eu pestanejo, me dando conta de que estava encarando Marius. Andei fazendo isso com muita frequência, nos últimos tempos. É como olhar para uma fotografia artística. Gosto do modo como ele se move pelo espaço, do modo como seu rosto muda de expressão com facilidade, do modo como seus olhos são cheios de emoção. Tudo em Marius parece tão vivo, como as cores expressivas de uma pintura.

— Nada — digo. — Só gosto de olhar pra você.

Ele sorri. Adoro quando ele sorri. Meu coração se aquece quando ele sorri.

— Eu gosto de olhar pra você — ele diz, me levando até o sofá. É menos um sofá de verdade que uma família normal teria, e mais uma escultura de couro figurando em uma sessão de fotos da *Architectural Digest*. — E de conversar com você. E de te escutar.

— Também gosto de te escutar — digo. Se passarmos o resto do dia listando as coisas que gostamos um no outro, não vou ter absolutamente problema nenhum com isso. — Especialmente quando você fala francês. Você deveria fazer isso mais vezes.

— Você não vai nem entender o que estou dizendo — ele diz. — Meu pai fica uma fera quando minha mãe faz isso só pra escapar das conversas.

— Bom, eu gosto — digo, me sentando no sofá. Não é confortável, mas não esperava que fosse. — Às vezes, as coisas que eu não entendo são mais bonitas do que aquelas que entendo.

Meu Deus, como isso foi piegas. Tudo nisto é piegas. Não estou reclamando.

Ele me encara outra vez. Pode parecer que sou apenas eu que o encaro o tempo todo, mas ele também fica me observando. Eu desvio o olhar por algum tempo, meu rosto queimando, e sinto os olhos dele sobre mim. E quando olho de volta, ele ainda está me encarando, e deixo que meus olhos vaguem por cada parte dele — seus dedos longos e esguios, as meias nos pés quando caminhamos pelo apartamento, a pinta na nuca, a curva acentuada das maçãs de seu rosto: tudo.

— *Le jardin dans mon coeur fleurit pour toi* — ele diz. — O jardim em meu coração floresce por você.

Tá bem. Ele leva o prêmio de mais piegas.

— Você é lindo — digo, para não ficar para trás. — Tão, tão lindo.

— Shhh — ele diz, ainda sorrindo. — Estou tentando olhar pra você.

— Pode olhar pra mim enquanto estou falando.

— Me sinto culpado.

— Por quê? — Ergo o braço, tocando um de seus cachos. É macio em meus dedos, como algo delicado, algo que poderia se quebrar facilmente. — Por olhar pra mim?

— Não — ele zomba. — Você já conseguiu explorar a cidade?

— Não é realmente pra isso que estou aqui — respondo. — Não tem importância. Algum dia eu volto.

— Mas você está aqui agora. — Ele se levanta. Eu pestanejo, surpresa. — A gente devia ir para algum lugar. Tá a fim de dar uma volta?

*

Já estive em diversos parques antes, mas eles não são nada comparados ao Central Park. Ele tem um milhão de entradas diferentes e nem tenho certeza de como o motorista do Uber escolheu uma delas. Há pessoas patinando no gelo, árvores por toda parte e cheiro de xixi de cachorro e castanhas torradas. As pessoas param para tirar fotos no meio da trilha ou na frente das estátuas de caras que já morreram. Depois da pista de patinação, há colinas escuras para todos os lados. Os limites do parque escapam de meu olhar. Duvido que algum dia eu possa vê-lo todo.

— Na primavera e no verão, as pessoas andam de barquinho — diz Marius apontando na direção dos patinadores. — E tem um restaurante na beira do parque.

— É gigantesco. — Não consigo parar de olhar. — Não achei que vocês tinham tanto espaço livre.

— *Ei* — diz ele. — Há milhares de parques em Nova York. Este é só o maior.

Há um sorriso em seu rosto. Eu realmente não consigo superar o quanto amo quando ele sorri. Amo mesmo. Seu rosto já tem uma aparência jovem normalmente, mas quando ele sorri, é ainda melhor, como em uma expressão impetuosa de alegria pueril que sempre achei irritante em todas as outras pessoas. Me dá vontade de sorrir também.

Provavelmente pareço estranha para todos que passam por mim. Estamos parados no meio da trilha, as pessoas têm que dar a volta para seguir adiante e estamos os dois sorrindo feito idiotas. Quando encaro Marius, ele não desvia o olhar, como eu faço. Ele não fica desconfortável com a atenção dada ou recebida.

Tomo sua mão e começo a caminhar novamente. Algo em segurar a mão de Marius parece realmente íntimo. É como se eu nunca tivesse tocado tanto uma pessoa. Antes disso, estava sempre pensando demais sobre o modo como o tocava, tentando manter distância de cada encontro acidental de peles. Parece que estou disparando eletricidade da ponta de meus dedos.

O espaço no Central Park é grande, mas isso não impede que uma mulher aleatória tente passar entre nós dois. Marius me puxa para o lado. Ainda estou irritada com isso.

— As pessoas são tão grosseiras — digo, alto o bastante para que ela possa ouvir. — A gente está claramente caminhando aqui. Não sei por que elas não podem só esperar, dar a volta ou coisa assim.

— Ai, meu Deus.

Um grupo de garotas brancas para perto de mim, obstruindo ainda mais a trilha. Há quatro delas, e todas têm uma variação do mesmo cabelo loiro-escuro. A que está na frente tem um telefone rosa aninhado na mão. Elas estão encarando, mas não a mim. Ergo os olhos para Marius. Seus olhos se arregalaram levemente.

— Hã, oi — diz a menina na frente. — Você é Marius Canet, né?

Alguém resmunga ao passar por nós, nos empurrando. Dou um passo para o lado, subindo na grama, mas ninguém me segue até Marius fazer o mesmo.

— Sim — diz ele sorrindo. Marius nem consegue falar mais nada antes que as outras garotas comecem a dar gritinhos.

— Ai, meu Deus — diz a garota da frente. — Então, a gente viu trechos de *Incidente na Rua 57* na internet e você estava *incrível*.

— Ah, uau — diz Marius. Suas bochechas estão rosadas, mas suponho que não seja pelo frio. O sorriso em seu rosto se alarga. — Muito obrigado mesmo.

— Pode tirar uma foto com a gente? — pergunta uma garota no fundo. — Com todas nós juntas?

— Ah. — Marius olha para mim. — Você se importa?

Uma a uma, cada garota olha para a mim. Meu estômago se contrai, o ar me falta e tenho certeza imediata de que elas estão pensando a pior coisa a meu respeito: tentando entender o que Marius está fazendo comigo, o que estou vestindo, por que estou parada ali do jeito que estou.

— Você pode sair na foto — me diz uma das garotas. — Se você quiser.

Eu a encaro. Essas garotas parecem perfeitas, como se tivessem saído de uma propaganda de revista da Loja das Universitárias

Lindas. Não vejo nenhuma mancha, nenhuma cicatriz ou espinha. Quando sorriem, parecem modelos. Parecem irmãs. Enquanto isso, tudo em mim é diferente — meu cabelo, minha pele, minha barriga, minhas coxas. No fundo da minha cabeça, eu sei que ser diferente não quer dizer que eu seja feia. Só que olhar para elas faz com que seja mais difícil acreditar em mim mesma.

Estas garotas são tudo o que eu sempre quis ser. Mesmo quando comecei a me elogiar no espelho, uma grande parte de mim queria se parecer com elas. Eu queria ter cabelo liso e barriga reta. Olhar para elas me faz querer ser como elas, mas sei que não posso. Todas as dietas que já tentei — Vigilantes do Peso, Atkins, só beber limonada o dia inteiro, contar calorias até não comer absolutamente nada — só seguravam o peso por algumas semanas. Meu cabelo não se parece com o delas, mesmo se eu alisá-lo. Eu nunca serei como elas. Nunca serei magra, nem terei o cabelo como o delas, nunca serei branca. Eu *sei* disso, mas ainda dói, especialmente ao olhar para elas ao lado de Marius.

— Tudo bem, gente — eu digo, enfiando as mãos nos bolsos. — Podem tirar.

— Na verdade, pode tirar a foto pra gente?

Pego o telefone rosa e ergo a tela para poder ver. Eles todos parecem combinar tanto, em especial com Marius no centro. Conforme o tempo passar e a carreira de Marius decolar, vai haver cada vez mais pessoas o abordando e pedindo fotos. Eu ainda estarei por perto, me colocando atrás da câmera, tirando fotos das pessoas que têm seu lugar nelas?

— Sorriam — digo. Uma das garotas pisca. Tiro a foto mesmo assim.

> **@JosieJornalista:** adolescentes queer são os melhores adolescentes

CAPÍTULO 31

No dia seguinte, todo o elenco está participando de um evento em prol dos jovens LGBTQ. É em um grande auditório, com panfletos de propaganda de programas extracurriculares e diferentes bandeiras do orgulho por toda parte. Tem um monte de adolescentes aqui. É meio esquisito. Em quase todos os eventos até agora, todos eram adultos, mas as pessoas aqui têm minha idade ou menos, esperando na fila até todos serem conduzidos à sala de projeção. Tem gente de aparelho, cabelo verde, broches nas jaquetas, mochilas. É quase chocante o quanto parece que estou de volta à escola.

— Temos um presente muito especial pra vocês — diz o cara no palquinho lá na frente. — Bem-vindos à sessão de *Incidente na Rua 57*, oferecida pela GLAAD e pelo The Center[*]! Divirtam-se!

---

[*] A GLAAD (sigla em inglês para Aliança de Gays e Lésbicas Contra a Difamação) é uma organização focada na análise das representações midiáticas de pessoas LGBTQ. Já The Center (O Centro, forma reduzida pela qual é conhecido o Centro Comunitário para Lésbicas, Gays, Bissexuais e Transgêneros) é focado em programas de saúde, bem-estar e conexão comunitária. (N. da T.)

O elenco fica sentado ao fundo durante a exibição do filme. Eu me pergunto como deve ser assistir a si mesmo na tela, vendo as mesmas cenas vez após outra. Eu odeio ouvir o som da minha própria voz; ver o próprio corpo inteiro em uma tela gigante deve ser mil vezes pior. Queria ter mais uma entrevista com Marius para perguntar sobre isso.

Quando os créditos de encerramento vão subindo, os atores principais sobem ao palco sob aplausos estrondosos. Ficam ainda mais altos quando Marius chega. Não sei dizer se é porque ele é o melhor em cena ou porque é a pessoa mais nova ali ou apenas porque é o *Marius*. Os jovens no público formam uma fila para fazer perguntas. Daqui de trás, parecem milhares de pessoas, mas não deve ser, já que estão deixando que cada uma dessas pessoas se levante.

Não havia cadeiras o suficiente no palco para Penny, então ela está sentada comigo na primeira fileira. Se está se sentindo esnobada ou aborrecida pela confusão, ela não demonstra, sorrindo largamente e batendo palmas junto com o resto da plateia.

— Você tem inveja em algum momento? — pergunto. Não sei bem por quê; simplesmente escapou. — Por não ser chamada para coisas assim com eles?

As câmeras estão disparando os flashes por toda parte — desde câmeras profissionais com dispositivos grandes e dramáticos, até os menores celulares. Um jovem está ao lado de Marius, dizendo algo que o faz sorrir. No outro lado do palco, Art Springfield conversa com um integrante mais velho do público.

— Sim — ela responde quase que de imediato. — Não o tempo todo, mas com certeza em momentos como este.

Não estou surpresa por ela se sentir desse modo, mas estou surpresa por ela ter me dito.

— Vai melhorar — eu digo, embora não tenha certeza. — Você vai fazer outro filme, não vai?

— Sei lá. — Penny dá de ombros. — Mas é isso o que eu digo a mim mesma.

Não consigo discernir sua expressão. Antes que possa pensar em algo reconfortante para dizer, ela muda de assunto.

— Escuta — ela me diz, baixando a voz. — Já sabe quando vai ter a primeira versão da matéria?

Meu estômago se retorce. Com os murmúrios e as risadas, é difícil qualquer um escutar o que estamos dizendo. Ainda assim. Falar sobre isso num local público faz os pelos do meu braço se arrepiarem.

— Não sei — digo, o que é verdade. — Ainda sinto que precisamos de mais pessoas.

— Precisamos — concorda. — Mas também temos que começar a resolver onde vamos publicá-la. Podemos mostrar por aí o que você já tem, certo?

O que eu já tenho é um bando de entrevistas digitadas pela metade. Mas não acredito que ela precise saber disso.

— Está bem no início ainda — digo em vez disso. — Andei meio ocupada.

Penny olha outra vez para o palco. Marius está autografando o braço de um jovem, rindo. Dou um sorriso.

— Sei — ela diz. — Ocupada.

— Eu tenho que escrever uma matéria sobre ele!

— Não falei nada — ela diz, cruzando os braços. — Mas seria demais pedir que você preparasse uma primeira versão? Mesmo que fosse só um esboço? E aí talvez eu pudesse...

— Você acha que é seguro? — pergunto. — Ter esse rascunho, tipo, circulando por aí? Ainda mais com as coisas que estão nele?

Penny morde o lábio.

— Sei lá — continuo. — Só estou dizendo. Você não quer que as pessoas erradas vejam isso. Ainda mais com os nomes.

— Você poderia retirar os nomes? — pergunta Penny. — Só por enquanto.

— Talvez.

— Vou enviar só para uma pessoa — diz. — Ou nem vou mandar de imediato. Vou lançar a proposta primeiro.

Parte de mim deseja mencionar mais uma vez propô-la à *Em Foco*, mas não parece mais uma grande ideia. Daí então a revista vai saber exatamente o que estive fazendo em paralelo. E se eles me disserem para deixar isso pra lá?

— Faz sentido.

— Ótimo. Resolvido. — Penny sorri, parecendo extremamente similar à irmã caçula que ela interpretou no Disney Channel há alguns anos. — Agora, me conta todos os detalhes do que está acontecendo entre você e Marius. Ele não me conta nada.

Meu coração fica molenga de um jeito esquisito. Me sinto como uma daquelas belas donzelas dos livros antigos, que desmaiavam à mera menção de violência. Eu realmente preciso lidar melhor com isso.

— É... — Eu não sei o que dizer. — É meio constrangedor.

— Por quê?

— É... — Minha voz falha. Não tenho certeza de como articular aquilo em que estive pensando. — Sei lá. Pensar em todas essas coisas sobre Lennox e então nos caras da minha escola, me faz presumir que os homens são ruins. E faz eu me sentir, tipo, irresponsável por gostar deles. Como se eu não devesse me sentir atraída por homens, por causa do que pode acontecer.

— Ah. — Ela franze o cenho. — Eu... eu não... eu realmente não sei, Josie. Talvez sejam homens com muito dinheiro. Vários dos caras com quem já trabalhei eram uns doces quando éramos mais novos, daí passaram por fases horrorosas na adolescência. Mas agora estão melhores. É o que eu acho, pelo menos.

Ela suspira como uma mulher idosa. É difícil não se compadecer dela. Penny é apenas alguns anos mais velha do que eu, mas já teve tantas experiências diferentes. Queria que ela não tivesse passado por algumas delas. Garotas precisam lidar com tantas coisas sobre as quais os garotos não precisam nem mesmo pensar.

— Acho que o problema é que nunca se *sabe* — diz ela. — Homens são uma questão de caso a caso. No todo, eles são horríveis. Acho que há caras legais. Só não estou disposta a arriscar, então não saio com ninguém.

— Mas e se você conhecer *mesmo* um cara legal?

— Não sei — ela responde. — Eu esperaria para ver como ele é quando não está sendo legal.

@JosieJornalista: #ProtejamMulheresNaoBrancas

CAPÍTULO 32

— É estranho, só isso. Tipo, todas elas se conhecem e conversaram sobre o que houve umas com as outras, e tudo o mais. Mas elas não notaram a mesma coisa acontecendo a alguma mulher não branca?

— Tipo, mulheres brancas prestam mais atenção umas às outras do que ao resto — diz Alice, se recostando em meus travesseiros. — Sei lá. Não há nem chance de que eu fosse contar a uma mulher branca se algo assim acontecesse comigo. Há uma razão pra eu só andar com as minas pretas na faculdade.

— Alice — eu digo, respirando fundo —, você estuda numa faculdade que é *exclusiva* para minas pretas. — Tento ignorar a leve sensação de pânico que se esgueira por meu pescoço. Mamãe e papai deveriam me avisar caso eu recebesse uma carta da Spelman, mas não tive notícia alguma.

É noite de sábado e ainda temos mais dois dias até voltarmos para casa. Estou tentando fazer com que todas as partes da história de Lennox se encaixem, tanto para o perfil de Marius como para a matéria na qual estou trabalhando com Penny, e não faço ideia de como vou terminar porque, como está agora, fala apenas de mulheres brancas privilegiadas.

É difícil articular por que isso me incomoda tanto. É óbvio, as mulheres com quem conversei sofreram e foram abusadas por Lennox; não é uma competição. Mas eu sei como é fácil e frequente que mulheres pretas, latinas e de outras minorias sejam deixadas de fora das conversas sobre os "problemas das mulheres". Se houver pelo menos uma mulher não branca que tenha passado por isso e eu não conseguir falar com ela, não estarei contando a história completa.

— Pois é, e há uma *razão* pra isso — diz Alice, erguendo os olhos. — Veja. Nós duas temos amigas brancas. Nossa cidade é bastante branca. Às vezes, você só não quer ser um peixe fora d'água. É bom estar em uma maioria.

— Eu entendo — digo. — Mas não me ajuda com a matéria. Estive buscando literalmente em cada canto da internet e não achei nenhuma mulher não branca com quem ele possa ter trabalhado. Tentei perguntar a Penny e *nem ela* sabia. Isso é impossível, não é?

Alice bufa pelo nariz.

— Com certeza não é impossível.

Meu telefone zumbe e eu baixo os olhos, torcendo para que seja um lide. Mas é só mais uma mensagem de Marius. Bom, não *só* Marius. Eu mal o vi no evento LGBTQ mais cedo, e ainda não respondi nenhuma mensagem dele desde então. Eu sei que é um pouco de maldade. Só é difícil me concentrar nessa história de Lennox e nele ao mesmo tempo, em especial quando não tenho que focar apenas *ele*, mas também nos meus sentimentos por ele.

— Sei lá — digo. — Só que tenho esse pressentimento. Deve ter alguma mulher não branca que foi vítima. É loucura não conseguir encontrar nenhuma.

— Tipo, se algo assim acontecesse comigo, acho que eu não iria querer contar a ninguém. Ainda mais a alguém de quem eu não fosse íntima — diz Alice.

— Pois é — respondo. — É só que... não quero que outras mulheres sejam deixadas de fora, sabe? Penny estava me dizendo como isso tem feito com que ela se sinta melhor, e se isso ajudar outra mulher a se sentir melhor...

Alice está fazendo uma cara engraçada. É a cara que ela faz quando Cash peida ou quando a mamãe fica decepcionada com ela.

— Peraí — digo. — Você conhece alguém?

Tento me recordar de todas as vezes em que a vi andando com estagiárias diferentes, se eram todas brancas ou se havia alguma não branca. Será que alguma delas saberia sobre Lennox? Alguma delas havia trabalhado diretamente com ele?

— Por que eu conheceria? — ela pergunta, mas é um pouco rápido demais. — Mesmo que eu conhecesse, não diria a você.

— Por que não? — Eu me aproximo dela. — Não está vendo o quanto isso e importante?

— Claro que estou — responde ela —, mas não acho que possa simplesmente ligar para mulheres não brancas e perguntar a elas sobre alegações de assédio sexual. Especialmente mulheres não brancas de quem gosto.

— Então você *conhece* alguém, sim.

— *Josie* — Alice bufa. — Escuta. Eu vou perguntar a ela. Mas se ela não quiser falar, eu não vou atazaná-la com isso, e você também não.

— Quem disse que eu a atazanaria?

Alice me ignora e começa a digitar no celular. Sinto que deveria continuar trabalhando nas matérias, mas agora que estou esperando a resposta dessa garota, não consigo focar. Escrevo uma linha e então apago um minuto depois. Fico de bobeira no Twitter. Após alguns minutos — que pareceram uma hora — meu telefone zumbe. Estou esperando que seja a amiga de Alice, mas é a srta. Jacobson.

Oi, Josephine! Queria dar uma conferida em como anda seu perfil de Marius. Minha intenção não é te apressar, mas você deve ter em mente que vou precisar da primeira versão na segunda, para que possamos trabalhar na matéria juntas antes de enviá-la aos nossos editores. Podemos combinar uma ligação em algum momento? Obrigada!

Parece que desaprendi a respirar. *Minha intenção não é te apressar?* Mas o que eu deveria fazer além de me apressar, quando faltam apenas dois dias para a segunda-feira?

Não devia ser grande coisa. Já escrevi matérias para Monique em menos de um dia. Mas aquelas eram sempre diferentes. Se eu precisava de citações, geralmente eram de algum especialista em cinema de uma faculdade em algum lugar, e eu podia conseguir pelo telefone em trinta minutos. Isto é o perfil de uma celebridade para uma grande revista. Deveria ter minha total atenção, mas a matéria em que estou trabalhando com Penny me distrai o tempo todo. É mais séria do que qualquer outra coisa que eu já tenha escrito.

— *Argh* — eu digo, jogando a cabeça para trás. — Eu odeio *tudo*.

Um telefone começa a tocar. Ergo os olhos e vejo Alice o segurando ao ouvido.

— Ei — ela diz. — Tem certeza?

Após alguns segundos, Alice assente, me entregando o telefone em silêncio.

— Que foi? — pergunto.

— Só faz teu lance — diz Alice. — E não seja desagradável.

Quero dizer a ela que nunca sou desagradável, mas, em vez disso, ponho o telefone no ouvido.

— Oi — digo. — Josie Wright falando.

— Hã, sim, eu sei — diz Savannah. — Alice me disse que você queria conversar. Sobre Lennox e tal.

Fuzilo minha irmã com o olhar. Ela ligou a televisão e parece determinada a assistir a um episódio de *Real Housewives* para o qual, tenho certeza, não dá a mínima. Cubro o microfone do telefone, o afastando do rosto.

— *Alice* — eu sibilo. — Caralho, tá falando sério? Savannah?

— Você disse que queria falar com uma mulher não branca!

Eu a encaro em resposta. Alice balança a cabeça, fazendo uma cara como quem diz, O *que você estava esperando?*. Eu sinceramente não sei o que eu esperava. Alice esteve andando com tantos dos estagiários durante a viagem inteira; não achei que seria alguém que eu conhecesse; não achei que seria Savannah. Acho que não somos exatamente amigas, mas isso parece pessoal, mais próximo de mim do que foi conversar com aquelas outras mulheres.

— Josie? — diz Savannah. — Você ainda está aí?

— Ah, meu Deus, sim — digo, pigarreando. — Savannah, muito obrigada mesmo por conversar comigo. Realmente não precisa, se não quiser. Não sei se...

— Eu não teria dito sim se não quisesses — ela diz. — Mas tenho uma condição.

— É claro. — Eu aprumo as costas. — Qual é?

— Preciso que mude meu nome.

— Ah, não tem problema nenhum. — Eu mordisco o lábio. — Mas tudo bem se gravar a conversa?

Há uma longa pausa. Sinto como se não pudesse respirar, como se todo o ar tivesse sido sugado da sala, enquanto espero pela resposta dela.

Alice olha em minha direção.

— Vou ter que te retornar depois.

— Espera — digo, mas ela já desligou. Merda. Ela era minha melhor chance até agora. Parece que hoje é o dia em que tudo dá errado para mim.

Me jogo na cama junto de Alice. Ela me olha com as sobrancelhas erguidas.

— Por que não me disse que seria ela?

— Sei lá — responde, olhando para seu telefone. — Não queria que você ficasse toda esquisita.

— Eu não fiquei esquisita.

— Ficou um pouco, sim.

— Não sei como agir quando é alguém que eu conheço de fato — explico, descansando a cabeça no ombro dela. Alice geralmente se afasta quando tenho demonstrações de afeto como esta. Para minha surpresa, ela me deixa ficar. — Não paro de me perguntar se estou fazendo a coisa errada. Tipo, Penny está toda animada com isso e eu me importo com ela, não quero decepcioná-la. Mas e se eu não estiver fazendo do jeito certo?

— Qual é o jeito certo?

— Não sei. — Resmungo mais uma vez. — Eu sei que isso vai ser algo grande, algo com o qual a gente talvez não consiga lidar quando sair, e eu não sei o que fazer com isso.

— Parece mesmo uma matéria grande — diz Alice, colocando a tevê no mudo. — Mas você tem trabalhado muito nela, mesmo. Se as pessoas da sua matéria confiam em você, então acho que está indo bem. E provavelmente vai melhorar quando tiver um editor junto.

Não tenho chance de responder, porque o telefone de Alice toca de novo. Eu reconheço o mesmo número de antes.

— Certo — diz Savannah quando atendo. Sua voz é rápida. Me lembra alguém em um filme do Aaron Sorkin. — Eu aceito gravar, mas não podemos conversar ao telefone. Vou te mandar meu endereço e conversamos aqui. Tá bem?

Já estou vestindo meu casaco.

*

A maior parte do que já vi de Nova York foi nos filmes. Como a Times Square, o Plaza e a Union Square, as decorações de Natal, o Central Park. O endereço que Savannah me deu é em uma área completamente diferente. Poderíamos ter tomado o metrô, como Marius diz que faz, mas eu me perderia. Só para variar, estou de fato contente por Alice vir comigo.

Quanto mais tempo seguimos no carro, mais as coisas mudam. Eu já sei que esse não é um bairro branco. Não há porteiros do lado de fora dos prédios nem lojas chiques de cupcakes ou de roupas. É quase como o nosso bairro em nossa cidade: gente de pele escura caminhando pelas calçadas, a maior quantidade que vi desde que cheguei a Nova York, com poucas pessoas brancas espalhadas aqui e ali.

— Costumava ser bem diferente quando eu morei aqui — diz nosso motorista quando Alice menciona a questão. — Olha, bem ali, tá vendo aquela moça branca com um bebê? Você nunca veria isso por esses lados na minha época. Provavelmente é por isso que não consigo mais alugar nada nesse lugar.

Alice assente como se tivesse o mesmo problema e entendesse completamente. Creio que ela esteja colocando em ação sua formação principal em psicologia.

O apartamento de Savannah é no quinto andar. Estou com o gravador e o caderno na bolsa, mas parece intrusivo encontrar Savannah na casa dela, um lugar que me dirá tanto antes mesmo de ela dizer qualquer palavra.

Não é um prédio ruim, mas sei que não é tão caro quanto o de Marius. Não tem porteiro e a pintura bege descascada parece não ser retocada há pelo menos vinte anos. Parece apenas um lugar para se viver. E está repleto de sons reconfortantes: alguém conversando em espanhol, crianças falando alto, *Judge Judy* passando em alguma tevê e uma moça com uma voz que parece tanto com a da mamãe que eu e Alice precisamos morder os lábios para conter o riso.

Eu bato na porta, embora preferisse que Alice fizesse isso, porque preciso de algum modo enfrentar minha ansiedade. Me obrigo a respirar. Inspira, expira.

A porta se escancara e revela uma mulher mais velha, de pele bronzeada e cabelo escuro preso em um coque. Ela está usando um avental, o que eu definitivamente não esperava. Antes que eu possa dizer qualquer coisa, ela vira a cabeça e começa a falar em espanhol com alguém lá dentro. Vejo as pessoas se movendo rápido — um garoto mais ou menos da minha idade usando um moletom, duas crianças que se abaixam diante da visão de estranhas e, por fim, uma mulher mais nova.

De imediato, Alice a envolve em um abraço. Savannah a agarra com força. Eu mordo o lábio.

— Venham — diz Savannah por fim, apontando para mim com a cabeça. — Vamos conversar no meu quarto.

É aconchegante lá dentro, com cores irrompendo por toda parte, quase como o apartamento de Marius, só que com mais gente. Três delas estão sentadas no sofá, diante da tevê. Quando passamos, as crianças menores olham para nós, mas só quando acham que não estamos vendo. A mulher mais velha nos observa por um momento, antes de ir embora.

— Ela tem que ir pro trabalho — diz Savannah assim que chegamos ao seu quarto. Tem duas camas de solteiro. Metade do cômodo é decorada por dezenas de pôsteres de filmes, enquanto a outra está atulhada com um monte de coisas colecionáveis de *Jojo's Bizarre Adventure*. — Eu deveria estar tomando conta das crianças, mas imaginei que isso não levaria muito tempo.

— Obrigada de novo — diz Alice. — Josie tem algumas perguntas, mas a gente deve largar do seu pé rapidinho.

Então ela olha para mim. Acho que essa é a minha deixa.

— Certo — digo, remexendo o interior de minha bolsa. — Só queria gravar a conversa, se você não se importar...

— Onde você vai publicar isso mesmo? — Savannah está com os olhos semicerrados, o cabelo puxado para trás em um rabo de cavalo. Ela parece muito mais séria do que já a vi antes. — Vai colocar minha voz em algum lugar na internet?

— Não — garanto. — Só é mais fácil pra mim do que fazer anotações, e é bom ter provas concretas.

— Certo. — Ela olha para Alice, depois de volta para mim. — Então, onde você *vai* publicar isso?

— Bom — começo —, ainda não tenho certeza.

— Espera um segundo. — Savannah ergue a mão. — Josie.

— Eu só...

— Eu não entendo — diz ela, falando por cima de mim. — Você tem dezessete anos. Quer escrever uma matéria sobre o Lennox sair passando a mão nas pessoas. E nem mesmo tem um lugar pra publicar? Acha que isso vai funcionar? A *Em Foco* chegou a saber que está fazendo isso?

Engulo em seco, me forçando a permanecer calma. Não consigo evitar me sentir na defensiva quando as pessoas falam da minha idade. Sei que escrevo bem. Venho fazendo isso minha vida inteira.

— A *Em Foco* não é minha dona; não é como se eu tivesse que contar tudo pra eles — digo, sentindo a língua pesada e seca. — E acho que vamos ter uma boa chance de que isso seja publicado. Já consegui que outras quatro pessoas falassem, duas delas ganhadoras do Oscar.

Eu me encolho logo depois de dizer isso.

— *Josie*. — Alice me dá um tapa na perna. — Qual é o seu problema?

— Tudo bem. — Savannah cruza os braços. — Eu sabia disso. Estou perguntando se sua idade não vai impedir que a matéria seja vista.

— Eu tenho experiência no jornalismo. — Me forço a manter contato visual. — Desde antes de ganhar o concurso, digo. Não precisam saber minha idade. Eu já tenho contatos, e algumas das mulheres com quem falei podem ajudar a ventilar a história. É importante. Tenho certeza de que vai receber atenção.

Savannah esfrega as próprias coxas.

— Vem, senta. Desculpe não ter nenhuma cadeira. Não queria falar sobre isso na frente deles.

— Na frente dos seus irmãos? — pergunta Alice. Eu olho para ela com surpresa. Achei que simplesmente se sentaria no fundo, como sempre. — Eu costumava trancar a porta do banheiro pra impedir Josie de entrar e espionar, mas ela sempre dava um jeito.

— Pois é, irmãos e irmãs caçulas têm dessas coisas. — Savannah ri por entre os dentes. Eu preparo meu gravador, tentando fazer anotações mentais. — Mas sim. Eu... eu sou a primeira a ir para a faculdade. Trabalhei em dois empregos para conseguir pagar as mensalidades da faculdade municipal. Queria um trabalho em produção cinematográfica, mas isso não dá dinheiro, então escolhi administração.

— Entendo. Eu me preocupo com qual faculdade vou fazer — comento, folheando meu caderno para abri-lo. — Antes de continuar, posso apenas perguntar seu nome completo e sua idade? Eu não vou usar, sei que você quer um nome falso, mas é só pra poder fazer a checagem e tudo o mais.

— Mas sem usar. — Ela ergue uma sobrancelha. — Se fizer isso, nego tudo.

— Prometo.

— Certo. — Ela respira fundo. — Savannah Rodriguez. Tenho vinte e dois anos.

— Nossa irmã também — digo, me recostando. — Ela vai para a faculdade no ano que vem, mas não tenho certeza do que ela vai estudar.

— Graduação em falar pelos cotovelos, provavelmente — diz Alice.

Savannah ri, mas só um pouco.

— Certo — digo, pressionando o botão do gravador entre nós, na cama. — Então, você estuda administração em uma faculdade municipal. Como entrou em contato com Lennox?

— Em um programa de estágio, dois verões atrás. — Ela esfrega os braços. — Como esse em que estou agora na Holofote Filmes. Eu queria ganhar experiência no cinema e surgiu uma oportunidade de trabalhar com uma produtora. Eu era basicamente mais uma assistente, ia buscar café, atendia o telefone e tirava xérox. Fiquei bem empolgada quando fiquei sabendo que ele iria filmar em Nova York. Achei que o trabalho significava que poderia ser, tipo, um mentor. Pensei que iria aprender com ele.

— E aí? — Eu ergo o olhar. Seus lábios estão bem apertados um contra o outro. — Você aprendeu alguma coisa com ele? Me conte no seu tempo.

— Ele não passava muito tempo no escritório — ela diz, — Mas achei que ainda assim era uma grande oportunidade de dar um pontapé inicial.

— Mas não foi isso o que aconteceu. — Minha voz é suave. É difícil ver as emoções cintilando por seu rosto, quase tão difícil quanto os silêncios ao telefone.

— Não. — Ela balança a cabeça. — Eu não fui a única. Havia outras mulheres no escritório, mas elas não vão querer falar sobre esse tipo de coisa. Não sei quando foi que começou. Talvez depois que as cenas foram ficando mais complicadas e estouramos o orçamento? Não sei. Mas ele só entrava quando só havia uma de nós no escritório.

— Quando só havia você.

— Pois é — ela diz. — Só eu. E é por isso que às vezes parecia que eu estava imaginando. Ele chegava por volta da hora do almoço e me dizia pra não trabalhar tanto, me chamava de *querida* ou sei lá. Eu não achava que era grande coisa.

Seu lábio inferior treme. Minha garganta está seca. Não sei o que fazer, então pego sua mão. Ela se sobressalta, baixando os olhos para nossos dedos entrelaçados, mas não puxa a mão. Alice põe a dela no topo. Creio que não vou ter anotações dessa entrevista, mas não importa.

— Eu sou uma idiota por isso, mas gostava um pouco dele. Ele parecia legal. — Ela balança a cabeça, mordendo o lábio. — Idiota. Quando ele me beijou, achei que era um pouco de atrevimento, mas não contei nada a ninguém. Mas aí então ele queria mais e nem sabia meu nome, e não escutou quando eu disse não.

— Sinto muito — digo, balançando a cabeça. — E você não é idiota.

— Não sei. — Ela aperta minha mão. — Ele não me estuprou nem nada. Só começou a me apalpar, puxando minha camisa, e eu disse que ia gritar se ele não parasse. Ele falou que ia garantir que eu nunca mais trabalhasse no cinema.

— Ele parou? — pergunto. — Depois que você mandou ele parar?

— Depois que ele me ameaçou? Não. — Ela faz uma careta. — Só parou de puxar minha camisa porque um outro funcionário entrou. Mas todo mundo só fingiu que nada tinha acontecido. Eu contei à minha supervisora, mas ela fingiu que nada aconteceu, mesmo depois que eu me demiti.

— Sinto muito — digo, apertando minha caneta inutilmente com a outra mão. — Sinto muito mesmo, Savannah.

— Estou feliz por estar falando sobre isso. — Ela ergue os olhos para o teto. — Até hoje, eu só contei pra minha mãe. Antes disso, parecia que eu havia inventado a coisa toda. É assustador. Sei lá. Nós oramos a Deus sobre isso.

— Fico feliz por você ter conseguido conversar com sua mãe — digo. — É muito corajosa por falar a respeito. Sério, corajosa pra caralho.

Eu olho para Alice, mas seus olhos estão vermelhos, e isso faz com que seja ainda mais difícil engolir minhas lágrimas.

— Obrigada — diz Savannah. — Eu quero ser. Tento ser. Em grande parte, tenho um ódio do caralho por ele, por ter arruinado minha experiência, sabe? Meus irmãos caçoam de mim por gostar dos filmes dele porque são chatos, superbrancos e tudo o mais, mas ele era um garoto pobre da cidade, igual a mim. Eu imaginei que poderia ser igual a ele.

— Pois é — digo. — Eu nunca pensei em ser como ele, mas nunca imaginei que ele fosse ser esse baita escroto. Tipo, eu achava que só ter brancos em seus filmes era ruim, mas isso é diferente. Isso é... *tirar* de outras pessoas.

Esta é a diferença entre ser problemático e assediar ou abusar de mulheres. Savannah teve a sorte de conseguir outro estágio, mas a carreira de Julia virou uma bagunça, e até mesmo Tallulah, que ainda consegue papéis, teve algo tirado dela. Quando aquele menino me seguiu até o banheiro, ele tirou algo de mim. É isso que acontece em assédios, abusos, ou nesses toques escrotos não consentidos.

— A sensação é que ele estragou aquela experiência toda pra mim — diz Savannah. — Tipo, todo o meu amor inicial pelo cinema era baseado na obra de Roy Lennox. Foi difícil lidar com isso.

— Ele tirou algo de você — digo. — Então, nós vamos tirar algo dele. Tá bem?

— Sim. — Ela aperta minha mão. — Tá bem.

> **@JosieJornalista:** Marius Canet vai ganhar um Oscar daqui tipo uns cinco anos e todos vocês vão se lembrar de mim porque entrevistei ele primeiro (provavelmente) (sl) (talvez)

CAPÍTULO 33

Eu acordo no domingo ao som do telefone tocando.

— Alice — eu digo com a cara enfiada no travesseiro. — Pode atender?

Ela resmunga, mas ouço sua cama rangendo, então me aconchego mais ainda debaixo das cobertas.

— É o seu telefone, Josie — diz Alice, jogando o aparelho em cima de mim. — Não é o meu.

— Ugh. Não pode só atender pra mim?

— Ah, oi, Marius.

Levanto de pronto. Alice está em sua cama, balançando as sobrancelhas.

— Alice — digo —, me dá o telefone.

— Não sei por que ela não tem te atendido — diz ela, me ignorando. — Sinto muito. Que coisa horrível da parte dela.

— Alice. — Eu salto para cima dela, mas Alice se esquiva com facilidade.

— Ah, eu sei. — Ela dá um passo para o lado quando pulo na cama dela. — Muito chato estarmos indo embora amanhã.

— Alice — repito, tentando pegar meu telefone. Ela enfia o cotovelo na minha cara. — Alice, qual é!

— Ah, sim — ela diz. — Tenho certeza que Josie adoraria se encontrar com você em seu apartamento para conversar sobre o perfil.

— Alice.

Eu me lanço às costas dela. Nos estatelamos juntas na cama.

— Eu te *odeio* — exclamo, golpeando seu quadril com o ombro. — Por que você é tão desagradável?

— Problemas no paraíso? — Ela balança a cabeça. — Mas que pena.

— Cala a boca. — Eu me escondo atrás das mãos. — Não sei do que você está falando.

Mas eu obviamente sei. É isso que me deixa tão nervosa em falar com ele.

*

No caminho para o apartamento de Marius, decido que vou fazer perguntas profissionais, meticulosas e que deem continuidade às anteriores, que vão me permitir concluir meu perfil a tempo. Mas ele abre a porta do apartamento, com seus cachos castanhos dourados, seus olhos também castanhos e a expressão tão receptiva, e tudo o que consigo fazer é beijá-lo.

Suas mãos em concha tomam minhas bochechas e eu me inclino na direção de seu toque. Pra variar, não estou preocupada com nada. Só quero beijá-lo. Só quero aproveitar isso, viver este momento sem pensar no que virá a seguir. Por fim, ele se afasta.

— Você não respondeu nenhuma das minhas mensagens — ele diz. — Pensei que iria embora sem falar comigo de novo.

— Bom, pois é. — Eu encaro sua boca. — Eu não… não sou muito boa nisso.

Ele morde o lábio. Não sei dizer se está pensando nas mensagens ignoradas, no beijo ou na ligação constrangedora com minha irmã. Meus dedos se tensionam ao lado do corpo, a ansiedade retornando. Poderia ser *eu* a encerrar o silêncio. O problema é que não faço ideia do que dizer. Nenhum de meus planos parece mais apropriado. Não quero falar sobre ser profissional, nem mesmo sobre Lennox. Eu quero olhar para ele o máximo possível, sem que seja esquisito. Quero beijá-lo de novo. Beijar Marius em um apartamento vazio, com tudo em silêncio, exceto o som de nossas respirações, devia contar como uma forma de terapia.

— Eu fiz alguma coisa? — ele pergunta, quebrando meu transe. — Que te deixou chateada?

— Não — digo. — Não mesmo.

Eu o vejo assentir, um movimento de cabeça dos mais leves. Ainda há um vinco de preocupação em seu cenho. Quero suavizá-lo.

— Eu só... — Minha voz some. Há tantas razões e eu não quero mencionar nenhuma delas. — Eu vi suas mensagens. Me desculpe por não ter respondido. É só que... eu deveria estar trabalhando na matéria. Achei que teria alguns dias pra terminar e que nunca mais veria você de novo. Se respondesse, pensei que ficaria com mais saudade ainda.

Eu me expus mais do que era minha intenção. Paro de respirar. Um ataque de pânico se aproxima. Ele vai me achar esquisita, porque pessoas normais respondem mensagens, porque não deveria ser grande coisa, porque nós só nos beijamos algumas vezes e andar de mãos dadas nem mesmo conta e...

— Ei. — Ele puxa minha mão. — Vem cá. Senta aqui.

Eu assinto. Marius se senta primeiro e eu me encolho ao lado dele devagar, como se o sofá fosse desabar com meu peso. Ele é quente. Isso alivia um pouco da tensão em meus ombros. Dessa vez, ele se inclina quase em câmera lenta. Eu o puxo pelo cabelo e o beijo outra vez.

Meu primeiro beijo foi durante um jogo de verdade ou consequência, no sétimo ano. Não me lembro do nome do menino que me beijou, e durou apenas um segundo. Minha falta de experiência significa que não sei a diferença entre um bom beijo e um beijo ruim. Isso não me impediu de me preocupar com bocas abertas, línguas e, Deus me livre, herpes.

É diferente com Marius. Não me preocupo muito com qualquer coisa quando estamos nos beijando. Emaranho os dedos em seu cabelo tão macio, e o puxo mais para perto de mim. Ele morde meu lábio e um gemido escapa da minha boca. Vamos recuando um pouco mais a cada beijo. Num minuto, estamos os dois sentados, e no outro, ele está estirado debaixo de mim. Não me dou conta disso de fato até me erguer para tomar fôlego, o medo — e algo mais — se empoçando em minhas entranhas.

Você vai parti-lo ao meio.

Eu congelo.

— Josie? — Marius ergue os olhos para mim. — Você está bem?

Eu descanso o peso nos joelhos para não esmagá-lo, mas não acho que ele nota. Seus lábios estão manchados de vermelho, brilhando como se alguém tivesse acabado de passar gloss neles. Seus olhos estão ligeiramente enevoados, o cabelo está bagunçado e ele é lindo. Incrivelmente lindo. Por mais que eu diga a mim mesma que sou linda, sei que Marius não precisa falar isso para si mesmo no espelho toda manhã para não esquecer. É algo óbvio.

Ele estende as mãos para tomar as minhas, puxando-as para perto de seu peito.

— Pode me tocar — ele diz. — Quer dizer, se você quiser.

Eu sempre quero tocá-lo. Seu rosto, seu pescoço, suas mãos e seus braços, a pele macia, a pinta, tudo. Isso é algo que quero e quis praticamente desde o dia em que o conheci. Eu me forço a parar de pensar ao menos por um segundo, correndo meu polegar sobre as mãos dele. Elas são quentes, macias. Estas são as mãos de Marius e de mais ninguém.

Então, corro as mãos por seus braços. Sinto o olhar dele sobre mim o tempo inteiro. Tenho quase certeza de que nossos braços são as únicas partes de nossos corpos que combinam, ao menos em largura. Ele não tem nenhuma marca em lugar algum, apenas pelos leves e tênues que preciso apertar os olhos para ver. Eu subo as mangas de sua camisa enquanto avanço, mas, no momento em que chego aos seus cotovelos, ele já está tirando a peça.

— Não precisa...

Minha voz some quando ele solta a camisa no chão.

Ele é magérrimo. Não como se tivesse passado fome, mas ele é menor do que eu. Menor do que jamais serei. E *tudo bem*, porque eu não me importo de ser gorda, porque este é o meu *corpo*. Nossos corpos são diferentes, só isso. Quero que isso *dê certo*, mas nós já somos diferentes — diferentes na idade, no gênero, e nas pessoas...

Apesar disso, não consigo parar de olhar. São quilômetros de pele. Seus mamilos são rosados, assim como seus lábios, assim como sua língua. Faz meu corpo formigar. Me dá vontade de tocar, então eu o faço, alisando seus ombros e me aproximando. Há apenas o som de sua respiração suave. Eu formulo um plano: tocar cada pedacinho dele com minhas mãos antes de seguir o mesmo padrão com minha boca. Me sinto zonza, mas de um jeito bom, como depois que paro de dançar quando faço uma festa de improviso.

Eu beijo seu ombro. Não tenho certeza se meu cérebro está processando tudo do jeito normal.

Marius vira a cabeça.

— Josie? — ele diz. — Eu posso ver você?

É um pedido simples, mas o bastante para fazer minhas palmas das mãos suarem. Não tenho o mesmo tipo de beleza que ele. Não há quilômetros de pele lisa. Tenho estrias por toda parte.

— Não precisa fazer isso — ele diz quando não falo nada.

— Eu só...

— Não. — Estendo as mãos para a bainha da camisa. — É só que... eu quero que você saiba que não vou... Eu tenho estrias na barriga e nas pernas. Elas são mais escuras que o resto da minha pele. E minha barriga é maior, só...

Não consigo discernir a expressão em seu rosto. Descrença? Surpresa? Seja lá o que for, não faz com que eu me sinta nada melhor.

— Não tem que me dizer — afirma ele, beijando meu queixo. — Eu quero ver.

— Quero que esteja preparado.

Puxo minha camisa por cima da cabeça antes que ele possa dizer qualquer outra coisa. Minha barriga está apertada entre minhas pernas e minhas costas estão mais eretas do que de costume. Eu me forço a imaginar o espelho do banheiro em casa, o quanto pareço bonita nele. É mais fácil sentir que sou bonita quando não há mais ninguém por perto.

Após um segundo, me permito olhar para o rosto dele. Seu sorriso é tão terno que me dá vontade de chorar.

— Você é linda — diz, se deslocando de forma a se sentar. — Por que estava com tanto medo?

— Nem todo mundo acha isso. — Engulo seco. — Estão todos errados, é óbvio.

— É óbvio. — Ele ostenta um sorriso de menino. — Você é maravilhosa.

Minhas bochechas queimam. Ele ergue meu rosto e me beija. Eu o sinto, quente, sólido e presente. Isto é real. Não estou imaginando.

Porém, quando ele me puxa para mais perto, quase no colo dele, me afasto em um solavanco.

— Marius, não — eu digo, balançando a cabeça. — E se eu te esmagar?

— Então, vou ter sido esmagado — diz ele. — Que jeito maravilhoso de morrer.

— Não tem graça — respondo. — Você está agindo como... como se eu não fosse gorda, mas eu sou, e é óbvio que você sabe disso. Não precisa fingir que não é verdade.

— Não estou tentando ignorar nada, Josie. — A surpresa cintila por todo o seu rosto. Ele se move para a frente, nossos joelhos se tocando. — Eu sei que você é maior do que eu, mas também sei que não vai me esmagar a ponto de eu não conseguir lidar com isso.

— Como?

— Porque eu sei falar. — Ele beija meu rosto. — E se eu precisar parar, vou te dizer. E você vai me dizer se quiser parar, certo?

— É.

Ele faz parecer tão simples. Talvez seja para ele, mas não é para mim.

— Eu gosto do seu corpo — diz, se inclinando para a frente. — É o corpo da minha pessoa favorita. E não é como se eu nunca tivesse percebido que você é maior, sabe.

— Tudo bem dizer *gorda* — digo. Minha voz sai em um sussurro. — Eu sou gorda.

— Pois é. — Ele sorri com suavidade. — Eu sei.

— É só que... — Minhas palavras se interrompem. O que estou tentando fazer aqui? Convencê-lo de que ele não deveria gostar de mim? Passei todo esse tempo dizendo a mim mesma que sou linda, mas agora é como se nem eu mesmo acreditasse.

— Sei lá. As pessoas de quem eu gosto não gostam de mim de verdade. Pelo menos não na maioria dos casos. Acho que é porque não gostam do meu corpo. E tenho quase certeza de que todo mundo gosta do seu corpo. Não quero que você faça qualquer coisa só porque sente pena de mim.

Ele bufa.

— As pessoas são idiotas. Eu gosto de você, gosto do seu corpo e não ligo para o que os outros pensam.

— É que é muita coisa — digo. — Às vezes, tenho problemas com minha aparência, mas eu gosto de tudo em você.

Ele toma minha mão.

— Acho que eu entendo — comenta. — Acho que ninguém gosta realmente da própria aparência. Não o tempo todo, pelo menos. Às vezes, me olho no espelho e sinto que ainda tenho quinze anos. Eu odeio.

Ergo o olhar de pronto. Ele dá de ombros levemente.

— Tá falando sério? — pergunto. — Que besteira. Você é lindo.

— Está dizendo isso só porque sente pena de mim?

Agora sei que ele está me zoando. Reviro os olhos e afasto o olhar.

— Nem todo mundo tem a mesma aparência. — Ele chega mais perto, pondo a mão em meu rosto. Há algo de tão determinado em sua expressão, tão sincera, que não consigo simplesmente levar na chacota. — E nem todo mundo é... Tipo, Paris e Nova York são cidades lindas, certo? Mas são diferentes. As pessoas amam as duas por diferentes razões. É como as pessoas.

— Você faz isso parecer tão *piegas* — digo, baixando a cabeça para a curva do seu pescoço. — Eu devo parecer mais insegura do que imaginei se você agora está fazendo metáforas com metrópoles.

Em vez de rir, ele se inclina para mais perto.

— Mas eu quero que saiba que estou aqui porque quero você — diz. — Você sabe disso, não sabe?

Eu acho que sei. Tento conter um sorriso.

— Bom, eu também quero você — digo, minhas bochechas queimando. — Eu só nunca fiz isso antes.

— Beijar?

— Sem camisa, não.

— Ah. — Ele avança para baixo, beijando meu peito. — É um pouco diferente pra mim. A última vez em que fiz isso foi com um cara, tipo, dois anos atrás.

— Ah. — Mais uma coisa para minha cabeça se preocupar. O quanto meu corpo deve ser diferente do corpo do ex-namorado dele? — É esquisito? Estar com uma garota desta vez?

— Acho que não — ele diz, inclinando a cabeça para o lado. — Beijar alguém novo sempre é *diferente*. Você é diferente dele, mas não só pelo gênero. Não sei se isso faz sentido.

— Acho que faz.

Marius corre a mão pela minha barriga. Ninguém jamais foi tão gentil, a tocando de forma tão afável e sorrindo para mim a cada poucos segundos. Então ele avança mais para baixo e eu permito, nós dois alcançando os botões de meu jeans, puxando-o para baixo.

Sempre pensei em sexo como a coisa que pessoas cis héteros fazem para gerar bebês, mas os beijos que Marius dá na minha coxa também se parecem com sexo.

— Tudo bem se eu fizer assim?

— Tudo. — Eu fecho os olhos e me permito esquecer todo o resto além de seus lábios. — Está perfeito.

> **@JosieJornalista:** por que pessoas que têm poder são tão horríveis?

CAPÍTULO 34

Estou eufórica quando volto ao quarto do hotel algumas horas depois, mas meu sorriso é apagado do meu rosto quando vejo Alice esperando por mim junto da porta, de braços cruzados. Não há razão para ela estar me esperando do lado de fora, a menos que algo ruim tenha acontecido.

Baixo os olhos para meu telefone. Há uma ligação de Maggie, mas também um e-mail e três ligações da srta. Jacobson. Merda. Não olhei para meu telefone uma única vez enquanto estava com Marius e não pensei em checá-lo durante o caminho de volta. Por que faria isso? Estava flutuando no ar.

Meus passos se desaceleram quando me aproximo de Alice. Ela me fita com os olhos arregalados.

— Por que demorou tanto?

— Hã — digo. — Marius e eu passamos mais tempo juntos do que eu imaginei... Por quê?

— Você... É que... — Ela passa a mão pela testa. — Não sei o que está acontecendo, mas alguém deixou um monte de mensagens pra você no telefone do hotel.

Passo por ela e entro no quarto, meu estômago se revirando. Será que foi a srta. Jacobson outra vez? Talvez ela quisesse entrar em contato comigo para falar sobre algumas anotações, mas eu não estava atendendo. Estou apelando a tudo e qualquer coisa. Meu estômago está completamente revirado quando me encaminho para a mesa de cabeceira entre nossas camas. O telefone pisca em vermelho.

— Você ouviu as mensagens? — pergunto. Minha garganta está tão seca que é difícil engolir. — Você sabe quem estava ligando? Parecia com raiva?

— Só escutei a primeira. — Alice se detém junto à porta. — Era a srta. Jacobson, pedindo para você ligar pra ela com urgência.

A sensação é de ter uma enorme pedra que não consigo engolir na garganta. Todas as coisas que fiz de errado me saltam à mente: ficar com Marius quando não deveria, beijá-lo, fazer coisas que supostamente não se deveria fazer com seus entrevistados. Mas como alguém ficaria sabendo disso? Marius não contaria a eles, contaria? Acho que ele não conhece ninguém da revista.

Fico encarando o telefone como se fosse me morder.

— Eu resolveria logo isso — diz Alice, interrompendo meus pensamentos. — É melhor saber com o que está lidando.

Como se fosse assim tão simples. Como se saber com o que estou lidando fosse melhorar qualquer coisa. Respiro fundo e pego o telefone, pressionando o botão que reproduz as mensagens.

— Olá. — A palavra é praticamente vociferada no fone, mas sei que é uma voz de mulher. — Estou tentando falar com Josie Wright. Aqui é Lauren Jacobson. É urgente. Se puder retornar minha ligação, seria ótimo. Obrigada.

— Olá novamente — começa a segunda mensagem. — Aqui é Lauren Jacobson, procurando Josie Wright. É muito importante que você retorne minha ligação.

— Josie — começa a terceira mensagem —, aqui é Lauren, tentando falar com você outra vez. Eu enviei um e-mail, mas ajudaria bastante se você me ligasse. Há um assunto urgente que precisamos discutir.

Franzo o cenho para o telefone. A ideia de retornar a ligação dela definitivamente não me atrai. Prendo a respiração enquanto disco o número que ela deixou no telefone do hotel.

— Josie — diz a srta. Jacobson do outro lado da linha. — Estive tentando falar com você. Como está indo a turnê de divulgação?

— Ah — digo. Ela não parece estar com toda a raiva que eu esperava. — Está indo bem. Hã, estamos passando bastante tempo em Nova York, como você disse que passaríamos. Acabei de voltar de uma entrevista com Marius, na verdade. Só amarrando umas pontas soltas, sabe como é.

Isso é verdade apenas em partes. Mas não há a menor chance de que eu vá entrar em detalhes com a srta. Jacobson.

— Imaginei — responde ela. — Mas fico feliz por você estar terminando. Ainda vai conseguir me entregar a versão preliminar amanhã?

— Sim, acho que consigo fazer isso.

Alice olha para mim, e eu dou de ombros. Sinceramente, não sei qual é o motivo desta ligação. A srta. Jacobson poderia ter me perguntado tudo isso por e-mail. Me balanço nas pontas dos pés. Se ela está me ligando, só pode ser por conta de algo importante. Mas o quê?

— Ótimo — ela diz, bruscamente, como quem risca itens de uma lista. — Tem mais uma coisa que eu queria discutir com você. Olha, Josie. Não quero te assustar.

Dizer isso é o modo mais rápido e fácil de me assustar. Meu estômago imediatamente dá uma cambalhota.

— Ah — digo. O que *mais* posso dizer?

— Andei ouvindo certas coisas — comenta. — Bom, a redação inteira passou a semana toda ouvindo certas coisas. E sabemos que é provável que sejam só rumores. É sobre um grupo de mulheres querendo acusar Roy Lennox de abuso. Na verdade, andamos ouvindo rumores como esses já faz algum tempo.

Minha boca fica seca.

— É óbvio que não estou ligando para você para falar sobre os boatos — ela continua. — Eu não desperdiçaria seu tempo com isso. Mas estou ligando especificamente porque hoje recebemos uma ligação do sr. Lennox.

Meu corpo inteiro congela. Minha garganta parece ter se trancado, como se eu tivesse sofrido uma reação alérgica à notícia que ela estava me dando. Por que ele ligaria? Ele não ligaria, a menos que soubesse sobre mim. Imaginei... Não sei o que eu imaginei. Que ele não saberia de meu envolvimento até que a matéria fosse publicada. Mas é claro que eu estava errada. Durante esse tempo todo, ouvi falarem sobre como esse cara é poderoso e bem-relacionado, sobre como consegue construir ou destruir carreiras, e estou escrevendo uma reportagem o acusando de abuso sexual. É claro que ele ia descobrir.

— Ele acusou você de estar reunindo mentiras sobre ele — ela diz. Sua voz é anormalmente gentil, como se estivesse me contando que alguém havia acabado de morrer. — Afirmou que você está trabalhando em uma reportagem sobre ele, com a intenção de publicar algum tipo de difamação feita por um bando de ex-atrizes raivosas e vingativas. Nós dissemos a ele que você está completamente focada em um perfil de Marius Canet neste momento.

Meu cérebro entra em curto-circuito. Não tenho certeza sobre o que dizer. Eu poderia negar. Eu com certeza poderia negar. Mas parte de mim, a parte esperançosa, se pergunta se eu não poderia contar a verdade a ela. Se ela ficaria ao meu lado.

— Cá entre nós, acho que é o caso de um figurão com bastante poder ficando paranoico — ela acrescenta. — Não sei exatamente o que é, talvez ele tenha feito perguntas por aí, notado que você está trabalhando com Penny Livingstone, e presumiu algumas coisas. Mas eu garanti a ele que você não vai publicar nenhuma matéria como essa conosco.

— Certo — digo. Minha voz soa fraca. Acho que estou prestes a vomitar.

— Nós dissemos a ele que você não é uma jornalista profissional — ela continua. — Que você venceu nosso concurso e que é uma estudante do ensino médio que ama escrever. Só isso.

Algo nas palavras dela me faz descongelar.

Só isso. Como se eu não tivesse um portfólio inteiro de artigos online nos quais venho trabalhando desde que tenho quinze anos. Ela me faz parecer uma menininha. Como se eu não soubesse de nada. Como... se a única razão para ele não precisar se preocupar comigo é por causa de quem eu sou.

Eu não gosto disso.

— Só queria deixar você a par — ela continua. — Eu considero a questão resolvida, mas quis me certificar de que você soubesse o que está havendo, caso haja a menor, a *mínima* possibilidade de alguém da equipe dele entrar em contato com você.

Meu corpo desaba na cama. Não tenho certeza de como lidar com absolutamente nada disso.

— Josie? — diz a srta. Jacobson. — Ainda está aí?

— Hã, sim — respondo. — Só um pouco, hã, chocada.

— Entendo completamente — diz a srta. Jacobson. — É realmente ridículo. Lennox é um cineasta incrível, mas realmente passou dos limites ao sair acusando meninas adolescentes de fazer coisas assim.

— Pois é — digo. — Hã. Existe realmente uma matéria? Como a que ele está pensando?

— Eu duvido — ela diz. — Todos sabem que é melhor não bater de frente com ele. Quero dizer, você nem fez nada e ele já te acusou de difamação. Imagine se um repórter de verdade tentasse escrever essa matéria?

Um repórter de verdade. Engulo de volta a emoção se alçando em minha garganta.

— Enfim, não quis te apavorar. — A srta. Jacobson ri. — Gente como Lennox é maluca, só isso. Se decidir entrar nessa indústria quando for mais velha, você com certeza vai perceber isso.

— Certo — digo. — Pois é. Estou vendo.

Não consigo me forçar a rir junto com ela.

— Vou te deixar em paz agora, Josie — ela diz. — Divirta-se bastante no encerramento da turnê. Estou empolgada para ler seu texto.

— Sim — comento, mas minha voz parece distante. — Obrigada.

Desligo antes de escutar o que mais ela tenha a dizer. Quando ergo os olhos, Alice está me fitando, o cenho franzido. Ainda estou agarrada ao telefone.

— Josie?

Vejo a silhueta de Alice diante de mim, mas minha respiração está tão acelerada que é difícil me concentrar na minha irmã.

— Josie — chama ela, outra vez —, qual é? Não pode ser tão ruim assim.

Mas é bem ruim, na verdade. Porque Lennox sabe. Ele ligou para a revista para me impedir. Será que isso significa que ele ligou para Penny? Que ligou para as outras mulheres que conversaram conosco? Será que sabe de todas elas?

Sinto vontade de vomitar.

E não há a menor possibilidade de que eu vá pedir ajuda à srta. Jacobson. Ela pareceu tão certa de que não poderia ter sido eu. Mas *fui eu* e Lennox sabe. Ele deve ter colocado pessoas para me vigiarem. Para fazerem perguntas por aí. Ele *sabe*.

Imagino o que a srta. Jacobson faria se descobrisse a verdade. A *Em Foco* provavelmente pediria a devolução de meu prêmio em dinheiro. É provável que ela me dissesse para parar de trabalhar na matéria sobre Lennox e eu teria que obedecer. Se ela descobrisse que estou de fato me dedicando a isso durante meu trabalho para a *Em Foco*, eu provavelmente poderia ser processada pela revista, isso sem falar nos advogados de Lennox.

— Josie? — Alice diz outra vez. — Escuta...

Não ouço o restante do que ela diz. Em vez disso, a afasto e sigo até o banheiro para vomitar.

> **@JosieJornalista:** vocês já quiseram gritar consigo mesmos?

CAPÍTULO 35

Ainda estou me sentindo mal quando apareço no apartamento de Marius, uma hora depois. Nem sei por que voltei aqui. Talvez só esteja querendo procurar briga. Passei esses últimos dias tentando ignorar a cumplicidade de Marius. Não mais.

— E aí — ele diz ao abrir a porta, sorrindo do mesmo modo que sempre faz com que algo em meu peito se aperte. E é o que acontece agora, só que não de um jeito bom. — Faz um tempo que não te vejo — brinca.

Acho que ele está prestes a me beijar, mas desvio e entro no apartamento.

— Aconteceu alguma coisa?

Eu me viro para encará-lo, mantendo os olhos em seus pés com meias em vez de em seu rosto.

— Sei que você ouviu os boatos — começo, forçando a voz a se manter calma. — Mas você sabia que Roy Lennox assediou e abusou de pelo menos seis mulheres com quem trabalhou?

Silêncio.

Uma rápida olhadela nele. Seus olhos estão arregalados enquanto ele balança a cabeça, piscando demais. É como na primeira vez em que fiz essa pergunta a ele. Sempre vi Marius como alguém verdadeiro, mas não sei dizer se esta é uma reação genuína ou não.

— Acho que sabia — continuo. — Porque tentei puxar este assunto com você antes e você me ignorou. Mas não vai poder fazer isso de novo. Não nesse momento.

— Eu não... — Ele hesita. — Josie, eu ouvi os rumores, mas já disse, não posso...

— Não são só *rumores* — interrompo. — Ninguém inventaria *rumores* sobre algo tão sério. As mulheres sabem que ninguém acreditaria nelas. Eu simplesmente não entendo. Todo mundo sabe, mas acho que vocês, homens, se enganam para pensar que são só *rumores*, e é assim que Lennox continua se safando disso. Sei lá. Me diga você.

— Você não sabe do que está falando.

— *Eu* não sei? Claro que não. Eu apenas estive entrevistando mulheres sobre isso durante a última semana. — Meus olhos saltam para o rosto dele. — Não me venha com papo furado, Marius. Não pode ignorar isso só porque quer fazer um dos filmes dele. Você poderia fazer *qualquer* filme que quisesse depois de *Incidente na Rua 57*, mas escolheu trabalhar com Lennox.

Não sei o que estou esperando, mas não é ver seus olhos se encherem de lágrimas. Ele respira fundo, o peito subindo e descendo devagar, as narinas se alargando. Dou um passo para trás. Eu nunca o vi com raiva. As palavras de Penny ecoam em minha cabeça: *Eu esperaria para ver como ele é quando não está sendo legal.* Talvez seja assim que ele é. Talvez ele esteja prestes a gritar.

— Eu não... — Ele desvia o olhar, engolindo seco. — Não é tão simples quanto só *falar* a respeito. E, se eu contasse a alguém, nunca mais faria outro filme. Não sei por que nós temos que continuar *falando* a respeito.

— Que história é essa? — Eu cruzo os braços. — Com certeza é muito difícil para você ser questionado a esse respeito, quando há mulheres que...

— Não são só *elas* — ele esbraveja. — Todo mundo que trabalha com ele tem que lidar com alguma coisa. Eu só não sabia disso antes de aceitar, tá certo? E agora não tem nada que eu possa fazer a respeito.

— Peraí. — Meu coração despenca até o fundo do estômago. — Está dizendo que...

Ah, meu Deus.

— Marius...

— Não acredita em mim? Tenho que te contar cada detalhe pra que seja verdade? — Ele agora respira mais rápido, frenético, como se tivesse acabado de correr uma maratona. — Quer saber que ele me levou para o quarto de hotel dele, para uma "leitura com todo o elenco"? Mas era só eu, e...

— Marius. — O ácido queima o fundo de minha garganta. Vou passar mal. — Para. Você não precisa me contar tudo. Eu não deveria ter...

— E no meio da leitura — continua ele, com as mãos tremendo junto ao corpo —, ainda não tinha mais ninguém lá, e achei que era só algo que iria acontecer quando eu fizesse mais filmes, mas não, era só esse cara, da idade do meu pai, que botou o pau pra fora e começou a se masturbar bem na minha frente.

Levo a mão ao rosto. Não consigo parar de tremer. Todas as pessoas com quem conversamos eram mulheres. Nunca pensei... Eu imaginei... Meu *Deus*. Que babaca do caralho eu sou. Quero melhorar a situação, mas não acredito que seja possível.

— Eu não entendo — digo. Estamos os dois respirando freneticamente, agora. — Marius, você sabe como é talentoso? Poderia trabalhar com *qualquer um*. Por que simplesmente não largou o filme depois disso?

— Não é assim tão simples. — Ele balança a cabeça. — Não é como se eu fosse algum garoto branco. Eu... eu tenho que aproveitar as oportunidades que recebo. Meus pais estão com tanto orgulho de mim, todo mundo está. Se eu caísse fora agora, todos pensariam que aconteceu alguma coisa. Eu não tenho esse direito. Ele disse que ninguém enfrenta Roy Lennox sem assassinar a própria carreira. Disse que as coisas *não correriam tão bem* pra mim se eu contasse a alguém. Eu nem mesmo *quero* contar. Vou só fazer o filme em fevereiro, participar dos eventos de divulgação e nunca mais trabalhar com ele.

— Não. — Me sinto culpada, desatinada, furiosa e quero socar a cara de Roy Lennox até os olhos dele caírem. — Você não deveria ter que continuar trabalhando com ele se não quisesse, ainda mais depois que ele fez uma coisa assim a você. Talvez pudesse conversar sobre isso com...

— *Josie*. — Sua voz soa extenuada, como se ele tivesse passado a noite inteira gritando. — Conversar sobre isso não vai resolver nada. Só o que vai acontecer é garantir que todos fiquem sabendo. Metade das pessoas não vai acreditar em mim. E... caralho, *meus pais* saberiam. Minha mãe já não quer que eu atue. Ela acha que vai me atrasar nos estudos. Consegue imaginar o que isso faria com ela?

— Mas não pode simplesmente *trabalhar* com ele. — Minha boca está seca. — Marius, você não pode.

— Eu preciso.

— Talvez... — Minha garganta dói, eu vou passar mal e tudo o que preciso é consertar esta situação. — Talvez a matéria que estou escrevendo seja publicada antes do início das gravações, daí então você não vai precisar, porque vão todos estar com raiva dele e o estúdio vai cortar o financiamento.

— Isso não vai acontecer — diz Marius. Seus olhos estão vermelhos. — As mulheres que está entrevistando, pra seja lá o que for em que esteja trabalhando, vão ser chamadas de mentirosas. Podem nunca mais achar trabalho em Hollywood. Falar não vai ajudar em nada. Temos só que fingir que está tudo normal.

— Não podemos simplesmente *não* falar disso.

— Não podemos *falar* disso — ele diz. — Não vai resolver nada, Josie. Ele é poderoso demais. Pode acabar com qualquer um de nós num segundo. Tudo bem. Eu só não vou ficar sozinho com ele nunca mais.

— Mas e as pessoas que não sabem? — pergunto. — E as pessoas que são novas na indústria e acham que Lennox dará a elas sua grande oportunidade? Alguém precisa alertá-las. Nós temos que pelo menos *tentar*.

— Não faz sentido tentar — responde ele. — Não vou contar o que aconteceu a ninguém. Não pode simplesmente forçar as pessoas a falarem a respeito disso. Ele pode negar tudo à vontade, dar as costas e jogar sujo. Sei exatamente o que diriam se algum dia eu contasse: que eu estava a fim, porque sou bi.

As palavras dele me atingem como um tapa. Dói porque sei que é verdade.

— Marius...

— Então, por que eu deveria tentar?

— Pelas outras pessoas! — Estou agitando as mãos, da mesma forma como ele faz ao falar. — Você não é a única pessoa nisso. Meu Deus, Marius, pense *nelas*.

Seu rosto já parecia horrível antes, mas, caralho, ele agora desmorona. Tenho vontade de chorar. Antes, havia sido pelo que Lennox fez. Agora, é porque *eu* fiz ele se sentir assim. Eu gritei com ele, o forcei a me contar o que havia acontecido e agora o estou tratando de uma forma horrível. Tenho vontade de me dissolver em uma poça de lágrimas.

Ele se afasta, os braços cruzados com tanta força que a impressão é de que são as únicas coisas mantendo inteira sua frágil figura.

— Marius — digo outra vez. — Eu... eu quero consertar essa situação. Me diga o que fazer.

— Eu acho — ele fala, sem me olhar nos olhos — que você deveria ir embora.

Suas palavras fazem meu peito doer. Nunca fiz uma merda deste tamanho. Quero remediar a situação. Quero apagar Roy Lennox de sua história. Quero voltar no tempo para garantir que nada disso tenha acontecido.

Mas isto é culpa *minha*.

Não posso simplesmente sair correndo, e, ainda assim, é isso que meu corpo deseja que eu faça. Ainda me sinto nauseada. É o pior tipo de ataque de pânico. Que não acontece porque alguém estava falando alto demais, ou porque precisei fazer um pedido em um restaurante. É porque eu fiz merda. Eu magoei Marius, a pessoa mais gentil que conheço, ao cutucar uma ferida aberta.

Ele me pediu para ir embora, então eu vou.

@JosieJornalista: é com satisfação que informo que criei uma nova linha temporal em que Ava DuVernay ganhou cada Oscar que existe por ser perfeita e estou me mudando desta dimensão

CAPÍTULO 36

— Caralho!

Tenho quase certeza de que esta é a quinta vez que meu computador desligou e deletou meu rascunho. Não sei se grito ou se choro. Não é como se o texto estivesse bom, de todo modo. Não faço ideia de como combinar os relatos de todas essas seis mulheres de um modo que faça sentido. Geralmente, aperfeiçoo uma matéria o máximo que posso antes de enviá-la para um editor, mas preciso que esta esteja *perfeita*. Preciso garantir que, seja lá quem for editar esta matéria, tenha a vontade imediata de aceitá-la e defendê-la até os confins da Terra. Ela precisa ser formidável. Mais do que tudo, preciso garantir que essas mulheres estejam bem representadas.

É o início da manhã de domingo, e, como nosso voo é nesta noite, tenho que concluir tudo agora. Não ajuda em nada que eu nem tenha certeza de que deveria estar escrevendo esta matéria. Toda vez que releio as frases, visualizo tudo acontecendo: as apalpadas, o medo, estar encurralada em um canto. Então penso em Marius e tenho vontade de vomitar. Depois do que aconteceu em seu apartamento ontem, como eu poderia ser a melhor pessoa para escrever esta matéria? Aliás, como posso ser a melhor pessoa para escrever um perfil de Marius? Continuo a ignorar as mensagens de Penny, continuo a ignorar tudo e todos, mergulhando no meu computador. Não ajuda em nada.

— Ei. — Por mais estranho que pareça, a voz de Alice é suave. — Está tendo problemas por aí, Bernstein?

— Eu quero ser Woodward — eu murmuro, batendo com tudo na opção de reinicializar meu computador outra vez. — E sim, acho que estou morrendo. Quero que isto esteja perfeito antes de eu enviar.

Embora eu deva à srta. Jacobson uma primeira versão de meu perfil de Marius, não consigo me forçar a abrir o documento. Olhar para ele dói, de verdade. Em vez disso, estive trabalhando em minha matéria sobre Lennox. Já tenho outros três rascunhos. Talvez eu deva acrescentar no começo uma anedota pessoal sobre o que aconteceu comigo na escola. O plano era enviar para Penny, mas nem *isso* eu sei mais se deveria fazer.

— Está falando do perfil?

— Eu... Bom, não, eu estava trabalhando na matéria sobre Lennox. Mas vou começar o perfil assim que terminar.

Se *algum dia* eu terminar. Meu computador está avançando em um ritmo glacial. Passo a mão pelo cabelo e dou um puxão nele, rosnando. Há lágrimas em meus olhos. Sinceramente, eu não devia ter me comprometido com nenhuma das duas coisas. Não sou nem madura, nem talentosa o suficiente. Deveria simplesmente voltar pra casa, ficar com Maggie e com Cash e nunca mais sair de lá.

Alice se aproxima, se abaixando junto à minha cadeira. Não sei por que me forço a escrever na escrivaninha de nosso quarto de hotel. Em casa, eu escrevo no sofá. Talvez seja minha forma de punição autoinfligida.

— Acho que você deveria fazer uma pausa — diz minha irmã.
— Trabalhar por horas na mesma coisa não vai te fazer avançar muito se só estiver frustrada o tempo inteiro.

— *Não posso*, Alice — digo, esfregando o rosto. Ela afasta uma de minhas mãos. — Eu tenho prazos e as pessoas estão contando comigo.

— Mas não vai conseguir terminar nada deste jeito. É isso que estou tentando te dizer — ela argumenta. — Você está literalmente arrancando os cabelos. O que é que sua médica diz a você pra fazer? Aqueles exercícios de respiração, não é?

— Eu *sei* — respondo, ríspida, mesmo não tendo pensado nisso.

Não tinha percebido que estava com ansiedade. Parece mais um milhão de emoções misturadas, a falta de sono e o sentimento que tive quando cheguei à parte de matemática do SAT. Eu me obrigo a respirar fundo e a contar.

Alice segue para o outro lado do quarto, enfiando coisas na mala. Eu fecho os olhos. A matéria está boa. Tem que estar. Venho trabalhando nela ao que agora parece ser um mês. Eu vou enviá-la para Penny, torcer para que Lennox não tenha ameaçado ela também, e vamos ver o que vai querer fazer em seguida. E então... o perfil, creio.

Já foi um inferno repassar as gravações em que mulheres falavam sobre serem abusadas e assediadas sexualmente. Não quero escutar todas as conversas que tive com Marius. Não consigo escutar a voz dele. Só vai fazer com que eu me sinta mal. Talvez eu *devesse* me sentir mal. Só tirei conclusões erradas. Imaginei que Lennox só visasse mulheres, mas estava errada. Agora, não consigo parar de me perguntar. Será que Lennox escolheu Marius por saber que ele é bi? Ou foi apenas por Marius ser a pessoa mais jovem do set? Será que tem outros garotos?

Tudo em que consigo pensar é no que ele disse. *Falar disso não vai resolver nada.*

Mas *tem* que funcionar. Simples assim. Não sei o que vamos fazer se não funcionar. Vou passar o resto da minha carreira me certificando de que as pessoas confrontem Roy Lennox por ele ser uma das piores pessoas na existência. Se tiver que passar o resto da minha vida fazendo com que diretores não possam assediar ninguém no set, eu farei isso. Farei sem nem pensar duas vezes.

Meu telefone apita e baixo meu cenho franzido para ele. Há um novo e-mail da Spelman. Sinto uma palpitação em meu peito, apesar de tudo. Abro o e-mail no notebook para poder ver direito. Não é como se eu precisasse ver a carta de aceitação agora, mas poderia fazer eu me sentir um pouco melhor, fazer com que eu me sentisse menos como um fracasso que não faz ideia do que está fazendo.

Cara Josephine Wright,

Agradecemos seu interesse na Spelman College. Recebemos muitas inscrições excelentes e interessantes, das quais só podemos aceitar algumas. Avaliamos sua inscrição muito cuidadosamente e percebemos vários traços notáveis. Dito isso, houve uma rigorosa competição para o ingresso em nossos programas de graduação deste ano, e sua inscrição não estava entre aquelas que estávamos aptos a aceitar.

Desejamos a você todo o sucesso em seus estudos e além.

Atenciosamente,

Não vejo o resto porque meus olhos estão borrados pelas lágrimas.

Como isso pode ter acontecido? Eu tinha tudo — notas altas, ótima pontuação nos exames. Foi porque não participei de clubes suficientes? Mas eu tinha toda a minha relação com a escrita. Achei que isso se destacaria. E sou uma concorrente com legado. Todas na minha família estudaram lá: minha avó, tia Denise, mamãe, Alice...

Alice. Como diabo ela pode ter entrado e eu não?

Jogo meu computador de lado. Alice ergue os olhos para mim. Ela ainda está arrumando as roupas na mala.

— Aconteceu alguma coisa? — pergunta Alice. Soa mais como uma afirmação. Ela já sabe.

— Cala a boca, Alice — esbravejo. — Meu Deus, por que você tem que ser tão horrível?

— É sobre o menino? Marius?

Cerro os punhos. Ainda me sinto uma merda por tê-lo magoado. Como posso ser diferente das pessoas que chamaram Julia de mentirosa quando ela revelou sua história pela primeira vez, anos atrás?

— Não — digo, embora seja, em partes. — É sobre você ter se inscrito na Spelman quando nem queria estudar lá, e acabou roubando minha vaga.

Sei que é idiotice — não havia um lugar reservado para mim —, mas a sensação de dizer isso é muito boa.

Estou esperando que ela grite comigo, mas seus olhos simplesmente se arregalam.

— Caralho — ela diz. — Você não entrou?

— Eu sei. — Dou uma risada fria. — Como se essa viagem não pudesse ficar pior, não é? Não tenho futuro. Fui rejeitada pela minha faculdade dos sonhos. Estraguei tudo com Marius. Nem sei mais como continuar a ser objetiva. Não sei se em algum momento eu *fui* objetiva. Dediquei tanto tempo a uma matéria que nem mesmo vou ser capaz de publicar. Estou falhando com todo mundo.

Alice aperta os lábios, fechando a mala.

— Eu não diria que você é um fracasso *completo*.

— Certo. — Eu rio de novo, mas minha garganta está obstruída pelas lágrimas. Faço de tudo para contê-las. — Valeu mesmo, Alice. Você é superinspiradora.

— Não precisa ser babaca comigo — ela diz, sentando na beira de minha cama. — Estou tentando ajudar. Olha... você vai dar um jeito.

Eu não digo nada. Posso começar a chorar se tentar.

— Tenho certeza de que você não é a única que já se aproximou demais de um entrevistado — continua. — Não é só Marius. São todas essas mulheres sobre quem você está escrevendo... Sei lá. Não sou jornalista.

— Espera — digo, me inclinando para a frente. Prefiro escutá-la falar do que ficar presa por mais tempo com meus pensamentos. — Diz o que você ia dizer.

— Não acho que você precise ser objetiva o tempo inteiro — explica Alice, dando de ombros. — Não sei o que está havendo com Marius. Eu disse pra você deixar esse garoto pra lá, não disse?

— Esquece. — Meu estômago se encolhe diante da ideia de mais uma das palestras dela. — A questão não que Marius é bonito demais ou magro demais pra mim, tá bom? Fui eu que fiz besteira. Não quero mais falar disso.

— Quê? — Suas sobrancelhas se erguem. — Eu nunca disse que ele era magro demais pra você.

— Bom — eu respondo —, estava implícito quando você disse que eu partiria o garoto em dois.

— Eu... — Ela abre a boca, mas parece pensar melhor no que iria dizer. Quase me encolho quando ela pousa a mão no meu ombro. É embaraçoso de um modo como só Alice consegue ser. — Você é cheinha — diz. — E é linda.

Eu reviro os olhos.

— Você pode dizer *gorda*.

— Gorda, tanto faz — ela diz. — Mas garotos bonitos, especialmente garotos bonitos e magros, em geral não conseguem lidar direito com mulheres pretas, quanto mais gordas, mesmo que sejam pretos também. Foi só por isso que eu disse aquelas coisas.

Ela não está *errada*. Mas essa nunca foi a questão com Marius.

— Sei lá — digo. — O modo como você e Maggie às vezes conversam faz eu me sentir como se não fosse tão boa quanto vocês por ser gorda.

Estamos agora nos deslocando para um território diferente, algo para o qual eu não estava preparada quando começamos a conversar, mas eu prossigo.

— Sei que não é a intenção de vocês...

— Não é — ela diz. — E sei que falo por Maggie também.

— Bom, pois é. — Dou de ombros. — Só que pode ser difícil lembrar disso quando parece que o mundo está me dizendo o contrário.

— Sinto muito. — Ela morde o lábio. — Não sei o que dizer. Você é incrível e sabe que não te menosprezamos por causa do seu peso. Acho que a gente poderia mencionar essas coisas mais vezes.

— Obrigada — digo, cutucando a calça de meu pijama. — Talvez eu vá lembrar vocês disso. Só não quero parecer que sou... frágil, ou qualquer coisa do tipo.

— Como assim?

— Você sabe — digo. — Por conta da minha ansiedade.

Alice semicerra os olhos.

— Muita gente sofre de ansiedade — argumenta. — Não significa que você não pode ter *sentimentos*. Você devia contar as coisas pra gente. Eu sou sempre razoável, e você é do mesmo jeito.

— Sério? — Minhas sobrancelhas se levantam. Eu não diria que sou nada *razoável*. — Sou?

— Por que você acha que é tão boa em fazer as pessoas falarem com você? — Ela cruza os braços, como se já tivesse sido terna demais para um dia só. — Enfim. Tudo isso pode parecer o fim do mundo, mas prometo que não é.

Eu arfo pelo nariz.

— Você já foi ameaçada de processo por um diretor gigante e por uma grande empresa?

— Bom, não — ela diz. — Mas sei que você vai dar um jeito.

— Claro.

— É sério. — Ela leva os joelhos para junto do queixo. — Sabia que a Spelman não foi minha primeira opção?

— Nossa, obrigada por compartilhar isso. — Eu reviro os olhos. — Nem é como se essa fosse a faculdade na qual eu queria estudar desde o oitavo ano. Não é como se fosse a única faculdade na qual eu me inscrevi.

— Dá pra parar de sentir pena de si mesma por um segundo? — ela reclama. — Primeiro de tudo, você literalmente fez uma inscrição antecipada. Ainda tem tempo para se inscrever em outras faculdades. E, segundo, estou te contando para fazer você se sentir melhor. Eu queria ter ido estudar na Emory.

— Eca. Onde toda a galera branca estuda? — Eu franzo o nariz. — Por quê?

— *Josie* — diz Alice. — Sei lá. Só queria. Achei que estaria mais distante de casa. O campus é tão lindo. Ava, Chloe e eu decidimos que iríamos todas juntas.

As melhores amigas dela desde o Ensino Médio. Não a ouvia falar delas desde que ela se mudou.

— Ah.

— Pois é. — Ela faz uma careta. — Foi horrível. Achei que minha vida tinha acabado. Ava ficou na lista de espera e Chloe foi a única que entrou. Então, tivemos que bolar um plano novo.

— Ah — digo outra vez. — Hm. Que droga.

— Pois é, foi uma droga, mesmo. — Ela dá um sorriso afetado. — Mas eu adoro a Spelman. Não estou dizendo isso para te deixar triste, eu juro. Só estou dizendo que... as coisas se resolvem. Você acaba no lugar onde deveria estar. Talvez seu lugar não seja lá.

— Mas é a tradição — respondo, encarando meu colo. — Vocês todas entraram.

— Maggie não entrou.

— Mas poderia.

— Mas não vai — diz Alice. — E ela ainda é parte da família.

— Eu não... — Eu bufo. — Sei que não vou ser, tipo, excomungada da família se não estudar lá. Mas eu queria muito. Só isso. Quero isso há um bom tempo.

— Eu entendo — diz Alice. — Mas você vai criar suas próprias tradições em algum outro lugar.

— Talvez. — Eu mordo o lábio. Me sinto um pouquinho, infinitesimalmente melhor. — Talvez eu pudesse tirar um ano de intervalo.

— Parece uma boa — diz Alice. — Trabalhar na sua escrita.

Escrever me parece a última coisa que quero fazer, mas assinto assim mesmo. Mamãe e papai não vão pegar no meu pé por um ano de intervalo se eu estiver trabalhando. Só não sei se algum dia vou conseguir algum frila depois de toda essa bagunça. Eu suspiro.

— Hã — digo, depois de um segundo —, você tem algum conselho sobre toda a coisa de *ser processada*?

— Não mesmo. — Ela se reclina para trás. — Talvez devesse conversar com outro jornalista. Eu tenho conselhos sobre namoro e formatura, mas não sobre isso. Se aconselhar com alguém que já passou por isso pode ajudar. Por que, sério mesmo, eu simplesmente não tenho nenhuma sugestão.

Mas isso me dá uma ideia. Pego meu telefone e abro minha lista de contatos. O número de Monique está na minha lista de favoritos.

@JosieJornalista: socorro acho que estou morrendo

CAPÍTULO 37

O apartamento de Monique não é que nem o do Marius. Não tem um café adorável logo na esquina nem porteiro no saguão. Ela mora no Harlem, em um apartamento do tamanho de uma caixa de sapatos, mas é aconchegante, e os pôsteres de Lena Horne me arrancam sorrisos.

Monique tem um *black power* bem cacheado, um daqueles que mais parecem uma peruca de tão perfeitos que são todos os cachos. Ela é um pouco roliça e tem um enorme sorriso. Assim que me puxa para um abraço, sou lembrada do quanto eu a amo.

Quando telefonei perguntando se poderia passar algum tempo na casa dela para terminar uma matéria, acho que sacou que eu estava arrasada. *Ainda* estou, embora tenha me instalado em sua escrivaninha e aberto tudo o que escrevi em meu notebook. Algo na mudança de cenário ajuda. Este não é o lugar onde passei horas sonhando acordada com Marius.

Não consigo parar de pensar na última vez em que falei com ele, o modo como seu rosto se franziu e ele imediatamente se fechou para mim.

Por todo esse tempo, estive apavorada de falar com sobreviventes de abuso sexual da forma correta. Não queria inferir que não acreditava neles ou fazê-los reviver as coisas mais do que o necessário. Mas eu nem mesmo tentei com Marius. Sequer imaginei que algo assim poderia ter acontecido com ele.

Assim que Alice e eu nos acomodamos na casa de Monique, me voltei para o perfil, mas não é como se escrevê-lo tivesse se tornado mais fácil; tenho quase certeza de que, em duas horas só escrevi algumas linhas. Eu resmungo.

— Josie? — diz Monique. — Parece que está precisando fazer uma pausa.

Alice me olha do sofá. As duas passaram as últimas horas fingindo assistir *Living Single* enquanto, em segredo, me observavam.

— Não posso parar — eu digo. — Preciso terminar isto, Monique. O prazo é hoje e só tenho duzentas palavras.

Passo a mão sobre os olhos. Estão ardendo. Geralmente, não me incomodo com essa sensação. Ela vem logo depois de eu passar a noite inteira escrevendo algo incrível ou lendo o melhor livro de todos os tempos. Este definitivamente não é o caso agora.

— Ei. — Ela põe a mão em meu ombro, me forçando a encarar seu olhar tenaz. — A *Em Foco* não teria te dado este projeto se não imaginasse que daria conta. A única pessoa que não acredita nisso é você, e, sinceramente, acho que nada é mais triste que isso.

Me forço a respirar pelo nariz. Antes de começar, estava nervosa, mas tinha certeza de que dava conta do recado. Isso foi antes de eu perceber no que estaria me metendo. Monique nem sabe sobre a investigação.

— Não é a parte de pensar que eu não consigo — explico. Não sei se isso é verdade ou não. — Só sinto que... que estou fazendo o trabalho todo errado. Você já se aproximou demais de um entrevistado? Eu nunca havia passado tanto tempo com um. Sempre foi rápido para mim.

Monique estuda meu rosto. É quase como se ela soubesse o que aconteceu sem que eu nem mesma tenha que dizer. Tenho a sensação de que jovens pretas sempre sabem do que estou falando, mesmo quando eu não digo de forma explícita.

— Acho que não existe algum momento em que seja possível ser totalmente objetiva — diz Monique lentamente. — Nós sempre deveríamos tentar, mas não acho que possa acontecer. Há sempre aquilo que atrai você para a pauta, em primeiro lugar. E as melhores reportagens são aquelas em que os jornalistas realmente se importam.

— Eu sempre me importo — eu digo. — Mas às vezes, acho que é demais e que isso nem mesmo ajuda. Eu só me importo, me importo e não sei o que fazer com isso.

— Eu não sei, Josie — diz ela. — Não precisa ser tudo ou nada. Você não pode assumir todas as responsabilidades do mundo. Não tem como controlar tudo. Só pode controlar suas próprias ações. É por aí que você começa.

Baixo os olhos para minhas mãos. O melhor que posso fazer por Marius é escrever o perfil que ele merece. Sei que isso não compensa em nada o que eu disse. Eu concordei em escrever um perfil sobre ele antes que qualquer coisa acontecesse, e é isso o que eu vou fazer.

Então eu escrevo.

Não é limpo, de primeira. Eu escrevo tudo: a aparência que Marius tem quando sorri e fala sobre atuar, que ele não sabe dançar, o modo como ele olha para as pessoas quando elas estão falando. Ele é gentil, talentoso e inteligente. Ele merece tudo que está acontecendo *a* ele neste momento e nada do que Lennox fez *com* ele.

Tenho que repassá-lo e editá-lo, limpar as partes que parecem uma carta de amor. As pessoas lendo isto vão perceber que eu gosto dele. Mas os perfis às vezes são assim. Vai ficar tudo bem.

Depois que termino, reservo um momento para fechar os olhos, me recostando em minha cadeira. Eu consegui. Está mesmo concluído. Por um segundo, me pergunto se deveria pedir a Monique para lê-lo, mas então me lembro de que a srta. Jacobson disse que os editores dela trabalhariam nele. Abro o e-mail e tento não olhar demais para as palavras *Em Foco*. Então pressiono enviar.

— Pronto — digo. Eu soo como quem acabou de escalar uma montanha. — Acabou.

Alice e Monique comemoram, me envolvendo em um abraço por ambos os lados. Eu mal me dou conta. Eu deveria estar feliz. Há duas semanas, estaria exultante. Mas as coisas não são tão simples quanto achei que seriam.

— Para de *pensar* — exige Alice, se afastando. — E daí que você cometeu um erro com Marius? Todo mundo erra. Não pode se martirizar por isso. Vem. Você vai ver *Living Single* com a gente.

Ela nem mesmo *gosta* dessa série. Em casa, pelo menos, ela sempre nos faz desligar quando está passando. Estou cansada demais para discutir. Quero acreditar no que ela disse, que todo mundo erra e que eu deveria superar isso. Mas a sensação é de que isso foi mais do que um erro.

Você só tem como controlar suas próprias ações.

Preciso dizer a Penny que não sou a pessoa certa para escrever a matéria. Sinto que outra pessoa deveria fazer isso. Alguém que não tenha dito algo tão terrível a Marius. Eu provavelmente deveria ligar para ela — esse é o tipo de coisa sobre a qual se conversa ao telefone —, mas não vou ser capaz de lidar com isso.

Enquanto estamos sentadas no sofá, *Living Single* passando ao fundo, eu puxo meu telefone.

Penny, eu escrevo na mensagem, preciso conversar com você sobre algo realmente importante.

Espero um ou dois minutos. Ela não responde. Não aparecem nem os três pontinhos na base da tela, mostrando que ela está digitando. Não sei se isso torna tudo mais fácil ou mais difícil.

Não sei se sou a pessoa certa para fazer isto.

Ela também não responde a esta mensagem.

Me recosto no sofá, tentando me envolver com a série, com a conversa de Alice e de Monique. Em vez disso, começo a viajar. Penso em Marius, no modo como ele se deitou diante de mim, como se eu pudesse movê-lo do modo como bem entendesse, seus olhos suaves pela confiança, rindo quando eu cutucava seus flancos.

Eu arruinei tudo. E não consigo parar de pensar nas lágrimas de Savannah quando conversamos com ela, nos dolorosos silêncios quando conversei com Tallulah. Marius estava lidando com isso sozinho e não o ajudei. Acho que eu não tinha como saber, mas mesmo assim. Queria poder mudar tudo.

Mas não tenho como mudar tudo, não sozinha. A atitude mais poderosa que posso tomar é terminar essa matéria. Não importa o que qualquer um diga, sinto que agora esse problema é *meu*. Talvez sempre tenha sido. Não posso simplesmente desistir, mesmo que haja grandes consequências. Eu devo isso a todas elas. Devo isso a mim mesma.

Levanto do sofá e caminho de volta até meu notebook.

— Josie? — chama Monique.

Eu abro o documento com todas as histórias, todas as palavras confiadas a mim, e começo a escrever. Atrás de mim, ouço a voz baixa de Alice explicando as coisas, ouço a exclamação alta de

Monique com a surpresa, mas só ignoro. Eu escrevo e escrevo, e não paro até que aquela seja uma reportagem da qual eu esteja orgulhosa. Finalmente, após o que parecem ter sido horas, eu anexo a matéria a um e-mail e mando para Penny.

Está terminado. Agora não está mais nas minhas mãos.

> @JosieJornalista: me desculpem por ficar esquecendo de tuitar. tá td uma loucura

CAPÍTULO 38

Alice e eu voltamos para o hotel para terminar de arrumar nossas malas e fazer o check-out. No momento em que estamos prontas para ir até o aeroporto, onde vamos ficar sentadas esperando nosso voo mais tarde, dou uma olhada no meu telefone e vejo uma sequência de mensagens de Penny.

a matéria tá INCRÍVEL

lembra quando eu disse que estava pensando em pra quem podia mandar? acho que tenho uma ideia

tá então eu mandei a matéria para uma editora do Times que eu conheço! Dedos cruzados

acho que você já foi dormir

tá você não tá respondendo mAS JOSIE ISTO É UMA EMERGÊNCIA: KIM (a editora) DISSE QUE ACHOU A MATÉRIA ÓTIMA E QUER FALAR COM A GENTE HOJE. ALÔ?????

Odeio falar ao telefone, mas nada é mais apavorante do que participar de uma chamada em grupo com uma editora do *Times*. Tipo, não consigo imaginar nada mais apavorante do que o que estou fazendo neste exato momento, especialmente porque estou no saguão do hotel.

— Só queria que vocês soubessem que essa é uma matéria muito importante — diz a editora. Ela se apresentou quando ligou, mas não gravei o nome dela. Mal consigo entender o que está acontecendo agora. — Estou muito impressionada com o material que vocês têm.

— Na verdade, é tudo coisa da Josie — diz Penny da outra linha. — Ela é supertalentosa.

Sei que agora é o momento de eu dizer alguma coisa. Minha garganta está seca.

— Obrigada — digo. E uma longa pausa.

— Enfim — continua a editora. — Nós realmente gostaríamos de tentar a sorte e publicá-la. Mas isso significa que vamos precisar que vocês venham até a redação para combinarmos os detalhes.

Detalhes? Que tipo de detalhes? Tento engolir, mas minha garganta ainda está seca.

— Detalhes? De que tipo? — pergunta Penny, que ainda tem voz. — Vamos precisar de um advogado?

Alice puxa sua mala para o sofá e senta com um floreio dramático. Eu lhe dou língua. Ela pisca para mim.

— Se quiserem — diz a editora. — Mas temos o nosso. Gostaria de revisar as anotações e as gravações que vocês produziram durante a reportagem. Também gostaríamos que nosso advogado revisasse o texto e nos aconselhasse quanto a qualquer passo posterior que devêssemos dar para a checagem de fatos.

Imagino Penny sentada ao meu lado, me dirigindo um olhar cheio de significado. Forço meus olhos a se fecharem e respiro fundo. Estive mantendo tudo em ordem porque imaginei que algo assim pudesse acontecer e também porque sei que jornalistas precisam ser capazes de provar tudo o que escrevem. Mas algo na ideia de entregar tudo a essa editora, ao *Times*, faz com que seja amedrontador. Com que seja mais real.

— Então, que tal às três? — a editora está dizendo. — Já teremos voltado do almoço a essa hora.

— Claro — diz Penny. — Funciona pra gente. Certo, Josie?

Eu olho para Alice, que agora está olhando para seu telefone. Tecnicamente, nosso voo é daqui a algumas horas e não *temos* que ir para o aeroporto agora mesmo. E, de todo modo, isto é algo que eu *preciso* fazer. O quanto essa reunião poderia demorar?

— Tá — digo, mas sai mais como um muxoxo.

*

O prédio do *Times* é uma estrutura prateada gigantesca, atravessada pela logo do jornal em letras grandes e reluzentes. Bom, elas parecem reluzentes do outro lado da rua, mas quando chego perto, consigo ver os cocôs dos pássaros.

Estou tremendo ao entrar, ao mostrar minha identidade e receber um crachá de visitante, ao esperar Penny no saguão. Seguro a bolsa junto ao peito. Ela chega apenas alguns minutos depois de mim, mas parecem horas. Talvez eu esteja só ficando louca. Talvez esteja levando isso a sério demais. Por outro lado, não creio que seja possível levar algo assim *mais* a sério do que se devia.

— Você está com seu caderno? — Penny pergunta enquanto subimos as escadas até a redação. — Com todas as suas gravações?

— Sim. — Aponto para minha bolsa. — Trouxe tudo.

— Meu Deus — diz ela. — Não acredito que isto esteja acontecendo. Que loucura.

— Pois é — concordo. — Mas tudo bem. Vai ser só uma reunião rápida, não vai? Vou entregar minhas anotações a ela e vai estar tudo certo.

Chegamos à redação. É uma série de cubículos espalhados, pessoas digitando, tomando café nas canecas, conversando...

Achei que a maioria dos jornalistas trabalhava em silêncio, mas, para minha surpresa, isso me lembra mais uma cantina. Outras pessoas correm de uma mesa para outra, falando de forma intensa enquanto encaram telas de computador. Há tanta energia nesta sala. Mais do que eu imaginaria.

Penny caminha com confiança atrás do segurança designado a nós. Eu sigo os dois.

— Não sei exatamente o que vai acontecer — diz ela. — Nunca fiz isso antes.

Mordo o lábio. Eu estava contando com ela saber mais do que eu. Já li sobre esse tipo de coisa, mas não com adolescentes. Não com adolescentes nervosas e desajeitadas. Já li *Todos os homens do presidente* e *A sangue frio*. Esta definitivamente não é uma história desse tipo.

Mas estar numa redação definitivamente faz com que eu me sinta como se estivesse em um filme. Há duas paredes com janelas grandes, que dão vista para a cidade inteira. Quase me lembra de *Uma secretária de futuro*. Estou presa na soleira da porta, encarando, em vez de ir até lá e me apresentar, como fez Penny.

Há algumas pessoas na sala — um homem preto sentado à uma mesa, um homem branco sentado em uma cadeira perto dele e uma mulher branca sentada em uma outra cadeira. Todos se viram para me encarar. Eu me forço a fechar os olhos, me transportando de volta ao meu banheiro, em casa, bem de frente ao espelho. *Eu sou uma jornalista. Eu escrevi esta matéria. Mereço estar nesta sala.*

Eu abro os olhos.

— Josie e Penny — diz a mulher, se levantando. Ela tem um cabelo comprido e cacheado, preso para mantê-lo afastado do rosto, e um espaço entre os dentes da frente. Ela aperta a mão da gente e espero que a minha não esteja tão suada. — É um prazer conhecê-las. Eu sou a Kim.

Eu sorrio em resposta.

— Este é Tom, nosso editor-chefe — diz Kim, apontando o homem preto sentado à mesa. — E este é Stan, nosso advogado.

Eu aperto as mãos deles e tento sorrir, mas não sei bem se dá certo. Não estou certa de que deveria estar sorrindo em um momento como este. Stan tem um rosto de quem parece estar sempre sorrindo. Tom não está sorrindo, mas também não parece aborrecido.

— Muito bem — diz Kim, juntando as mãos numa batida de palmas. — Vamos começar pelo início. Precisamos repassar cada linha dessa matéria e corroborá-la com o que você escreveu.

Engulo seco. Isso com certeza não vai ser rápido como imaginei que seria.

Nos sentamos em uma mesa circular no centro da sala. Eu transcrevi e imprimi minhas entrevistas no centro de convenções do hotel, então Kim, Tom e Stan revisam cada uma delas, as repassando pelo círculo.

— Onde essa entrevista foi realizada? — Stan pergunta, colocando os óculos. — Havia outras pessoas lá?

— Quem está sendo gravada? — pergunta Tom. — A entrevista com Tallulah Port foi em *on*?

— Como isso é corroborado? — Kim pergunta. — Você conversou com membros da família? Colegas de trabalho? Empresários?

E é assim que passo o resto da tarde fazendo ligações. Enquanto Penny está sentada ao meu lado, tentando convencer Charlotte Hart a dar os contatos de um empresário ou de um membro da família, eu tenho que ligar para todas as outras. Julia é mais fácil, ela não foi nem um pouco reservada com relação a tudo isso. Mas com Savannah, é mais difícil.

— Como assim? — ela pergunta da primeira vez em que explico o que preciso dela.

— Tipo, eu preciso confirmar que outras pessoas sabem disso — digo, olhando ao redor da sala. Há um turbilhão de atividade. Um verificador de fatos chegou e começou a repassar a matéria com os outros. — O jornal precisa disso como prova, para poder publicar a matéria.
— Prova?
Eu me encolho.
— Não nesse sentido — digo. — É só para o caso de ele tentar retrucar e dizer que você está mentindo. Então vamos ter uma prova, alguma base de sustentação. Para proteger você.
— Para proteger o jornal, você quer dizer — ela responde.
— Não a mim.
Faço de tudo para pensar em algo útil para dizer.
— Lembra de quando conversamos sobre como isso vai ajudar outras pessoas? — digo. — Nós não temos... Você não tem que fazer isso. Ninguém vai obrigá-la. Mas lembra de por que você queria fazer isso, antes?
O outro lado da linha está mudo. Penny começa a assentir com a cabeça, para mim, mesmo não podendo ouvir o que está sendo dito na ligação dela, e estendo a mão para anotar algo no meu bloco.
— Não sei — diz Savannah. Sua voz é mais baixa do que antes. — Eu não contei aos meus amigos. Contei à minha chefe na produtora e ela me ignorou. Contei à minha mãe. Contei à Alice. E contei a você. Foi isso, literalmente.
— Você não se lembra de quem foi a pessoa que flagrou vocês? — pergunto. — Quando isso aconteceu.
— Não — ela esbraveja. — Eu *acabei* de dizer a você. Olha, tenho que ir.
Mordo o lábio, batucando com a caneta na mesa. Tecnicamente, Alice conta como alguém que possa corroborar, uma vez que sabia da história antes de eu fazer a matéria, mas, como somos

parentes, isso constitui um conflito de interesses. Isso significa que terei que fazer tudo que puder para convencer a antiga chefe de Savannah a conversar comigo. Mas, se eu ligar para ela, é provável que vá correndo contar para Lennox.

Por outro lado, ele vai ter que descobrir em algum momento.

— Tá bem — digo. — Mas só mais uma coisa: você se lembra do nome da sua supervisora?

Rabisco o nome da mulher — Anne Mullers — e começo a pesquisá-lo no Google pelo celular. Nunca me senti tão confiante. Acho que não há muita exatidão em dizer que me sinto confiante. Mas não estou preocupada com fazer besteira com meu telefone ou com dizer a coisa errada. Não estou preocupada com o que essa mulher vai pensar de mim. Tudo em que estou pensando é em concluir esta matéria.

Talvez seja antiprofissional ligar para Anne Mullers em um número pessoal que achei em uma lista telefônica online, mas sei que vai ser a opção mais rápida. Lennox sabe que estou escrevendo a matéria, então, se uma estranha ligar para seu escritório procurando por Anne Mullers, podem me dar um perdido, ainda mais se não estiver trabalhando hoje. Sei que ela mora em Nova Jersey e esse telefone provavelmente é um fixo. O telefone toca uma, duas vezes. Eu fecho os olhos. Ela tem que estar em casa. Se não estiver, não sei muito bem o que vamos fazer. Talvez tenhamos que cortar Savannah da matéria. Aí não vai ter absolutamente nenhuma mulher não branca. Não podemos focar apenas as atrizes brancas ricas e ignorar uma assistente latina. Seria apagar parte da história. Não seria a verdade completa.

Começo a pensar em Marius, em sua expressão quando me contou o que havia acontecido com ele, mas então alguém atende.

— Alô?

Quase dou um pulo da cadeira. Toda a equipe do *Diário* se vira para olhar para mim. Os papéis estão espalhados ao redor deles, como se fossem professores se preparando para corrigir trabalhos, e já posso ver as transcrições marcadas com caneta vermelha descansando nas mãos de Kim. Não consigo me forçar a sorrir, então só assinto para eles.

— Olá — digo, me inclinando para a frente. — Aqui é Josie Wright. Sou jornalista e estou trabalhando em uma reportagem para o *Times*. Estou entrando em contato para corroborar uma questão. Você trabalhou com alguém chamada Savannah Rodriguez há cerca de dois anos, na Lennox Produções?

Ela fica em silêncio por um segundo. Penny, já tendo encerrado sua ligação, ergue os olhos para mim.

— Por que está perguntando? — Anne responde. — Isso foi há muito tempo. Não sei se me lembro.

Contenho um anseio de resmungar. Todas essas idas e vindas, tentando conseguir informações das pessoas, não é algo que eu consiga fazer neste momento. Não sem estourar para cima desta mulher e, provavelmente, arrancar a cabeça dela. Acho que talvez não seja justo da minha parte descontar nela a raiva que sinto do que ele fez, mas não é como se ela tivesse tentado ajudar Savannah, de qualquer modo.

— Preciso confirmar uma alegação feita contra o sr. Lennox — digo. Não sei se isso é algo que posso ou não dizer, mas nenhum dos adultos ergue o olhar, então suponho que esteja dentro das regras. — É verdade que a srta. Rodrigues a procurou, dois anos atrás, e lhe contou sobre um incidente acontecido entre ela e o sr. Lennox?

— Não tenho condições de dizer nada a respeito disso — ela responde, num total rompante. — E nem a srta. Rodriguez.

— Como assim?

— Ela estaria quebrando seu acordo — ela diz. — Nós duas estaríamos.

— Uma espécie de acordo de confidencialidade?

— Sim — repete. — Uma espécie de acordo de confidencialidade.

Minha testa se franze. Savannah não disse nada sobre um acordo de confidencialidade.

— Certo — digo. — Só mais uma pergunta: todos os empregados assinam acordos de confidencialidade?

— Sim.

Merda. Creio que faça sentido. Mas teria ajudado bem mais se Savannah tivesse sido a única a ter tido que assinar um. Sendo assim...

— Mas nem todos assinam *mais* de um — diz Anne. — Eu perguntaria à srta. Rodriguez se ela ainda tem sua cópia do segundo acordo que ela assinou.

Segundo acordo?

— Como assim? — pergunto, já rabiscando anotações em um bloco. — Por que ela assinou mais de um acordo?

— Não posso dizer mais nada — ela responde. — Não mesmo. Boa sorte.

E então, a ligação fica muda.

Kim está me encarando diretamente.

— Acordo? — ela repete. — A fonte tem uma cópia?

— Eu não sei — digo, já digitando uma mensagem para Savannah, perguntando se podemos conversar. — Mas vou descobrir.

No momento em que estou segurando o telefone junto ao meu ouvido, esperando que Savannah atenda, a porta se escancara. Por ela entra Roy Lennox.

> **@JosieJornalista:** lembram de quando eu disse que os homens são horríveis? pois é, mantenho a posição

CAPÍTULO 39

Tenho que reunir todas as minhas forças para não deixar escapar um grito de susto. Eu não deveria ter medo de Lennox. Ele é uma pessoa horrível, mas é um covarde.

Porém.

Quando ele caminha em nossa direção, meus olhos vão se arregalando, cada vez mais, até que eu sinta que vão se congelar nessa expressão. Não consigo parar de encarar a barba escura por fazer em seu queixo, o rosto de buldogue. Ele quase chega até mim antes que Tom se coloque entre nós dois. Vários seguranças entram apressados pela porta, junto com uma mulher branca que carrega uma maleta e que parece terrivelmente cansada.

— Roy — diz ela —, nós já conversamos sobre isso.

Meu telefone ainda está tocando na minha mão. Ouço a voz de Savannah, mas não consigo me forçar nem mesmo a desligar. Ao meu lado, Penny está tremendo. Não sei o que fazer para que ela se sinta melhor. Agarro sua mão, apertando com força, mas não sei se isso é mais pra mim ou pra ela.

— Robin. — Stan pigarreia, cruzando as pernas. — Roy. Que coisa boa ver vocês dois. Eu teria esperado algum aviso antes de entrarem na redação assim, sem mais nem menos.

Robin abre a boca para dizer algo, mas Roy retruca antes:

— Talvez vocês pudessem ter *me* dado algum aviso — esbraveja.

Não consigo parar de encará-lo. É pequeno, só alguns centímetros mais alto do que eu, com uma barriga saliente como a do meu pai. Sua cabeça é quase toda careca, exceto por alguns tufos acinzentados. Os olhos escuros, pequenos e redondos são rodeados por manchas vermelhas e me deixam presa à cadeira.

Roy ainda está falando.

— Tenho que ficar sabendo dessa história pelo falatório na cidade? Dessas mentiras que estão espalhando a meu respeito?

Tom nem lhe dá bola. Simplesmente continua sentado, com seu bloco de notas, e se recosta na cadeira como se estivesse tendo uma amigável reuniãozinha. É Stan quem se inclina para a frente. Kim olha para Penny e para mim como se estivesse tentando nos comunicar algo, mas não quero atrair ainda mais a atenção de Roy.

— Roy — diz Stan —, eu enviei uma carta ao seu escritório. Liguei para Robin. Nós estivemos nos comunicando. Vamos parar com o teatro, pode ser?

Olho de relance para Kim, então para Penny. Sei que elas estiveram em contato a respeito da matéria, mas não tinha me dado conta de que havia passado tempo suficiente para a advogada do jornal entrar em contato com Lennox. Queria que o *Times* não precisasse fazer contato algum com ele. Mas, se não fizessem isso, ele provavelmente poderia processar o jornal. Provavelmente poderia dizer que a reportagem foi parcial e imprecisa. Embora eu tenha certeza de que ele vai fazer isso mesmo assim.

— Não é teatro nenhum — responde Roy. — O *Times* está tentando arruinar a minha vida.

Robin pousa a mão em seu braço, como se estivesse acostumada a acalmá-lo. Como se ele não fosse a pessoa mais apavorante da sala neste exato momento.

— O que Roy está dizendo — ela intervém — é que fomos pegos de surpresa por muitos dos rumores circulando sobre esta matéria. O sr. Lennox tem uma excelente reputação na área. Simplesmente não é ético publicar uma reportagem baseada em mal-entendidos vindos de fontes duvidosas.

— Como o senhor sabe, o *Times* não publica mentiras — diz Kim. Ela não está sorrindo, mas aparenta estar se divertindo com Lennox. — Publicamos apenas a verdade.

— Talvez seja a verdade para *alguém* — diz Robin. — Uma funcionária amargurada ou uma atriz que não conseguiu o que queria. Talvez sejam histórias baseadas em mal-entendidos. Roy tem um método de trabalho bastante específico que com frequência pode ser...

— Ninguém tem problema nenhum comigo no set — Roy interrompe. — Com quem você esteve falando? Seja lá quem foram, essas pessoas entenderam tudo errado.

— Não podemos informar nossas fontes — afirma Kim. Eu invejo a calma que ela está demonstrando.

— Mas deviam ter nos deixado cientes das alegações feitas contra meu cliente — responde Robin, na mesma moeda. — Estamos aqui hoje porque soubemos dessa matéria e ficamos preocupados, porque...

— É uma caça às bruxas — interrompe Roy. — É óbvio que não fiz nada de errado, nada do que andei escutando. Sabem, eu costumava ter um respeito genuíno pelo *Times*. Fiz minha primeira assinatura quando ainda era moleque, mas a condição do jornalismo está na sarjeta se deixam menininhas publicarem boatos sobre mim em vez da verdade.

Levo um segundo até me dar conta de que ele está falando de mim. Eu deveria me defender. Deveria dizer que conversei com as mulheres que o acusam e que acredito nelas. Em cada palavra. Mas, quando olho para ele, tudo em que consigo pensar é em como me senti quando Ryan King me perseguiu até o banheiro.

Nunca me senti tão garotinha como agora.

— Estas jovens escreveram uma matéria formidável, à qual estamos ansiosos para dar nosso apoio — diz Tom, finalmente interferindo. — E você sabe que vamos oferecer o apoio total de nossa equipe de checagem para esta reportagem, para garantir a exatidão de tudo.

— Eu... — começa Robin.

— Quem falou com vocês? — pergunta Roy. — Quem vocês conseguiram que gravasse a conversa?

— Que tal o seguinte? — diz Stan, assumindo uma voz bem de advogado. — Vamos dar vinte e quatro horas para você responder a todas as alegações assim que a reportagem for concluída.

— Não é o suficiente — Robin dispara de volta. — Uma semana.

Stan e Tom trocam um olhar. Kim inclina a cabeça para o lado, os lábios bem apertados, parecendo que não está mais se divertindo de forma alguma.

— Receio que vinte e quatro horas seja o melhor que possamos fazer — afirma Stan após o diálogo silencioso. — Podemos garantir que a reportagem será disponibilizada a você ao final do dia. As vinte e quatro horas terão início imediatamente após isso.

Ergo o olhar para o relógio. Agora são cinco horas. Quanto tempo vamos levar até concluir a reportagem? Achei que só passaríamos uma hora aqui. Eu não deveria ter sido tão ingênua.

— Muito bem — diz Robin. Ela puxa o braço de Roy. — Vamos.

Roy protela, reparando em Penny enquanto se encaminha para a porta, como se ela tivesse estado invisível até agora. Ela se encolhe de novo em sua cadeira.

— Penny — ele diz. — Penny Livingstone. Eu...

Eu me ponho de pé num solavanco, sobressaltada. Meu telefone despenca no chão, mas eu ignoro, me colocando entre Roy e Penny e me empertigando ao máximo, para que eu e Roy fiquemos cara a cara.

— Como ela disse — eu pigarreio. — É melhor ir embora.

Os olhos de Lennox se fixam em mim. Posso não ser capaz de fazer com que minha voz se projete tanto quanto eu gostaria, mas que o diabo me carregue se vou deixar que ele diga qualquer coisa para machucá-la ainda mais.

— Agora chega — diz Kim. Ela também está de pé. — Precisamos de tempo para concluir a reportagem.

— Meu cliente...

— Eu posso falar com você e com seu cliente lá fora — diz Stan, reunindo lentamente seus pertences. — Na sala de reunião.

— Penny — diz Roy, se virando para ela. — Eu te tratei tão bem.

Cruzo os braços e dou um passo para o lado para bloquear a visão que Roy tem de Penny. Ele volta seu olhar fuzilante para mim. Eu me forço a sustentá-lo.

— Venha comigo, sr. Lennox — diz Stan, os levando porta afora. — Vamos até a sala de reunião.

Nenhum de nós se move até que a porta se feche atrás deles. Quando enfim olho para Penny, ela está chorando em silêncio. Isso faz com que eu me sinta uma merda, ainda mais do que antes. Meu telefone ainda está no chão, mas não me abaixo para pegá-lo. Kim e Tom trocam um longo olhar. Eu me sento ao lado de Penny, mas não a toco. Ela nem demonstra perceber minha presença.

— Eu juro, ele só parece intimidador agora porque está acostumado a conseguir que tudo seja do seu jeito — diz Kim. — Está agindo assim porque está com medo. Significa que estamos no caminho certo.

Quero acreditar nela. Quero ligar para Savannah e perguntar sobre o acordo que ela assinou. Mas sinto como se toda a energia tivesse sido drenada de mim.

— Agora que sabemos o que estamos enfrentando, precisamos que Tallulah aceite gravar. Quanto mais entrevistas tivermos, mais fortes estaremos — diz Kim, fazendo anotações em seu bloco. — E precisamos de uma cópia daquele acordo.

A única razão para Tallulah ter conversado comigo foi porque seria em *off*, o que significa que nada da entrevista dela pode ser usado para publicação. Mordo meu lábio para me impedir de bambear. Como vou conseguir fazer com que ela mude de ideia?

Olho para Penny. Ela não se move nem para enxugar as lágrimas. Apenas abraça a si mesma como se fosse se desmontar. Kim vai até a mesa, pega uma caixa de lenços e entrega a Penny. Após um instante ou dois, Penny puxa um deles da caixa.

— Vamos pegar algo para vocês tomarem — diz Kim. — Tá bem?

Penny assente, se pondo de pé. Ela e Kim saem pela porta. Assim, sobramos eu e Tom.

— Muito bem, então — diz ele. — Vamos voltar ao trabalho.

Eu engulo as lágrimas, devolvendo-as ao peito, e pego meu telefone do chão.

> **@JosieJornalista:** lembram de quando eu disse que os homens são horríveis? pois é, mantenho a posição

CAPÍTULO 40

— Não, eu já disse antes e vou dizer outra vez: tudo o que eu falei foi em *off*.

Eu resisto ao anseio de chorar ao telefone. Penso seriamente que posso acabar cedendo. Passamos a tarde inteira nesta sala e boa parte da noite, e eu já perdi meu voo de volta para casa. Tive que encontrar Roy Lennox pessoalmente. Penny parece que vai desabar a qualquer momento. Eu também me sinto assim, mas estou aguentando firme.

— Eu entendo totalmente — digo, tamborilando os dedos na mesa. — Mas a história está avançando muito rápido e estamos tentando garantir que tudo possa ser corroborado...

— Não a minha história — diz Tallulah. — Eu já disse isso. Se publicarem qualquer coisa do que eu disse, vou acabar com todos vocês no tribunal.

Tomo um fôlego profundo, trêmulo.

— Por favor — digo. — Precisamos mesmo disso.

— Eu já disse — ela responde. — Não posso.

E então ela desliga. Desliga mesmo. Seguro o telefone junto ao ouvido por um instante a mais, talvez por exaustão. Meus olhos ardem e minha garganta lateja, que nem quando estou prestes a berrar.

— Estamos ferradas — diz Penny ao meu lado. — Totalmente ferradas.

Sinceramente? Acho que ela tem razão.

*

Dou um resmungo ao sair aos tropeços do táxi, passando a alça da bolsa por cima do ombro com um puxão, Penny vem logo atrás de mim. Alice está nos esperando no saguão do hotel com nossas malas. Ela olha de mim para Penny com uma expressão séria.

— Como foi?

Meu lábio inferior começa a tremer. Os olhos de Penny se enchem de lágrimas. Com um rápido movimento de cabeça, Alice agarra nossas mãos nos levando para o restaurante do hotel. Estou na metade de meu café quando ela começa a falar.

— Então, Monique disse que não tem problema nós ficarmos aqui por mais um tempo — diz Alice. — Acho que mamãe e papai vão querer arrancar o nosso couro, mas eu disse pra eles que isso era extremamente importante. Talvez eles tenham misericórdia e não nos matem quando chegarmos.

O restaurante do hotel está praticamente vazio, exceto por nós e alguns poucos homens de negócios no bar. Eu esperava que Penny ainda fosse estar triste, mas ela parece simplesmente meio vazia.

— Pois é — digo, esfregando o rosto com uma das mãos. — Temos que pensar em nossas passagens de volta.

Não quero pensar em meus pais. Foi algo tão grande para eles, nos deixar vir nesta viagem. Perder nossos voos de volta para casa definitivamente não era parte do acordo.

— Acho que posso fazer isso — diz Alice. — Sabe quando a matéria vai ser publicada?

Penny e eu trocamos um olhar. Antes de deixarmos a redação do *Times*, Kim nos disse que entraria em contato para falar dos detalhes da matéria, como a data de publicação. Mas não sabemos de fato.

— Não — diz Penny, encarando a mesa. — Mas não tem importância, já que estamos acabadas, de todo modo.

O tempo todo, foi Penny quem comandou o espetáculo. Foi ela quem me pediu para ajudar. Foi ela quem teve a ideia. Se ela não acredita mais nessa reportagem, não sei quem posso esperar que tenha fé na coisa toda.

— Vocês duas precisam comer — diz Alice em vez disso, empurrando o prato no centro da mesa. Está cheio de nachos, que geralmente amo, mas não consigo nem mesmo tocar neles. Um olhar para Penny me diz que ela está sentindo o mesmo.

Perpasso minha mente atrás de algo, qualquer coisa positiva para dizer. O toque de meu telefone me interrompe. Toda vez que ele toca, meu corpo inteiro se tensiona, como se fosse Lennox, sua advogada, ou mesmo Kim. É Savannah. Levo o telefone ao ouvido.

— E aí, Savannah — eu digo, fazendo contato visual com Alice. — Tudo bom?

O rosto de Alice se contrai. Não tenho certeza de qual deveria ser o significado disso, mas me preparo para o pior. Penny pega um dos nachos.

— Não sabia mais pra quem mais ligar.

Savannah parece sem fôlego, como se tivesse acabado de voltar de uma corrida. Eu agarro a beirada da mesa.

— Meu Deus — digo. — Aconteceu alguma coisa?

— Eu não sei — responde. — É que... eu não paro de receber ligações. Acho que estou recebendo uma agora mesmo. Não reconheço os números. São sempre desconhecidos. E, sempre que bloqueio um, outro aparece. Acho que foram umas cinco por hora, já faz algumas horas.

Merda. Merda, merda, merda.

— Eu não sei o que fazer — ela continua. Não está chorando, ao menos acho que não ouço lágrimas em sua voz. — Eu desliguei meu celular, mas aí alguém ligou para o fixo. Minha mãe não pode saber disso, ela não sabe que contei essa história para a sua matéria. Ela não pode saber. Vai surtar.

— Eu entendo — digo. Minha voz parece miúda, em desuso, inútil. — Hã, certo. Pode tirá-lo do gancho?

— Estou tentando não fazer isso — ela diz. — Pro caso de acontecer alguma emergência.

— Certo. — Meu Deus, eu devo ser a pior pessoa para lidar com isso. — Pode dizer à sua mãe que são aquelas ligações de spam? Que não é ninguém de verdade?

— Posso tentar — responde ela. — Mas quero saber como fazer essa merda parar.

— Eu sei — digo. — Sinto muito mesmo. Merda. Hã, acho que talvez eu possa ligar para a editora do jornal e...

— Talvez?

Não sei o que fazer. Ela deve saber disso. Sou mais nova do que *ela*. Eu vasculho minha mente atrás de uma solução.

— Acho que você deveria ir para a casa de uma amiga — eu decido. — Ou outro parente. Pegue sua família e vão ficar com outra pessoa. Pode até trazê-los pra cá, pro restaurante do hotel. Nós já encerramos nossa hospedagem e vamos ficar na casa de uma amiga minha, mas talvez...

— Não posso simplesmente ficar acampada na casa de uma amiga aleatória sua, Josie. — Ela suspira alto. — Meu Deus. Queria nunca ter te contado nada.

Meu estômago se aperta.

— Sinto muito, Savannah — digo, mesmo sabendo não ser suficiente. — Pode vir até aqui? Eu não... Eu não sei mais o que fazer. Mas, se você vier, talvez se sinta melhor.

— Não posso — ela repete. — Não posso só... Não posso.

— Sinto muito — digo. — Sinto muito, eu vou dar um jeito nisso. Você achou o acordo? O segundo?

— Ainda estou procurando — responde. — Eu sinceramente nem me lembro de ter assinado nada do tipo.

Resisto ao anseio de resmungar. Se a gente tivesse esse segundo acordo e pudesse ver as palavras exatas que ele usou para impedi-la de falar sobre o abuso seria uma prova de que Lennox abusou de Savannah. Isso provaria nossa matéria, por A mais B.

— Sério? Porque sua supervisora...

— Desculpe, Josie — diz Savannah. — Eu preciso ir.

Então ela desliga. Olho para meu telefone de cenho franzido.

Agora realmente preciso checar se Kim pode fazer algo a respeito disso. Não temos provas de que seja Lennox nem ninguém de sua equipe ligando para ela, mas quem mais a estaria importunando dessa forma, nesse momento? Nós com certeza não vamos engavetar a matéria. Talvez... se ela for publicada logo, as ligações ameaçadoras, as invasões de redações e os processos todos parem.

Ou talvez tudo fique um milhão de vezes pior.

Alice me encara diretamente, como se estivesse fazendo uma pergunta. O que ela espera que eu diga? Savannah ficou amiga dela primeiro. Eu estraguei a amizade das duas. Queria que Lennox não estivesse tentando apavorá-la. Mas o que posso realmente fazer sobre isso? Nada. Não tenho poder algum.

Penny mordisca a ponta de uma batata. Eu afundo em minha cadeira.

— Cruzes — digo. — Queria poder tomar um trago agora.

Alice ri, cuspindo água do copo. Penny a encara antes de também cair em uma gargalhada. Eu quero rir com elas. Só não consigo.

— Que foi? — pergunto olhando de uma para a outra. — Eu falei sério.

Elas ainda estão rindo. Alguns dos caras no bar olham para nós, mas não se demoram muito.

— E você lá sabe o que é um trago, Josie? — pergunta Alice. — Você é uma criancinha.

— Não sou, não — esbravejo. — Tenho quase dezoito anos.

— Você ainda é uma criancinha — ela diz. — Não é, Penny?

— Ela não é uma criancinha. — As faces de Penny estão rosadas. — Só é engraçado ouvi-la dizer isso. Estive me sentindo assim o dia todo. Provavelmente, vou me sentir assim pelo próximo ano. Talvez pelo resto da vida.

Ela enfia outro nacho na boca. Nunca a vi fazer tanta bagunça comendo.

— Não vai ser tão ruim — digo, mas pareço pouco convincente até aos meus próprios ouvidos. — Sei lá. Eles não publicariam algo em que não acreditam, certo?

— Mesmo assim. — Penny balança a cabeça. Sei lá. Não achei que eu teria que…

A voz dela desaparece. Penso em sua expressão quando Lennox apareceu. Queria ter feito mais alguma coisa. Queria ter dito mais alguma coisa. Queria não ter ficado tão assustada.

— Eu também — ela diz. — Não fazia ideia de como seria.

— Mas ainda está fazendo — Alice destaca. — Vocês foram para aquela redação, trabalharam na matéria e fizeram isso. Quantas pessoas, não jornalistas, só pessoas comuns, podem dizer isso?

Penny dá de ombros.

— Dê mais valor a si mesma, só isso — diz Alice. — Vocês duas.

Olho para o lado. Queria mesmo que tivéssemos um vinho, neste momento. Parte de mim quer se hospedar outra vez só para voltar ao nosso quarto e assaltar o frigobar novamente, mas isso me lembra muito de Marius. Já estou bambeando. Não posso nem ser mais ridícula do que já sinto que estou sendo.

Mesmo assim. Nós fizemos o relato dessa história. Embora a sensação seja de que tudo está desmoronando, nós fizemos o trabalho. Isso tem que valer alguma coisa.

— Penny — digo, virando a cabeça —, nós conseguimos. Nós convencemos as mulheres a falarem sobre o que ele fez.

— Eu queria que ele fosse arruinado. — Ela bufa pelo nariz, com outra batatinha na boca e uma gota de queijo no queixo. — Eu não queria tê-lo visto outra vez. Não queria ter me sentido feito a porra de uma formiguinha que ele poderia esmagar sem nem levantar o pé. Não queria que tivesse sido assim.

Franzo o cenho. Não há muito que eu possa dizer em resposta a isso. Torço as mãos no colo, ignorando o peso do olhar de Alice sobre mim. Finalmente, ela suspira alto.

— Vou dar uma olhada pra ver se o barman me serve — ela anuncia, levantando de seu lugar. — Vamos torcer para que não, para o bem de todas nós.

É aí que o telefone toca outra vez. É Savannah. Levo o telefone ao ouvido, me preparando para mais um problema que não posso resolver.

— Josie — ela diz, parecendo sem fôlego. — Josie, eu encontrei. Não me lembrava de ter assinado porque estava no meio de todos os outros documentos que precisei assinar quando me demiti, mas...

— Ai, meu Deus, Savannah. — Meu peito se enche de esperança. — Você achou?

— Ele disse que eu não poderia contar a ninguém, ou ele me processaria — ela continua. — Mas esse Acordo de Confidencialidade é uma loucura. Eu não poderia contar a *ninguém*, nem amigos, nem família, nem colegas de trabalho. Nem mesmo a um terapeuta, a menos que a pessoa também assinasse um acordo de confidencialidade.

— Josie? — Penny me encara intensamente. — O que foi?

— E esse não é o acordo de confidencialidade original, correto? — digo, me colocando de pé. — Você assinou esse depois?

— Isso, esse eu assinei quando saí — responde ela. — Minha supervisora deve ter explicado pra mim, mas eu nem... eu nem atinei para isso, sabe?

— Savannah. — Minha voz está trêmula. — Se você pudesse compartilhar isso comigo e me dar permissão para usá-lo na matéria, faria uma diferença *enorme*.

Eu a ouço respirar fundo. Penny agarra minha mão. Eu olho para ela, meus olhos transbordando de lágrimas.

— Mas aí então você teria que publicar meu nome — ela diz. — Certo?

— Isso é verdade — digo. — E, Savannah, a escolha é sua. Pense sobre isso durante a noite, leve todo o tempo que precisar.

Faço uma pausa, umedecendo meus lábios.

— Mas posso dizer agora mesmo que o que houve com você foi uma escrotice — continuo. — O fato de ele ter feito mal a você foi uma escrotice. Esse acordo é uma escrotice. Ele tentou controlar você, mas não pode fazer isso. É você quem tem o poder, aqui.

Eu aperto a mão de Penny. Ela aperta de volta.

— Você tem o poder, Savannah — digo outra vez. — Não ele. Já chega desse cara te controlar.

A sensação é de que espero uma vida inteira pela resposta de Savannah, prendendo a respiração o tempo todo. Mas então ela diz:

— Foda-se. Você tem razão.

E não consigo me segurar: solto um grito, bem ali, no meio do restaurante.

> **@JosieJornalista:** nada no mundo poderia ter me preparado para isso

CAPÍTULO 41

— Josie — a voz de Kim se instila sala adentro. — Está na linha?

— Sim — engulo em seco. — Estou na linha.

É de manhã e estou sentada na sala de Monique, com Penny, Alice e Monique ao meu lado. Estamos todas de mãos dadas. Eu enviei para Kim uma versão preliminar atualizada, assim que peguei o acordo de confidencialidade com Savannah, na noite anterior, e recebi um e-mail dela hoje de manhã, pedindo para conversar.

— Excelente. Então, não vou mantê-la esperando. Nós enviamos a versão preliminar para Lennox à uma da manhã, e já tivemos uma resposta.

A mão de Penny aperta a minha. Eu aperto de volta.

— Uma resposta interessante — continua Kim, com a voz seca. — Ele ameaçou processar o jornal.

— Meu Deus — digo.

Kim ri.

— Pois é, é muito covarde, mesmo.

Engulo seco. Monique põe a mão em meu ombro.

— Mas — Kim acrescenta — nós conversamos a respeito. Todos aqui da nossa ponta ainda têm confiança na reportagem e queremos publicá-la. Queríamos checar com vocês antes de avisar a ele e pedir uma declaração.

Não posso nem imaginar o que ele diria nessa declaração. Minha perna treme.

— Eu não sei — diz Penny, olhando para mim. — Ele poderia piorar e muito as coisas.

— Pois é — digo. — Mas ele só ameaçaria com um processo se tivesse assustado, certo?

Ela morde o lábio.

— Eu acredito nesta reportagem — afirma Kim. — Nosso conselho editorial acredita nesta reportagem. Nossos advogados acreditam nesta reportagem. A pergunta é: vocês ainda acreditam nela… ou não?

Penny me encara. Eu encaro de volta. Acho que uma de nós deveria fazer algum comentário, dizer algo primeiro, para começar, e então a outra iria seguir. Não sei se eu deveria ser essa pessoa. Afinal de contas, essa história não gira realmente em torno de mim, mas sim das histórias de outras pessoas.

Mas isso não significa que não seja importante para mim. Isso não significa que não seja importante, ponto. Eu não disse nada quando Ryan King rasgou minha camiseta no banheiro feminino, e mal disse algo quando Lennox tentou nos intimidar. Eu posso fazer algo agora. Mesmo que essa reportagem não acabe com a vida dele como Penny queria, pelo menos podemos revidar de alguma forma. Não temos que berrar ou gritar na cara dele. Podemos simplesmente deixar que essa matéria seja publicada.

— Eu acho que a gente deveria publicar — digo, olhando para Penny. — Tenho orgulho do que a gente fez.

Penny engole seco.

— É — ela concorda. — Vamos nessa.

Aperto sua mão.

> **@JosieJornalista:** às vezes é difícil lembrar que sua voz é importante até que o mundo te lembre

CAPÍTULO 42

Eu desperto no sofá de Monique algumas horas mais tarde, e tudo parece normal. Penny foi embora, a luz do sol atravessa a janela e o noticiário passa na tevê.

Também há uma grande gritaria.

Eu pisco, esfrego os olhos, e me sento. Alice anda para a frente e para trás, o telefone colado ao ouvido. A cada momento em que ela se move, vejo um pedacinho da tevê. Está sintonizada na CNN. Aparecem, sem parar, fotos de Roy Lennox, e de Penny, de Julia e...

Ah, merda.

Abaixo das fotos, em grandes letras maiúsculas, lê-se: *Diretor Roy Lennox é acusado de assédio sexual.* Eu esfrego os olhos. Nada some. Não estou sonhando.

— Ai, meu Deus — digo em voz alta.

Eu sabia que nós daríamos andamento à reportagem. Eu sabia que Kim iria solicitar uma declaração oficial de Lennox e que a matéria seria publicada. Mas, por alguma razão, não achei que aconteceria tão rápido. Com certeza não achei que estaria na CNN tão rápido.

Estendo a mão para o meu telefone, mas ele não está na mesinha de cabeceira. Deve ter caído. Jogo o cobertor de lado e começo a tatear em volta, mas então Monique surge à minha frente. Eu me dou conta de que ela é a fonte de todos os gritos.

— Está vendo isso? — Ela estende o dedo na direção da tela da tevê. — Dá pra *acreditar* nisso?

— Não dá — digo, o que é verdade. — Eu... eu não consigo. Mal consigo processar tudo.

— Alice me falou que você estava trabalhando em algo importante — ela diz. — Estou tão orgulhosa de você, Josie. Deixa eu te dar um abraço.

Ela me puxa para seus braços, apertando forte. Dou um sorriso largo junto ao seu ombro.

O volume da tevê está alto, mas não muito, e Alice sai da frente para que eu possa ver. Um jornalista de cabelos grisalhos está falando diretamente para a tela.

—Após a reportagem ser publicada no *Times*, na manhã de hoje, dez outras vítimas vieram a público com alegações de abuso sexual — diz o âncora. Ele parece estar tremendo, mas não sei dizer se é de raiva ou de surpresa. — Roy Lennox inicialmente negou todas as acusações, mas depois divulgou uma declaração complementar, esclarecendo que todas as relações sexuais foram consentidas.

Por quanto tempo eu dormi?

— Ai, meu Deus. — Passo a mão pelo cabelo. — Não acredito nisso.

— Isso é tão surpreendente assim? — pergunta Alice. — Porque eu não estou nem um pouco surpresa.

— Estou simplesmente abismada com você, Josie. — Monique se afasta, seus olhos esquadrinhando meu rosto. — Seus pais devem estar tão orgulhosos.

— Falando em mamãe e em papai, eles querem conversar com você — avisa Alice, baixando os olhos para seu telefone. — Eu disse que você estava dormindo. Eles estão preocupados com a possibilidade de você ser processada.

— Ai, Deus. — Minha voz soa fraca. Será que a *Em Foco* já viu isso? Devem ter visto, já que está na tevê.

Estou muito ferrada.

— Não você individualmente. — Alice morde o lábio, voltando os olhos para Monique. — Pelo menos, esperamos que não. Lennox ameaçou processar o *Times* antes da matéria ser publicada, hoje de manhã. Porém, mais pessoas se pronunciaram. Homens e mulheres, e acho que uma pessoa não-binária, então ele teve que mudar sua declaração.

A primeira coisa que preciso fazer é ligar para Penny. Estendo a mão às minhas costas e enfim encontro meu telefone. Vou passando pelas mensagens de texto na tela. Tem várias de Savannah.

Nunca imaginei que fossem tantas.

Obrigada, Josie.

Isso não teria acontecido sem você.

Pisco para afastar as lágrimas. A sensação é agridoce. Ela quebrou seu acordo de confidencialidade, o que significava que Lennox poderia processá-la. Mas estou orgulhosa dela. Estou feliz por termos conseguido contar essa história juntas. Estou feliz por agora outras mulheres estarem contando as suas histórias.

Respondo a mensagem: Nada disso teria acontecido sem VOCÊ.

Não estava esperando que ela respondesse imediatamente com: <3 Além disso: Fique algum tempo sem entrar nas suas redes sociais.

— Uau — digo em voz alta. Me viro para Monique e Alice. Embora Savannah tenha me dito para não fazê-lo, eu quero imediatamente checar meus perfis. — Será que dou uma olhada no Twitter? Quer dizer...

— *Não* — esbraveja Monique. — Você está recebendo bastante apoio, mas também tem um monte de gente babaca. Eu não olharia, se fosse você. Se regozije com as coisas boas por um tempinho.

— Ah. Meu Deus. — Nada disso parece real, embora esteja sendo noticiado ao vivo.

Não consigo deixar de pensar no que as pessoas estão dizendo sobre mim na internet. A CNN exibe uma foto minha — a foto de formanda que tirei no início do ano, com a cabeça inclinada para o lado, usando capelo vermelho-escuro e beca —, mas Alice desliga antes que possamos ver qualquer outra coisa. Quando pego meu laptop, Monique puxa uma conversa sobre *Living Single*.

Eu entendo que elas estão tentando me proteger, mas é meio irritante. Ainda me sinto trêmula, como se tivesse acabado de lutar boxe contra um rinoceronte ou coisa assim, meu corpo cheio de adrenalina. Eu preciso *fazer* alguma coisa. Não posso simplesmente ficar aqui sentada.

Finalmente, Penny me liga, e eu bato o pé.

— Eu não preciso de babá — digo, olhando feio para Monique e para minha irmã. — O que eu *preciso* é de privacidade.

Elas trocam um olhar, mas me afasto do sofá e vou para a cozinha com meu celular. O apartamento de Monique não tem divisão entre os cômodos, como o de Marius. Pensar nele faz meu coração doer. Como será ver essa história em todo lugar? Não tenho a chance de pensar nisso por muito mais tempo, porque a voz de Penny inunda meus ouvidos.

— Ai, meu *Deus*.

— Eu sei.

— Que loucura.

— Não achei que aconteceria tão rápido — continuo, balançando a cabeça. — Eu nem... eu nem tinha certeza de que a matéria estava tão boa assim, sinceramente.

— Porra, o *Times* obviamente pensou que estava boa! — Há algo de ofegante em sua voz. — Caralho. Não acredito. Não acredito que ele tentou negar.

— Não parece real. — Eu balanço a cabeça outra vez, um risinho escapando de minha boca. Ele tentou me fazer parar, me impedir de escrever a matéria, de *publicar* a matéria, mas ela saiu mesmo assim. — Minha irmã e minha mentora nem me deixam entrar nas redes pra ver as reações das pessoas. É tão ruim quanto imaginei?

— Hm. — Ela faz uma pausa. — Eu passei uns dez minutos na internet e senti que tinha um peso gigante no peito. Então, talvez seja melhor mesmo evitar.

— Sinto muito — digo, automaticamente. — Meu Deus.

— A única pessoa que está realmente conferindo as redes é Julia. Todo o resto está dizendo apenas que confirma o que foi dito na matéria e que gostaria de não ser incomodada. Só sei que eu é que não quero pessoas me fazendo perguntas grosseiras na tevê. Mas as pessoas estão começando a se retirar dos filmes dele, então também tem coisas boas acontecendo.

— E Marius?

— Não tive notícia dele, tirando que acabou de ser indicado a um Globo de Ouro — ela diz, sua voz se suavizando. — Mas também parei de entrar na internet há algumas horas. Era tudo sufocante demais. Tipo, você tinha que ver as coisas sobre você.

— Sobre *mim*? Eu nem sou parte da história.

— Pois é, mas as pessoas acham que você é interessante — ela diz. — Elas querem saber quem é essa tal menina-prodígio. É como se você fosse Harriet, a Espiã... Pelo menos foi isso que eu vi na *People*. Mas tem umas pessoas sendo babacas.

— Babacas como? — Eu olho para Alice. Ela está com seu notebook, erguendo o olhar para a tevê a cada poucos minutos.

Deve ser com isso que mamãe está preocupada. — O que você viu antes de parar de procurar?

— Só coisas idiotas — responde ela. — Coisas idiotas, gente dizendo que é provável que não tenha sido você quem escreveu, ou que sua idade significa que não deve ter contado a história direito. Mas nós sabemos que não é verdade.

Eu escrevi uma reportagem tão boa que ninguém nem acredita que fui eu. Só rindo.

> **@JosieJornalista:** eu: tenho que acordar cedo para já estar na cama antes da meia-noite
> minha ansiedade: em vez disso, que tal repassar todos os seus erros do passado?

CAPÍTULO 43

A ansiedade voltou. Espera, a quem estou tentando enganar? Ela nunca foi embora de verdade.

Parte disso é porque Alice e Monique não pararam de sugerir que assistíssemos filmes ou diferentes programas na Netflix, mas eu não estou *nem aí* para nenhum deles, o que só me dá mais espaço para pensar no que as pessoas devem estar dizendo a meu respeito.

Meu Deus, já postei tantas coisas no Twitter que nem consigo me lembrar de todas elas. As pessoas podem fazer um pente fino no meu perfil e chegar a um milhão de conclusões diferentes sobre meu caráter. Estou com medo de conferir eu mesma. Se vir as notificações, talvez não consiga ser capaz de me impedir de olhá-las.

Mas, sem meu computador, não posso parar de *pensar*. Liguei para cada uma das mulheres na reportagem — conversas curtas, emotivas e cheias de lágrimas —, mas queria poder levá-las para uma ilha deserta para não termos que lidar com as notícias. Em vez disso, estou presa dentro da minha cabeça e não sei como sair.

Fico me perguntando como Lennox se sentiu quando viu meu nome nos créditos. A ideia de ele estar com raiva de mim deveria ser apavorante, mas não é. Quando penso em Lennox, minha respiração não se acelera e meu coração não dispara. Só tenho vontade de socá-lo, sem nenhuma ansiedade envolvida. É até meio chocante.

Meu telefone toca e Alice pega o aparelho. Viro para ela, que está lendo a tela.

— Hã — ela diz. — Acho que pode ser o Marius.

— Quê? — Meu estômago se encolhe.

— É isso que diz o telefone. — Ela dá de ombros. — Você quer falar com ele ou não?

Eu não o mencionei na reportagem sobre Lennox, mas ele ainda deve estar passando maus bocados, como todos que viveram uma história assim. Antes que eu possa me permitir ser covarde, agarro o telefone e aceito a ligação.

— Oi — digo.

— Oi.

A voz dele parece mais grave, mas provavelmente é só o telefone. Eu mordo o lábio.

— Marius…

— Olha. — Ele respira fundo. — Eu fiquei sabendo do Lennox… Do que você escreveu.

— Ah.

— E eu ia dizer à minha assessoria de imprensa que pedisse a você… — ele continua. Parece que ele ensaiou isso. — Mas daí então eu só… achei que era eu quem deveria fazer isso. Então, só queria me certificar de que, no perfil para a *Em Foco*, você não mencionasse nada do que contei a você. É realmente… particular. Nem meus pais sabem.

Eu pestanejo, assimilando suas palavras. Minha garganta está seca.

— É claro que não — digo, me levantando. — Eu nunca faria isso. *Nunca*.

Monique olha em minha direção. Evito seu olhar.

— Certo. — Ele tosse. — E, hã, se pudesse cortar as partes em que eu falo sobre ele, também seria de grande ajuda.

Quero perguntar se ele ainda vai fazer o filme. Quero perguntar como ele está. Quero perguntar se as coisas vão ficar estranhas assim para sempre e se vamos continuar nos falando depois disso. Mas me seguro, porque parte de mim não quer saber a resposta.

— Claro — digo. — Vou conversar com minha editora sobre isso.

— Obrigado.

— Marius — digo. Minha voz é suave. — Sinto muito.

— Eu sei.

Quero dizer mais, muito mais, porém o telefone zumbe para me avisar que outra pessoa está ligando. A tela me diz que é mamãe.

— Escuta — diz Marius —, eu preciso desligar.

— Marius...

— Mas a reportagem ficou incrível. — Sua voz se suaviza. — Estou feliz de verdade por você ter escrito isso.

Ele desliga antes que eu possa responder. Eu inspiro um fôlego trêmulo e aceito a ligação de minha mãe.

— Oi, mãe — digo. — É a Josie.

— Ai, minha nossa. — A voz de mamãe me atinge direto no coração. Quero voltar para casa, quero que ela me abrace, quero descansar minha cabeça no peito dela. — Josie, estou tentando falar com você há horas. Você está bem?

— Mãe — repito, porque é a primeira coisa em que consigo pensar. — Eu... eu estou com a Alice. Estamos bem.

— Eu sei, amor — ela diz. — Não paramos de ver você no noticiário. Nem consigo acreditar. Estou tão orgulhosa.

Algo se prende em minha garganta. Não sei bem se é uma risada ou um soluço. A cabeça de Alice se vira de pronto, e eu evito seu olhar. Ela está tentando, dá para dizer, mas não quero ter essa conversa na frente dela. O único lugar reservado neste apartamento é o banheiro. Dou os dois passos necessários e fecho a porta atrás de mim.

— Eu tô surtando, mãe — digo. Minha voz fica trêmula com as lágrimas. — E isso é muito ruim, porque eu não deveria estar surtando, porque isso é *bom*. Quando estava escrevendo, não achei que nada disso fosse acontecer. Mas é tudo tão grande tão rápido e acho que não estou no controle de nada disso e estou com medo de *tudo*.

— Vamos com calma, meu amor — ela diz. Sua voz é calma, mas firme. — Tudo bem sentir o que está sentindo. Você é o meu bebê, então estou quase tão aturdida quanto você. Entendeu?

Faço que sim com a cabeça. Ela não pode me ver, mas sei que ela entendeu.

— Com o que está preocupada, Josie?

— Com tudo — repito, porque tem tanta coisa acontecendo que acho que não consigo nem listar. — Eu escrevi sobre o que houve comigo no ensino fundamental e nem tenho certeza se deveria ter feito isso. E as pessoas acham que não posso ter escrito a matéria porque sou muito nova.

— Nós sabemos que não é verdade.

— Mas não *importa* — digo. — É o que as outras pessoas acham que importa, pelo menos é assim que parece ser. E eu quero que as pessoas acreditem nessas mulheres, mas também não quero que minha vida seja arruinada porque tentei ajudar. Não quero ser processada.

— Espere um segundo. Você não vai ser processada.

— Lennox disse que ia processar o jornal, o que significa que provavelmente vou ter problemas — explico. Minha voz está rouca por conta das lágrimas não derramadas. — Eu só tenho dezessete anos e só quero escrever. Não quero ter que me preocupar com essas coisas.

— Bem, não houve nenhum processo do qual eu tenha ficado sabendo — ela diz. Já consigo visualizá-la: a mesma cara que faz quando alguém chega na biblioteca com um livro atrasado. — Enfim, seu advogado vai cuidar disso, caso aconteça.

— Eu não tenho advogado, mãe.

— Agora tem. — Ela faz uma pausa. Ouço o som de papeis sendo folheados. — Uma mulher chamada Eve ligou mais cedo. Ela disse que queria garantir que você tivesse aconselhamento legal, caso fosse necessário.

— Sério?

Quando Eve disse que ajudaria dos bastidores, não achei que isso significava que me arrumaria um advogado. E ela está pagando por isso do próprio bolso. Tenho certeza de que esta é a coisa mais legal que qualquer pessoa já fez por mim. Deixo escapar um suspiro, a tensão se libertando de meus ombros.

— Obrigada, mãe — digo, baixando a voz. — Eu te amo.

— Também te amo, meu bem — ela diz. — Nós conversamos mais sobre todo o resto quando você chegar em casa.

— Em casa?

— Sim, eu e seu pai tivemos que comprar *outra* passagem para vocês, depois de terem perdido o primeiro voo — ela diz, a irritação clara em sua voz. — Mas agora entendo porque isso aconteceu, então não estou com *tanta* raiva.

Com *tanta* raiva. Mas ainda com alguma raiva, provavelmente. Faço toda a força para não bufar. Mesmo quando sou publicada pelo *Times*, minha mãe ainda é a minha mãe.

— Mandei as passagens por e-mail para Alice — acrescenta. — Seu voo é às 21h. *Não* percam este.

O relógio na parede diz que são 16h30 agora. Temos tempo suficiente.

— Certo — digo. — Não vamos perder. A gente se vê em breve.

Tudo está acontecendo tão rápido.

Saio do banheiro para ver que Monique e Alice voltaram para o noticiário. Não é a CNN, desta vez, mas outro canal. Uma repórter fala enquanto um enorme bloco de texto aparece na lateral da tela.

— Roy Lennox divulgou um pedido de desculpas a todas as pessoas impactadas por suas ações — ela diz. — Sua produtora, a Lennox Produções, também o colocou em licença por tempo indeterminado.

— Uau — digo. Não consigo processar a informação por completo. Acho que estou em choque.

Alice se vira para olhar para mim. Monique está ao telefone.

— Vamos torcer para que fique ainda pior para ele — diz Alice. Ela e Monique trocam um olhar. — Nós sabemos que tem sido difícil pra você, mas só estávamos tentando facilitar as coisas, ficando aqui o dia todo.

— Bom. — Esfrego as mãos nas coxas. — Eu estava *esperando* que fôssemos passar nosso último dia em Nova York reencenando todas as minhas cenas favoritas de O *diabo veste Prada*...

— Ah, para. A gente sabe que você tá ficando meio alvoroçada. — Monique bufa pelo nariz, desligando o telefone. — Mas Alice recebeu uma ligação de Lauren Jacobson, e ela disse que tem algo na redação para você. O que acha de dar um passeio até o centro?

Olho de uma para a outra, as sobrancelhas erguidas.

— Hã — digo. — Esse *algo* por acaso seria um processo?

— Não tenho certeza — diz Monique. — Eles seriam idiotas se tentassem, mas nunca se sabe.

Me recordo de minha ligação com a srta. Jacobson, do modo como ela rechaçou a ideia de que eu pudesse escrever essa história. Parece que isso aconteceu há anos ou em uma dimensão diferente. Encontrá-la ainda não é algo que me pareça ótimo, mas não posso passar meu último dia inteiro enfiada no apartamento de Monique. E, apesar de toda a merda que está rolando, eu me sinto *sim* um pouco invencível. Só um pouquinho de nada.

— Claro — digo, já procurando meu casaco. — Vamos lá.

*

Não é como se eu estivesse esperando que os paparazzi nos seguissem quando pegamos o metrô até a redação da *Em Foco*, mas ainda espero que as coisas sejam *diferentes*. Estou esperando que as pessoas me olhem diferente — talvez embasbacadas. Mas não. Um cara com óculos vermelhos olha na minha direção por mais tempo do que o normal, mas então me dou conta de que é porque minha cabeça está bloqueando o mapa do metrô.

A sede da *Em Foco* fica em um gigante arranha-céu que me lembra do Edifício Empire State, ou pelo menos das cenas de abertura de *Uma secretária de futuro*.

Monique diz nossos nomes ao homem na recepção e ele pede nossas identidades antes de imprimir autorizações para nós. Quando chegamos lá em cima, a redação se parece com a de *O diabo veste Prada*, toda iluminada, aberta e branca. Eu acho de verdade que não vejo qualquer tipo de mancha em lugar algum e é silencioso de um jeito sinistro, diferente da redação do *Times*. Tem pôsteres de filmes autografados por pessoas que trabalharam neles e fotos de celebridades e capas de revistas ampliadas. Lá também tem umas portas transparentes imensas, pelas quais dá para ver tudo.

Meu primeiro instinto é enrolar junto ao elevador até que alguém pergunte o que estamos fazendo, mas Monique vai entrando direto. Tem pessoas sentadas às mesas, digitando em notebooks brilhantes. Lá no canto, uma tevê continua exibindo o noticiário. Ainda estão falando de Lennox.

Não consigo fazer isso entrar na minha cabeça. É algo no qual eu tive um papel gigante. Não estou simplesmente assistindo alguém dar as notícias. Eu *fiz* a notícia.

— Josie!

Eu pestanejo antes de me ver envolvida pelos braços de uma mulher. Ela é poucos centímetros mais alta do que eu, e seu cabelo cheira a limão. Assim que ela recua, me dou conta de que é a srta. Jacobson. Eu cambaleio para trás, surpresa.

— Quando você chegou da Califórnia?

— Hoje de manhã — diz. — A revista mandou me buscar quando se deu conta de que... Josie, você é tão talentosa. O perfil está *excelente*.

— Uau — digo. — Obrigada.

Eu também já estava começando a me esquecer de Marius.

— Li tudo em uma vez só. A edição foi mínima, sinceramente. O artigo me fez sentir como se estivesse conhecendo Marius de verdade, me tornando amiga dele. Sabe o que eu quero dizer? No fim, eu só queria abraçá-lo.

— Ah, sim — concordo. — Há, ele causa mesmo esse efeito.

— Então... — diz Alice, interrompendo aquele dilúvio de elogios. — Por que pediu para a gente vir até aqui? Eu me lembro de você ter ameaçado Josie alguns dias atrás.

— Alice — sibilo. Meu Deus. Eu posso cuidar de mim mesma.

— Ameaçado? — A srta. Jacobson olha de volta para mim, o cenho franzido. — Essa com certeza não foi a minha intenção. Eu queria te alertar sobre... o que estava acontecendo com Lennox. Não acredito que...

Ela hesita, balançando a cabeça. Seus lábios fazem algo estranho: eles se apertam, então se inclinam para baixo e começam a tremer.

— Eu imaginei que ele fosse um escroto — ela admite. — Mas nunca pensei que fosse tão ruim assim. Quando nos ligou para falar de você, bom, meu primeiro instinto foi de achar que ele estava totalmente equivocado. Imaginei que era uma demonstração de poder.

— E era — digo.

— E era — concorda a srta. Jacobson. — Mas ele também estava tentando abafar uma reportagem importante.

Não sei o que dizer diante disso. Alice ainda não parece nada impressionada, mas não consigo evitar e fico emocionada. Por um lado, me sinto constrangida e embaraçada quando penso naquela ligação. Por outro, consigo acreditar que a srta. Jacobson estava fazendo o que achou ser o certo.

— Estamos todos muito satisfeitos com o trabalho de Josie — diz a srta. Jacobson, me olhando nos olhos. Eu a encaro de volta e, depois de um segundo, ela desvia o olhar. — Ah! — Ela junta as mãos, batendo as palmas. — Falando em Marius, foi por isso que eu te liguei. Recebemos um pacote endereçado a você um pouco depois de você ter ido à prova de roupas dele. Lembra disso? Estava aqui há um bom tempo, na nossa sala de correspondências. Mas as coisas andaram muito agitadas com o fim do ano, como você deve imaginar.

A srta. Jacobson nos leva a uma sala fechada, com enormes janelas com vista para Manhattan. A grande caixa branca em cima da mesa faz minha boca secar. Eu sei o que tem nela antes mesmo de ser aberta, mas isso não impede meu queixo de cair. É o vestido — aquele que experimentei quando estive na prova de guarda-roupa. Aquelas rosas bordadas parecem ter vindo de uma outra época. Uma época mais fácil. Ainda são tão lindas quanto antes.

— Minha nossa. — Monique também está de queixo caído.

— É um original da Christina Pak.

Alice está me encarando; sinto seus olhos na lateral de meu rosto. Só não sei o que ela quer que eu diga. Nós duas sabemos que eu nunca teria como pagar por esse vestido. Isso não me impede de segurá-lo, deixar que ele se estenda em graciosas dobras, o segurando junto ao corpo. Dessa vez, ele parece que vai caber. Meus olhos ardem.

— Ela mandou algum bilhete? — Alice finalmente pergunta. Não consigo discernir seu tom. — Esse é um presente bem caro.

— Diz apenas "Para a formatura" — diz a srta. Jacobson, entregando um cartão. Alice estende a mão para ele antes de mim. O tecido ainda é macio em meus dedos, mesmo enquanto o dobro e o coloco de volta na caixa. — Talvez seja algo que vocês conversaram enquanto você estava lá?

— Sim — eu digo, engolindo seco. — Nós conversamos sobre isso.

Não achei que ela estivesse prestando atenção em mim. No fim das contas, ela estava. O dia de hoje foi repleto de inúmeras mulheres sendo gentis comigo, e eu absorvi isso avidamente, como uma planta sendo regada.

— Com licença — digo, pegando a caixa. — Tem algo que preciso fazer.

Se vou conseguir fazer isso, tem que ser agora, antes que eu mesma pense duas vezes. Me esgueiro até o banheiro e pego meu telefone. Como eu imaginava, Marius deve estar no Prêmio Infinitude do Cinema Independente esta noite. Ótimo.

Tiro as roupas rapidamente. Minhas entranhas se contraem, esperando que o vestido fique preso nas minhas coxas ou na minha barriga, mas não. Ele sobe com facilidade. Estou acostumada a usar roupas que são um pouco maiores, para que eu possa ter espaço, mas essa abraça meus quadris e minhas coxas perfeitamente. Estou parecida com as modelos gordas que amo. *Esse* deve ser o segredo delas: roupas sob medida.

Quando saio da cabine, sorrio porque não consigo evitar. Eu *sinto* o vestido, e é melhor do que qualquer outra coisa que já vesti. Isso é exatamente como fazer compras com minhas irmãs, só que um milhão de vezes melhor. Eu me viro para me olhar no espelho e meus sentimentos se confirmam. Caralho, a fenda deixa minhas pernas incríveis. Meu cabelo ainda está normal, mas nunca antes estive tão arrumada na vida. Mesmo que eu não estivesse indo encontrar Marius, ainda iria querer que as pessoas me vissem. Eu estou bonita pra caralho. Dou um sorriso largo antes de correr do banheiro.

Enquanto vou abrindo caminho para fora da redação, ouço alguém chamar meu nome. Não olho para trás.

Preciso chegar a uma premiação.

> **@JosieJornalista:** o francês é a língua mais gentil quando falada pela mais gentil das pessoas

CAPÍTULO 44

— A Union Square está fechada.

Eu não respondo, estou ocupada demais digitando. A estrutura que uso para uma matéria normal não funciona para isto. Ao que parece, vai ser apenas uma nota. Tem 483 palavras. Eu consigo fazer isso. Posso chegar às 250 palavras antes que ele me peça para ir embora.

— Olá? Senhora?

Ergo os olhos. Estou no banco de trás de um táxi, a caminho da premiação. E ele acabou de dizer que... *ah, merda.*

— Você pode me deixar o mais perto possível?

O motorista ergue uma sobrancelha, mas concorda com a cabeça. Normalmente, eu me perguntaria o que ele está pensando a meu respeito, mas neste momento não importa. Mando um e-mail para Marius com o seguinte texto. Tenho algo pra você. Me encontre na frente do teatro. Só cinco minutos. Prometo.

Meu telefone diz que já são 18h30. Sei que provavelmente mamãe e papai vão me matar. Sei que vou passar anos pagando a eles todo o dinheiro que lhes devo por perder não um, mas *dois* voos.

Mas isto é importante.

Marius foi gentil o bastante ao telefone quando acordei do cochilo, mas não era o mesmo de antes. Eu quero trazer aquela pessoa de volta. Se não tentar, vou me arrepender para sempre. Sei que vou.

Estou ansiosa, mas ainda consigo respirar. Talvez seja por causa do vestido. Eu me sinto tão *bem* com ele. A sensação é de que poderia descer a rua usando este vestido e deixar as pessoas com inveja, como uma dessas espiãs fodonas que escondem punhais na cinta-liga.

— Isto é o mais perto que consigo chegar — diz o motorista. No fim da rua, tem um monte de pessoas, provavelmente esperando conseguir algum vislumbre de atores e outros famosos que estão entrando. Respiro fundo, trêmula. Queria que Alice estivesse aqui.

Eu pago ao motorista antes de buscar forças e sair do táxi. Meu telefone está na minha mão esquerda. Minha tábua de salvação.

As luzes dos flashes são ofuscantes e a multidão vai parecendo maior à medida que me aproximo; várias adolescentes. Eu não reconheço o casal mais velho no tapete vermelho. As cerquinhas de metal que os seguranças colocam para impedir que as pessoas se aproximem demais bloqueiam meu caminho. Eu me espremo por entre os fãs, abrindo caminho até a frente. Toda vez que alguém passa por mim, gritam tão alto que me faz estremecer. Mas não sou tão diferente assim deles. Sou apenas uma fã com um vestido chique.

Não vejo Marius. Será que ele já entrou? Minha mão se cerra ao redor do telefone. Eu poderia simplesmente esperar aqui até ele sair. Me pergunto quanto tempo isso levaria. Faz um frio congelante e não pensei em trazer um casaco. Mas que escolha eu tinha?

Olho para trás, para o lugar onde o táxi estava, mas ele já se foi há muito tempo.

— Seu vestido é muito bonito — diz uma garota atrás de mim. — Ficou ótimo em você.

— Ah — digo, olhando para baixo, como se houvesse uma chance de ela estar vendo algo diferente. — Obrigada.

Isso me faz sorrir, ao mesmo tempo em que pulo a barreira. Estou tomando o caminho mais longo, encarando o teatro, me demorando. Os seguranças dificultam tudo. Estão por toda parte e todos são muito maiores do que eu. Talvez esta não tenha sido a melhor das ideias.

Acho que eu poderia simplesmente mandar para ele o que escrevi depois da premiação, mas não vai ser a mesma coisa. Marius e eu nunca mais vamos estar juntos da mesma forma que estivemos antes de tudo acontecer — apenas de bobeira, em seu apartamento, como se o mundo não existisse. Foi o único momento em que realmente me senti bem com o fato de o mundo ser pequeno.

— Espera, espera, espera. Josie!

Olho por cima do ombro e lá está Marius, saindo correndo do teatro. Me viro para encará-lo de frente, quase tropeçando na pontinha do vestido que desce até meus tornozelos. A mão cálida e familiar dele agarra meu pulso, me dando firmeza. Ergo o olhar para o rosto de Marius. Seus olhos não se movem. É a primeira vez que o vejo desde domingo. Eu poderia ter visto fotos, mas sempre que ele brotava no Twitter, meu coração doía. De um modo distante, sei que essa vai ser a sensação quando eu voltar para casa e tudo isso acabar. Empurro o sentimento lá para o fundo.

— E aí — digo. Minha voz é suave. — Achei que não ia conseguir te encontrar.

— Acabei de ver sua mensagem. — Ele solta meu pulso. Seus olhos percorrem meu rosto, as sobrancelhas juntas num vinco. Há algo de reservado, emaciado, em sua expressão. É como se ele estivesse contendo alguma coisa. — O que aconteceu?

— Nada. — Eu tento rir, mas parece mais como se eu estivesse sufocando. — Eu vim te ver.

Desde o momento em que pus os olhos nele, não consigo mais tirar, como se ele fosse desaparecer se eu piscasse. Está mais lindo do que nunca, em um terno que tem o caimento de uma luva bem cara e uma gravata azul que faz seus olhos brilharem. A argola do nariz sumiu. Talvez a mãe tenha feito ele tirar. Me pergunto se ela está por ali, em algum lugar.

— Sério? — O canto de sua boca se ergue. — Euzinho, aqui?

Eu mordo o lábio, olhando para meu telefone na mão esquerda. A ideia de ler a coisa toda em voz alta é bem mais aterrorizante do que pensei. Uma mulher se aproxima e toca o ombro de Marius.

— A cerimônia está começando — ela diz, me olhando de lado. — E você precisa estar lá dentro.

— Eu sei — diz Marius, sem olhar para ela. — Só preciso de cinco minutos.

Ela não desvia o olhar até já ter entrado. Envolvo minha cintura com os braços, mas então penso melhor, deixando as mãos repousarem ao lado do corpo.

— Você está usando o vestido — ele diz, os olhos se arregalando. — E você está…

— Marius. — Eu agarro meu telefone. Se não fizer isso agora, vou perder a coragem. — Eu escrevi uma coisa. E só… só me deixa terminar, tá?

Ele assente. Vejo a garganta dele estremecer, então baixo os olhos para a tela e respiro fundo.

Garota local considerada cuzona

Os grosseiros disparates de uma garota da cidade valeram a ela o título autoconcedido de "cuzona".

Josie Wright, 17 anos, passou mais de duas semanas entrevistando Marius Canet, 19, um jovem ator incrivelmente talentoso, para um perfil que será publicado na revista *Em Foco* na semana que vem.

Marius sorri, me cegando momentaneamente. O barulho da multidão começa a diminuir; estão esticando o pescoço para escutar. Eu volto a ler.

> Antes de conhecê-lo, ela nem tinha uma opinião formada, até que viu sua performance em *Incidente na Rua 57*. Ela não conseguiu parar de pensar nele depois disso. Entendam que Wright jamais tinha visto tamanha emoção, nem mesmo entre os jovens com quem frequenta a escola na vida real, quanto mais em um ator em um filme. Ele a fez chorar. Ela quis (e ainda quer) que ele ganhasse todos os prêmios.
>
> É uma pena que tenha estragado tudo. Quando Wright descobriu que Canet trabalharia com Roy Lennox, ela se preocupou que Canet fizesse vista grossa para os abusos que aconteciam nos sets do diretor. Ele já não queria conversar sobre as alegações durante sua entrevista, e Wright sentiu que isso se devia a uma falta de interesse em relação a qualquer coisa além de sua carreira — um contraste gritante com a personalidade dele que, em outros contextos, sempre foi gentil e bondosa.
>
> Ao importunar Canet repetidamente, Wright sentiu que estava fazendo o que deveria fazer para defender as mulheres que haviam sido vítimas. Canet não concordou. Ela insistiu cada vez mais, mesmo que Canet estivesse desconfortável, porque sentia que seu plano era mais importante do que os desejos dele. Quanto a isso, ela pede profundas desculpas.
>
> A irmã de Wright, Alice Wright, 19 anos, afirmou que Josie tem o hábito de ser cuzona.

"É irritante", afirmou ela via mensagem de texto. "Josie tem mania de ficar perturbando a pessoa por dias sobre a mesma coisa, mesmo que você não queira conversar a respeito. Quando terminei com meu namorado no final do ensino médio, tudo que ela fez foi me pentelhar para falar disso por uma semana. Então, sim, cuzona. É mania de irmã caçula."

É válido notar que Josie não é totalmente cuzona. Ela é inteligente, divertida e faz piadas engraçadas, além de ter um ótimo gosto musical. A ideia de Canet ter que encarar Lennox todos os dias fazia seu sangue ferver, e ela imaginou que escrever a respeito seria o único modo de melhorar a situação. O que ela falhou em notar foi o fato de que atormentá-lo poderia piorar as coisas.

"Ela é irritante", acrescentou Alice. "Mas vai levar essa ideia adiante, embora eu diga a ela o tempo todo para não fazer isso e que com certeza vai acabar de castigo, então acho que ela se importa de verdade."

Josie, de fato, se importa. Ela entende que Canet pode não querer mais falar com ela, mas deseja que ele saiba de tudo isso. Ela não conseguiria voltar para casa sem se desculpar.

A multidão solta um murmúrio terno. Ouço o som de câmeras clicando. Ergo o olhar para ver a reação de Marius.

— Ai, meu *Deus*. — Ele está cobrindo a boca com uma das mãos. Estou captando suas emoções conflitantes. Seus olhos estão lacrimejando, mas algo parecido com uma risada escapa de seus lábios. — *Josie*. Josie, Josie, Josie.

— Eu queria que você soubesse — digo. — Antes de eu ir embora. Pra que... pra que você lembrasse de mim. Sei que pode não querer me ver de novo...

— Não. — Sua mão envolve meus dedos. Baixo os olhos para nossas mãos entrelaçadas, me forçando a me lembrar de respirar. — Não é isso que eu quero. Eu... eu senti sua falta quando você não estava por perto.

— Também senti sua falta. — Ergo o olhar para ele, que está mais perto do que antes. — Tanto. Até mesmo antes de te conhecer de verdade.

Seus lábios se juntam aos meus. Me derreto neste beijo. Nem sei como descrevê-lo. A única coisa em que consigo pensar é em quando eu costumava fazer minhas dietas aleatórias e ficava sem comer nada, nenhuma comida de verdade. Beijar Marius é como voltar a comer comida de verdade.

Eu emaranho a mão em seu cabelo, o puxando mais para perto. Eu o quero. O tempo todo, mesmo quando ele não está por perto, mesmo quando estou tentando me enganar para pensar que não o quero. Quero seus macios lábios rosados, quero seus cabelos e seus olhos, e os barulhos que ele faz com minha boca e o modo como seus olhos ainda estão fechados por um segundo quando me afasto, como se ele ainda estivesse perdido naquilo, mesmo só tendo nos beijado por um minuto.

— E agora você pode trabalhar em qualquer filme que quiser.

— Posso mesmo. — Sua voz é suave. — Mas quero ir a essa premiação primeiro. Com você.

— Comigo?

A multidão irrompe em assovios e vivas, me trazendo de volta ao momento.

— Você tem que ir — digo, acariciando seu cabelo com o polegar. Ele sorri para mim, um sorriso fácil e luminoso. A sensação de olhar para ele por muito tempo é a mesma de estar chapada. — Estão todos esperando pelo futuro vencedor do Oscar.

— Não, não, não. — Ele balança a cabeça, mas seu sorriso está ainda maior. — É bom que isso não esteja em seu perfil.

— As pessoas já estavam dizendo isso antes de mim, então, não posso prometer nada.

Marius toma minha mão. Então diz em voz alta, como se estivesse anunciando minha entrada:

— A premiada jornalista investigativa Josie Wright acaba de chegar ao Prêmio Infinitude para nos agraciar com sua presença.

— Cala a *boca*. — Dou um cutucão em seu ombro. — Vão estar todos prestando atenção em você. E por mim, tudo bem. É como as coisas devem ser.

— Está certo. — Ele se inclina, beijando meu pescoço. — Todo mundo pode olhar para mim. Só lembre-se de que *je suis à toi*.

Ele toca o próprio peito antes de pousar a mão no meu. Dou um sorriso tão largo que faz meus olhos arderem. Tomo a mão de Marius e deixo que ele me guie na direção do teatro. Não estou preocupada com minha aparência, nem com o que qualquer um esteja pensando. Não esta noite.

AGRADECIMENTOS

Enquanto escrevia este livro, me inspirei bastante nas minhas experiências, mas também nas de outras pessoas. Sou muito grata a cada sobrevivente que usou sua voz e dividiu com a imprensa sua história. A força e a coragem de vocês me deixam boquiaberta.

Também quero agradecer aos jornalistas que fizeram reportagens cuidadosas sobre o movimento #MeToo, principalmente a Jodi Kantor e Megan Twohey, que publicaram o furo sobre Harvey Weinstein no *New York Times*. O trabalho delas — em especial o livro *Ela disse* — me ajudou a acertar muitos detalhes desta história.

Sem escritoras como Sarah Hollowell, Julie Murphy, Becky Albertalli e Renée Watson, eu não saberia nada do movimento *body positive*, não descobriria como me amar do jeito que sou nem como escrever uma personagem como Josie. Obrigada pelos seus livros e pela sua presença. Fico muito feliz por ter lido seus livros e ouvido suas palestras quando estava na escola. Eu não seria a pessoa que sou hoje sem vocês.

Agradeço a Katherine Harrison por sua visão e dedicação a este projeto. Também tenho que agradecer a todos na Knopf e na Penguin Random House que trabalharam neste livro, como

Melanie Nolan, Gianna Lakenauth, Artie Bennett, Alison Kolani, Renée Cafiero, Amy Schroeder, Lisa Leventer, Jake Eldred, Nathan Kinney, Ken Crossland, Lili Feinberg, Mary McCue, Caitlin Whalen, Emily DuVal, Jenn Inzetta e Mark Patti. Um agradecimento especial a Erick Dávila e Casey Moses pela capa linda. Eu me sinto muito sortuda toda vez que a vejo.

Obrigada a toda a equipe do Reino Unido, como Naomi Colthurst, Amanda Punter, Simon Armstrong, Ruth Knowles, Ben Horslen, Amy Wilkerson, Francesca Dow e Michael Bedo. Mais uma vez, agradeço a Emma Jones, minha editora incrível do Reino Unido. Obrigada por me deixar mandar DMs que não tinham nada a ver com livros!

Obrigada a Allie Levick e Bri Johnson pelo apoio logo de início, pelas sugestões e por todo o trabalho neste livro, especialmente nos primeiros momentos, quando estava mais para fanfiction do que qualquer outra coisa.

Preciso agradecer à minha agente, Beth Phelan, que respondeu muito mais DMs no Twitter do que deveria. Você foi minha rocha durante todo esse processo, e tenho muito orgulho de ter você como agente.

Muito obrigada, sempre, à minha família, especialmente à minha irmã. *Em off* trata de muitos assuntos, mas um dos principais pontos é a relação complexa e muitas vezes sofrida entre irmãs. Eu não queria escrever uma coisa simples, e sim real, como o que nós temos. Eu te amo, e espero que saiba que nada disso seria possível sem você.

Muito amor a Nell Kalter por me apresentar a *Quase famosos* e plantar a sementinha da ideia deste livro. Ser sua amiga é uma alegria.

Obrigada a todos os meus amigos incríveis — citei todos vocês nos meus primeiros agradecimentos, então vou falar só de alguns aqui. Faridah, obrigada por todas as mensagens, DMs e opiniões, mas também por me incentivar a experimentar coisas novas, a pensar e a ser sempre melhor. Christina, nós duas somos escritoras agora! Fico tão feliz por estarmos nessa juntas. Parmida, você é uma das pessoas mais receptivas e maravilhosas que já conheci, e tenho orgulho de ser sua amiga.

  Michael Waters ganha um parágrafo só para ele aqui porque não lhe ofereci um no meu primeiro livro. Mas não sei o que dizer! Vá ler a redação brega que escrevi sobre você no colégio, seu nerd.

  Tenho que agradecer a cada pessoa que leu *Positiva*. Não sei como descrever o quanto seus comentários me dão forças. Quando estou me sentindo insegura ou triste, duvidando da minha escrita e dos meus livros, poder voltar a todas as suas palavras gentis (e lindas fotos no Instagram!) faz toda a diferença. Obrigada, obrigada, obrigada!

Impressão e Acabamento:
EDITORA JPA LTDA.